目錄

香港大學學生優秀小說選

攝影｜瞬間　蘇曼靈

中外小說評論

攝影 | 枝頭錄了　蘇曼靈

散文

攝影 | 靜物　蘇曼靈

新詩

前言

「香港小說學會」成立於二〇〇四年，由有興趣閱讀、創作、研究小說的社會各階層人士組成。成員包括學生、教師、家庭主婦、校長、藝術家、記者、設計師、高級行政人員和作家等專業人士。學會成立的目的是秉持非牟利宗旨，盡其所能與有志於推動香港文學藝術發展的知識分子、機構合作，希望透過文學刊物出版，提供公開的寫作園地，培養本地閱讀文學作品的風氣，並藉此吸引年輕讀者和鼓勵新進作者，有助於推廣和提高香港的閱讀和寫作氣氛。

「香港小說學會」宗旨為「積極推廣和提高小說的創作與欣賞。會務重點在策劃、出版和宣傳會員創作小說，及舉辦各類型講座和課程，推動香港原創小說之發展。」

本文集分六個章節「微型小說」、「短篇小說」、「香港大學學生優秀小說選」、「中外小說評論」、「散文」、「新詩」，並收錄會員攝影作品若干。

香港小說學會自 2004 年成立至今曾出版多本刊物及書籍，希望藉文集出版鼓勵更多熱愛文學創作人士繼續努力書寫精彩作品。

會長

霍森棋

2024 年 6 月

微型小說

攝影｜佔領　蘇曼靈

搭枱

徐振邦

每逢午膳時間，酒樓外都擠滿了人，等候入座。酒樓之所以出現這種等位情況，主要的原因，是許多人都不願意跟別人搭枱，其實，只要人人都願意搭枱的話，酒樓應該可以很快疏導人潮。

所謂搭枱，就是把不相識的食客，一起拼湊在一張大枱，例如，有三位互不認識的茶客，會被安排坐在一張六人桌；又或者有四對食客，被編排到一張十二人的大枱。這種港式食肆常見的搭枱安排，讓人有一種「同枱食飯，但各自修行」的感覺。

他一六十餘歲的退休人士，喜歡獨個兒在中午的繁忙時間用膳，但他卻從來不需要等位。這非因他是酒樓的貴賓，或什麼有特權之人士，而是他不介意跟別人搭枱。由於他從不挑選位置，也不介意跟什麼人一起同枱用餐，可稱得上是酒樓的上等茶客。因此，他幾乎不需要等候，酒樓知客就可以順利安排他就座。

這天，他被安排到一張六人枱。當時，這裡已有一位女士入座，旁邊放了兩袋購物袋，應該是在超級市場買東西後，沒有回家下廚而到了酒樓用餐的街坊。女士的目光一直停留在手提電話的螢光幕，並沒有跟他有眼神接觸。

緊隨著他入座，來了一位手持免費報紙的老伯，跟他年紀相若。他望著老伯點了點頭，但老伯並沒有回應。畢竟，二人只是有一點緣分，同枱用餐，實在不必多禮。

他是酒樓的熟客，但不是酒樓的大客，因為他每天都是點一款價值三十五元的「優惠孖寶」而已，即一碗燒味飯加一碟點心。酒樓推出這款平價「優惠孖寶」，只是薄利多銷，讓小市民可以填飽肚皮。跟他同枱的另外兩個人，都是點了「優惠孖寶」，這就知道，「優惠孖寶」很受食客的歡迎。

而他還有一個習慣，就是喜歡在「優惠孖寶」送到枱上時，馬上跟食物一起自拍。儘管不少人也會在酒樓拍下食物照片，是「相機先吃」的大道理，但對於一個老人家來說，這個舉動實在是不常見。所以，當他在拍照時，經常引起侍應的注意，於是，不時有侍應問他：「為什麼要拍照？你也要在朋友圈發佈食物照片嗎？」

他總是笑著回應：「沒什麼，只是記錄一下生活，也順便給在外地的兒子看看，讓兒子知道，我每天都有好好吃飯。我的兒子在澳洲，總是擔心我這個獨居老人不懂得照顧自己。」

「原來如此。」

同枱吃飯的兩個陌生人，並沒有在意他的話，繼續享用自己的午飯。

他挑選了其中一張，準備透過通訊軟件把照片傳給兒子，在文字欄內寫下幾句話：「今天我又約了兩個朋友吃飯：左邊的是陳師奶，是在社區中心新相識的朋友；另一個是黃伯伯，跟我一樣，很喜歡下棋的。」

他把照片傳了給兒子後，再輸入幾句話：「你呢？剛才有好好吃午餐嗎……」

攝影｜在水一方　蘇曼靈

阿肥

徐振邦

阿肥，人如其名。

他之所以是胖子，全是因為他愛吃，是名副其實「吃貨」。

怎樣才稱得上是「吃貨」呢？他愛吃的程度，實在是超乎常人想像。他月入約二萬元，大概花在吃的支出，差不多佔了薪金九成。許多香港人的支出比重最高的是居所，也有部分人愛花在旅行，但他卻只用在吃。這全因他四十多歲人，沒有特別愛好，跟父母同住，工作地點跟住處相近，所以能吃掉大部分薪金。

儘管他的收入不多，但對於吃，卻很講究。哪裡有新開的食店？哪裡有人氣食肆？哪裡有網紅介紹的餐廳？甚至是隱世小店、地道美食……，所有關於吃的資訊，他都瞭如指掌。

然而，最近他卻吃不下去了。

他吃不下去，並不是他吃壞了身子。或許，他的身體早就因吃而出現了毛病，但他並不介意。他曾經作過比喻：「戰士寧可戰死沙場，也不會苟且偷生；同一道理，吃貨寧可飽死餐桌，也不要浪費食物。」就是如此，阿肥明知自己吃得不健康，但沒有想過要停止下來。

他吃不下去，是因為他失業，無法再維持他大吃大喝的開支。他慨嘆地說：「以前有巧婦難為無米之炊，現在有肥仔難為無錢開飯。」

本來他已沒有什麼積蓄，一旦失業，的確是陷入了「吃貨危機」。然而，在美食當前，他根本忍受不到，於是，還是計劃吃到最後才算。

在失業的第一個星期，阿肥依然本著「吃貨」本色，想到什麼就吃什麼：早上有中西兩份早餐、午餐是牛扒豬扒之類的肉類、晚餐是他喜歡的海鮮火煱；此外，還有特色下午茶，以及豐富的夜宵。總之，他仍是吃個不停，沒有理會自己口袋中的存款。

在失業的第二個星期，阿肥開始意識到可花的錢已不多，但一日五餐，是不能減少，只能做到吃得便宜一點。阿肥感覺到：他的肚子裡只有八成的份量。

在失業的第三個星期，阿肥不得不向現實低頭，由一日五餐改為一日三餐。阿肥猜想：自己只吃了一半的量。

在失業的第四個星期，阿肥每餐只能買一盒二十五元的特價兩餸飯，或趁在下午茶時段，買一個特價二十八元的炒粉麵餐，當作當天的晚餐。阿肥覺得，他根本沒有吃過什麼東西，肚子裡整天都是空盪盪的。

這天早上，「長期」吃不飽的阿肥，摸著已漲不起的肚子，心想：「難道要開始做啃老生活？」

阿肥有氣無力地翻開自己的錢包，看到只有三枚十元硬幣，感到人生已到了絕望階段。

「三十塊錢，能吃什麼？」阿肥自言自語地說，「可能連一個飯盒也買不到。」

這時，他看到大批人在前方的燒臘店前排隊。好奇之下，他抬頭一看，看到燒臘店門前貼了一張：「十元叉燒飯」的告示。

阿肥興高采烈，又回復了吃貨的鬥志，走到隊列的最後，吐了一句：「十元叉燒飯，可以吃三餐，三餐之後，再想辦法吧……」

攝影｜凝視　蘇曼靈

搭枱

曾映如

「一個。」

「搭枱？」

陳伯搖搖頭。

「不搭枱……，你先取籌去旁邊等吧。」部長快速掃視入座情況。

陳伯在茶樓門口旁邊的椅子坐下，看著絡繹不絕的人流，入座時間遙遙無期。

三十分鐘過去，老伯開始出現倦意。

「陳伯，你要不要搭一搭枱？這樣比較快有位。」部長忍不住問。

陳伯微笑，搖頭。

四十五分鐘過去，部長叫陳伯過去，塞了一張紙條給他，是熟悉的「201」。

「一壺滾水，一壺普洱。」陳伯邊說，邊拿起點心紙；待侍應送上茶的時候順便交上點心紙，然後開始洗茶具。

「粉果，馬拉糕，兩樣，收到。」部長重複著。

這兩樣是陳婆婆最喜歡的點心，她每天都會陪陳伯到茶樓吃早餐，還會替陳伯多點一籠燒賣。但她已經走了三個月，陳伯也減少了到茶樓的頻率。

「好像很久不見李太和她的孫子來飲茶了。」白眉老翁看著報紙說。

「當然啦！小朋友怎捨得每個星期六早起陪婆婆飲茶呢，她的孫子肯來已經算不錯了。」對面的老婆婆說。

老翁呷茶、點頭和應，視線不曾離開手上的報紙。

「有沒有看昨晚的『八點半』？那個男主角真壞，居然出軌。」老婆婆又說。

「沒有，我整晚都在研究『馬經』，沒有時間。」老翁打開報紙「馬評」部份，繼續鑽研。

老婆婆滔滔不絕地分享昨晚的電視劇情節，突然，老翁站起來，掉下一句：「我要去發財了，再見。」便走了，老婆婆抬頭跟他道別，瞥見一旁的陳伯。

「這裡的馬拉糕很鬆軟，不太甜，很適合我們老人家吃。」老婆婆指著陳伯的馬拉糕說。對於突如其來的搭話，陳伯有點不知所措，只能回以一個禮貌的微笑。

「除了馬拉糕，你也應該試試布拉腸，很軟糯，一試難忘。」老婆婆夾起一條布拉腸，邊咀嚼，邊向陳伯介紹。

「今天人真多。」此時，又有一位白髮老人在老婆婆對面坐下，部長在她們的桌上又鋪了一張桌布，分隔二人。

「你太慢了，早一點到就可以跟張伯打聲招呼。」老婆婆說。

「他走了嗎？那你剛剛在跟誰說話？」老人問。

老婆婆指著陳伯說：「新朋友，未知貴姓。」

兩位老婆婆同時望向陳伯，陳伯顯得有點不好意思，吐出一個「陳」字。

「哦～陳伯，我們間中會過來飲茶的，有空就交流交流。」老婆婆向陳伯釋出善意，然後兩位老婆婆就聊起昨晚的電視劇情節。

陳伯聽著二人的聊天，沒有搭話，但嘴裡的馬拉糕好像比昨天甜了一點。

「一個。」

「搭枱？」

陳伯點頭。

前世今生

夏霽

退休的阿陳說起這些年來，在特殊學校任教，最深刻的經歷。

阿陳說：「你相不相信前世今生？」然後將廿幾年前的一件事說出來。

當時，阿陳是負責訓導處的老師。對於小學三年級丙班的徐裕，他在「聽、說、讀、寫」也完全不行，而且又經常發脾氣。因此，需要與其家長見面。

徐裕的父母早在徐裕兩歲時，得悉兒子是中度弱智時，就已經留下他給楊婆婆照顧，只是寄上日常生活費用，就再沒理會徐裕了。

阿陳知道徐裕這背景，也對楊婆婆感到辛苦。

楊婆婆卻說：「其實裕仔甚麼都懂的，他連說英語也很流利的。」見阿陳聽得難以置信，續說：「你試試起來，我給你看。」

接著，阿陳躲在房間的布簾後偷看，究竟楊婆婆跟徐裕會發生甚麼事？

「國峰，你要怎麼樣才肯放過我？」楊婆婆說。

「國峰？是誰？」阿陳疑惑。

徐裕說：「妳不會忘記在上海時，妳是怎樣將我前世醫死吧？我怎會放過妳？」

阿陳驚訝得幾乎叫了出來，心道：「他竟能夠如此說話？真的是前世？」

楊婆婆說：「我不會忘記，你即使殺死我也好，怎麼要這樣折磨我倆呢？」

徐裕說：「我經歷過輪迴，才不會殺死你……殺人會落地獄的！我要你還一世！」

那天在那房間偷看的這一幕，令阿陳後來也皈依佛教了。

香港人的這一天　章品

「今天的主角是：兩餸飯！我們吃飯前先拍掌！」

晚上，李家華和陳美娟回到家中，在吃飯前做了一個莫名其妙的儀式。李家華是一位銀行職員，每天奔波於繁重的工作中。他的太太陳美娟是一位教師，同樣面對著忙碌的工作和怪獸家長的挑戰。

「能吃飯已經很好，可能這時候非洲很多人已經餓死了。」李家華開了個不有趣的玩笑。

「但非洲應該沒有那麼多怪獸家長吧，如果怪獸家長與野蠻顧客進行一場辯論，哪一方會得勝？」陳美娟回應道。

「我介紹一個客人給你，你也介紹一個家長給我，好嗎？」

「很好，我拿手機直播放上 YouTube，應該賺到不少收入！」

這一對夫妻，彼此扶持又互相理解，雖然疲憊不堪，但仍在互相嘲諷著，輕鬆地笑語交融。這些深夜短暫的時刻，成為他們生活中的寶貴慰藉，他們亦慶幸能夠找到寶貴的互動時光，還要有兩盒美味的兩餸飯在眼前，成為二人合理的「第三者」，這些景象是近年香港人的生活剪影。

第二日，兩人如常的上班，日復一日地被野蠻顧客和怪獸家長不講道理地指罵，不過，為了生活，兩人都習慣了忍氣吞聲地奮鬥。這對「無飯夫婦」今晚又到了附近的餐廳買兩餸飯。不過，今次他們的焦點卻不是兩餸飯，而是長長的人龍前，有兩個熟悉的面孔在高聲對罵。

「你這混蛋不要插隊！」

「大聲就是正確嗎！」

「那是我的客人！」「那是我學生的家長！」

李家華和陳美娟異口同聲。

結果，長長的人龍一邊買飯，一邊欣賞這場對罵的現場直播。李家華和陳美娟扮作不認識事主，買完飯就回家了。

「今晚的兩餸飯應該特別好吃。」李家華說。

夢別　　嫦娥

偉明和小美有段時間沒有見面了。小美很想念偉明，於是打電話給他，並訴說自己對他的思念，他便約會她。那次約會，偉明雖然一如以往那樣熱情地擁抱她、吻她，但是她發現他變得更加沉默，且顯得心事重重！

某天晚上，小美夢到偉明拖著一個女子的手走過她面前，而她則一直凝望著他的身影，直至他的身影消失。

數天後，小美約了一班朋友去看電影和吃晚飯。她準時來到集合地點——炮台山地鐵站內的恒生銀行旁。慣性遲到的阿英遲遲未到，集合的位置就在出入閘口對面，而該站又只有這個閘口，小美於是望著走向閘口的人群，尋找阿英的身影。

不久，小美的目光被一個遠處的身影吸引著，那不是阿英，而是一個貌似她男友的男子，他正拖著一個女子的手走向閘口。他們的距離頗遠，且又事出突然，一時間她不敢肯定那男子就是偉明，便定睛望著他。隨著他們走近閘口，小美確定那男子就是偉明！

當他們的目光相接觸時，小美大方地以點頭和微笑向他打了個招呼，而偉明則尷尬地以點頭回應。之後他放開身旁女子的手，自己獨自快步走向閘口，然後走向車站出口。小美一直凝望著他的身影，直至他的身影消失。這夢境重現的一幕終於叫她死心！

他因看到她的緣故，而放下身旁女子的手，並走開。她感到這反映他對她是有愧疚感的，也讓她感到自己在他心中不是什麼都不是，這是她唯一的安慰！

多年後，她翻看舊日記時，車站一別的一幕彷彿重現眼前！

她想起車站一別後，他們沒有再見面，原來「夢別」不但成真，且竟成了「永別」！

理想工作

嫦娥

學校測驗最後一天，學生沒有功課，補習老師想讓他們輕鬆一下，便與學生閒聊起來。其中她問到學生將來想做什麼工作，小五生子揚最先答道：

「我想到譚仔做侍應，每天工作五小時，每個星期工作五天。這樣每個星期我便可賺到一千五百元，夠錢到麥當奴食嘢，很開心啊！」

「你喜歡到麥當奴，為何不選擇到麥當奴工作？」

「因為譚仔人工高些，時薪是六十元，麥當奴只有五十多元。」

「為什麼是每天工作五小時，而不是三小時？」補習老師故意這樣問一向懶惰的子揚。

「每天工作三小時只能賺到一百八十元，太少了，不夠用。」

「那麼為什麼不工作長些時間，而是五小時？」

「工作時間比上課時間短，就不會辛苦。」

「這收入夠交租嗎？」

「我住公屋，租金只是一千多元，夠交租的。」

「如果住在私樓，便不夠交租。」

「我不住私樓，只住公屋。」

「那麼夠錢養孩子嗎？」

「我不要孩子。」

「為什麼你不選擇其他更高工資的工作？」

「其他高薪工作需要較高學歷，我不想多讀書。」

「建築工人的工資高，對學歷的要求卻不高，你會考慮做建築工人嗎？」

「我不做建築工人！」子揚大聲地說。

補習老師明白到他怕做建築工人辛苦，才有這樣的反應。

她驚訝，原來小學生已有「躺平族」的想法！

短篇小說

攝影｜回憶　蘇曼靈

計中計之狀元攤（上）　　柳岸

1

阿棠這幾天不用上班，在家中百無聊賴反而有些不習慣。他一個人獨居，感到不做工作時間真難度過。

做了六十多次掌上壓，翻身躍起，坐在沙發上，隨手撿起放在身旁已看過的舊報紙看。翻了兩翻，索然無味，便隨手一拋，丟在沙發上，聞到自己一身汗臭，便入浴室沖個早涼。

阿棠剛脫去衣服，正要塗肥皂的時候，電話卻響起來。

「哼！等了許久才打來，偏偏在這個時候。」阿棠口出怨言說。他把浴巾往身上一圍，便步出大廳，走了兩步，他想：「呸！屋裡沒有別人，何必圍浴巾呢？真多餘！」他雖然心中這樣想，但既然圍上了，也沒有除掉，不過上身結實的肌肉，可見他常常做運動

「喂！肥福嗎？有冇搞錯？現在才打電話來？」

「他們不容易聯絡上啊，又要他們信我，要自然一點，等兩日算好了！」肥福在電話中說。

「好！少說廢話，甚麼時候見西？」阿棠說。

「下午四點，旺角酒店大堂。」肥福說。

「好！一言為定，下午見。」阿棠也不待對方反應，已掛起電話，掩不住內心的喜悅。

2

阿棠挑了件新衣，但不稱身，別人怎樣看，他也是土頭土腦，

像個窮光蛋扮紳士一樣，不過他自己卻十分滿意。他故意遲了十五分鐘才到旺角酒店，見到肥福，介紹一個中年漢給他認識，叫陳才。陳才像個街口茶餐廳的老闆，旁邊還有個三十多歲的女子。以阿棠的經驗，此人是個風塵女子。最低限度以前是，阿棠的內心便是這樣想。

「這位是何兆棠先生，最近繼承了叔父的裝修公司。但不要小覷他，他公司在大陸接的生意都是過千萬的。」他們坐下後肥福向陳才介紹阿棠。

「久仰！久仰！何先生的生意好大啊！」陳才說。

「哪裡！哪裡！是叔叔做開的，以前不過普普通通做裝修，這一兩年好運，搭上了高官，在大陸有世界了。」阿棠謙恭一翻，遞上名片。

陳才接了咭片，望望，說：「鴻運公司董事長，失敬！失敬！何先生未繼承這鋪子之前是做哪一行的？」

阿棠有點吶吶說不出來，肥福在旁說：「才哥是自己人，又不失禮，便說給他聽吧！」

「你不要叫我何先生，叫阿棠好了。」阿棠說「我以前在地盤紮鐵的，也駕駛泥頭車，有工開便多些錢，無工開便少些。」

「呵——呵——英雄不問出處啊，我估你做工倒勤力，練得身體也結實了。」旁邊的女子說。

「牛力一鋪啦。」阿棠說「實不相瞞，我有三個兄弟，叔父只把生意給我，就是看中我有牛力，不像他們做寫字樓，看不起我們。」

「棠哥快人快語，我陳才交了你這個朋友。陳才說「拿、廣州有間新酒店，規模不大，裝修費只有七八百萬，我介紹給你，快人快語，回半個佣給我，怎樣？」

阿棠沒有聲，看看肥福，肥福又看看陳才。陳才說：「好哇，大家兄弟，再不用給佣肥福，在我那一份扣起給他，好吧？」

阿棠點點頭對肥福說：「肥福，我也不難為你，先小人，後君子，他們給你多少我不理，我給四萬元介紹費，你嫌不嫌少？」

「大家朋友，只希望你們做成生意，四萬？好！但可不可以簽合約，同時立即給我，你知等錢周轉。」

「好！這樣一言為定，大家也朋友啊」那女人說。

他們四人感到目的已達，高高興興談了一會，陳才結賬，訂下再次會是期，便各自散去。

計中計之狀元攤（中）

柳岸

3

在一個密室裡，桌前坐了一個五十多歲肚滿腸肥的胖子。衣飾華麗，頭上只有稀疏的頭髮也打理得貼貼服服。架著一副金絲眼鏡，說話雙眼瞇成一線。陳才坐在他的前面。室內還有三四個人。「你查過羊牯的背景沒有問題麼？」胖子說。

「大哥，怎會不調查清楚呢？我們取了咭片，打電話他的裝修公司，果然有何兆棠這個人。」陳才說。

「我也有到裝修公司探路，他們的老闆果然三個月前病死，由子侄承繼。他們還說繼承人不懂這行生意，只會四處動，揮霍金錢，常不在公司。」和陳才一起的女人說。

「阿娟，你的消息是怎樣來的？」大哥問。

「借頭借和他的夥計搭訕，叫他們請飲茶，什麼也套出來了——這樣做不太難吧？」阿娟說。

「我看肥福急於回水兩成，也不敢作怪，他說和阿棠也不大熟，找他做替死鬼也心安理得。」另一個青年說。

「唔，既然大家覺得無問題，就一起做一臺戲好了」大哥說，從盒子取出雪茄來，慢條斯理擺弄，對青年說：「大雄，你叫肥福入來吧。」

一會，大雄帶了肥福進來。

「肥福，這是我們的大佬。你夠運，大佬肯回水給你，還不多謝大佬？」大雄說。

「多謝大佬！」肥福恭恭敬敬地說。

「唔。」胖子點下頭，對阿娟說「你把支票給他。」

阿娟遞過支票，肥福忙收下，猶豫一會，說「說好給現金的，這是期票，可兌換吧？」

「你不信我們嗎？」陳才說「我們行走江湖，最重要講信用，說過回水給你已優待你，你不信，把它撕爛算。」

「信，信，」肥福說，望了支票下「怎麼只有三十六萬？我被你們騙了二百萬，說好回水四十萬的。」

「四九三十六，正好是三十六萬，依行規回你兩成，我們只收你一點手續費。」大雄說。

「那隻羊牯給你四萬，正好啱數。」阿娟說。

「肥福，要不要隨你，不要阻著我們下臺戲。」胖子說，話中自股威嚴。

「要！」肥福有點無奈「沒有錢我怎能草呢？阿棠知道了，可能劈開我幾碌…啊！甚麼時候叫他入局？」

「下星期日。」陳才說「你還趕得及著草呢。」

「你們記得發誓說過不爆我出來啊！」肥福哀求說。

「得啦，我們最講義氣！」大雄說。

肥福話也不說，掉頭便走。

「哈—」胖子一聲冷笑「今次的羊牯怎樣？」

「看來比肥福易騙得多，但不能騙多，百多萬算了。」陳才說。

「為什麼？」阿娟問。

「他較年輕氣盛，趕狗入窮巷，他會和我們硬拼，不像肥福有家有室有所顧忌。」陳才說。

「好。」胖子大哥說「我先走，記得先騙要他發毒誓。」

「放心啦，又不是第一次。」陳才說。

4

大哥和大雄離去，只剩陳才和阿娟。不久、阿棠按址上來。

「才哥，娟姐、差點找不到你們，這裡好隱蔽啊。」阿棠說。

「我們說話時不宜太雜，在這裡說談最適合了，是朋友的地方。」陳才說。

「依你們的計劃，去騙南北行大少沒問題吧？」阿棠說。

「當然沒問題。」阿娟說「他也不是常給人騙錢嗎？而且他有過億身家，騙他一百幾十萬有什麼大不了？」阿娟說。

「棠哥，這個牙簽大少都抵死，此人刻薄成性，有個老入家由佢伯爺起跟左佢四五十年，找個藉口將人趕走，攪到佢過唔到世，自殺死左。你話抵得佢丫？——我地作左佢的錢，你鍾意，可以分一份俾老工人既孤兒寡婦架。」阿娟娓娓而談。

「仲有啊，佢自己以為賭術高明，逢賭必精添。」陳才說。

「在法律上他不能告我們嗎？」阿棠說。

「你放心，這種事哪可以告？」

「他找黑社會出頭又怎樣？」

「放心，他找黑社會，我們也可以找黑社會，如果有叔父輩替他出面，依行規，回兩成水給他。這樣更好，反而乾手淨腳無手尾。」陳才插口說。

「唔—好，我們便合作，但先說清楚，我分得多少？」

「三成啦，最少五六十萬。」陳才說「我們還要再找個人幫手。四個人合作，因你出本錢八十萬，才肯分三成給你。」

「好啦，才哥，見你介紹廣州單生意給我，大家合作玩玩。」阿棠說「那八十萬是預備給判頭的。」

「棠哥，你大把身家，不用扮寒酸了。」阿娟笑笑說。

「什麼話？我現金真不多。咦？不是你落場嗎？」

「不——」陳才說「我們還有一個兄弟，他精於賭術，我們三入暗中合作，這個牙簽大少難逃出我們掌心了。

「不過，為了大家誠意，我們合作前要在關帝面前結為兄弟，發誓不會出賣對方，你肯嗎？」陳才繼續說。

「好主意，才哥，最初我還有些耽憂，你這樣說最好了。我們便在關帝前結為兄弟。」阿棠說。

阿娟弄好香火，兩人上香結拜。

「我陳才今朝在關二哥面前與何兆棠結為兄弟，此後有福同享，有難同當。我若出賣何兆棠則被人當街斬死，毒發身亡。我和何兆棠行騙懲戒趙大少的秘密，也不能向別人吐露，否則應驗剛才的毒誓。」

陳才鄭重的說完，向關帝拜了三拜，虔誠地上香。便要何兆棠跟他說一遍。

「我何兆棠今朝在關二哥面前與陳才結為兄弟……。」阿棠跟陳才的話說了一遍，再向壇前上香，算是完成結義儀式。

「棠哥，現在我們是好兄弟了。明天我們見雄哥，他教你賭術。但你學曉後，沒有我們，千萬不要用騙術啊。」陳才說。

「知道了，我們什麼時候和他賭？」阿棠問。「這星期天晚上，在豪華酒店一間房內。」陳才說。

計中計之狀元攤（下）　　柳岸

5

他們賭狀元攤，在一張四方枱上設局。枱上放有用來扒攤的鈕扣，另外尚有一副麻將。用麻將來投注，同時又是籌碼。除莊家外，有三名賭客，各有一批麻將代表籌碼，筒子代表百元，索子是千元，萬子是萬元。花則代表十萬。枱中央放有縱橫麻將各七隻，四角和中央的麻將露出正面，一、二、三、四、五點。五在中央，其餘四角麻將背面向上。莊家扒攤前賭客將代表下注銀碼的牌押放邊角的點數上便可。

大雄在兩天前便教懂阿棠狀元攤的竅門，由阿棠做莊家負責扒攤。大雄在阿棠上家，陳才在阿棠下家。這樣，南北行大少便在阿棠對家。阿棠學懂了玩法，和他們兩人認真練習了一個晚上，以免臨時失手。

阿棠等人在酒店等候對手，對手竟遲了半小時才來，阿棠有些心急。

終於來了，原來是個頭髮稀疏的胖子。有五十多歲，這樣的老人竟然叫「大少」。此人有點鬥，夜裡還架著太陽鏡，果然刻薄可厭。

「這位是南北行的趙老闆」陳才介紹來人。

「這位是鴻運裝修公司大老闆何先生。」

趙老闆微一點頭，說：「帶來了現金？我只賭現金。」他向陳才說「介意我看看嗎？」

陳才示意，阿棠打開公事包，內裡有八十萬現金。陳才說「這裡有一百萬，要數數嗎？」

其實只有八十萬的阿棠有點著急，幸好沒有數。其餘各人也把帶來現金的公事包打開，各人表示大方，只望一眼沒有點數。

「何老闆知道玩法嗎？」趙老闆說。

「這個當然啦。」阿娟在旁說。阿娟今晚負責在旁記賬。

「趙老闆的眼有毛病嗎？很少人在室內也用太陽鏡的。」阿棠說。

「啊！老闆懷疑我啦？」趙老闆將墨鏡除下，交給阿棠說「這是普通的太陽鏡，因為我怕強光，眼壞了，真沒用！」

阿棠接過墨鏡戴上，與一般無異，交回給趙老闆。於是賭局便開始。

最初幾手上落都是幾萬元，阿棠依大雄教的暗號出手勢，五六手下來，阿棠心中盤算已贏了對方二十萬。後來賭注愈來愈大，到了第十五六手，快要開攤時，阿娟以極快的手法將一顆鈕扣撥向陳才的一方，陳才迅即把鈕扣藏起，阿棠懵然不知，結果應扒出四的便成三，趙老闆便由輸家變贏家。點算一下，他贏了百多萬，大雄和陳才也輸了三四十萬。趙老闆這時說不玩了，要結賬。明晚再玩。

大雄和陳才怨天尤人罵起來。但願賭服輸？各人都要拿出鈔票付款，陳才和大雄都要趙老闆明晚再來。阿棠點數，輸了六七十萬。

趙老闆拿錢下樓走了，大雄狠狠罵阿棠。

「棠哥，你怎麼攪的？累我們輸錢，我們怎可以讓他贏錢走？」阿娟說。

「他要走，我也沒辦法啊。」阿棠無可奈何說。

「你手腳就是不清不楚，怎會輸的？這鋪開一開二也好，偏偏開三的？這手贏了今晚我們可以不賭了。」陳才說。

「咦？怎麼枱邊還有一口鈕扣呢？」阿娟說。眾人一看，原來枱角尚有一口鈕扣未計算，其實應該開四，是他們贏了。

「阿棠，給你累死了，你扒攤時怎麼這樣大意，竟扒漏一口，幾十萬由贏變輸。」陳才說。

「應不關我事，當時大家一起看我開攤，沒有出錯的。」阿棠辯說。

「媽的！」大雄怒極，狠狠打了阿棠一巴掌「由你開攤，不是你錯，難道是我錯嗎？」

「……」阿棠無言以對，撫著熱辣辣的臉頰。

「大家好兄弟，不用吵，明天我們再賭，把輸的贏回來。我總不信我們三人也贏不到他。」陳才作和事老說。

「我也輸了幾十萬，你怎能怪我？」阿棠說。

「輸你老祖，走啦！」大雄仍發脾氣，賭氣便下樓。其實他心裡暗笑，他知這那一口鈕扣是陳才在大家沒注意時從袋中拿出來作弊。

阿棠呆在一旁不願走，陳才和阿娟勸他看開點，可以在房間過夜，好好睡一覺。兩人相繼下樓，偌大的房間只剩下阿棠一人。

6

一會兒，大雄回來了，陳才和阿娟回來了。最後，趙老闆也回來了。還有四個大漢將酒店的房間擠得水洩不通，

「阿棠，究竟是什麼事？」阿娟問。

阿棠沒有作聲，抽一口煙，行到大雄面前，突然舉出右手。

「啪！啪！」兩響，阿棠向大雄左右開弓，勁勁的打了大雄兩巴掌。大雄不能反抗，原來他被手扣反扣著。

「阿棠，你出賣我們，記得你在關帝前發的毒誓嗎？」陳才說。

「記得！何兆棠和陳才結為兄弟的毒誓。但我不是何兆棠，你也不叫陳才吧？我是新界北區特別組的何嘉棠高級督察，派來破你的天仙局。現在全部被緝獲。」

「你……」趙大哥如夢初醒，向陳才怒罵「蠢才，虧你還說查過他的身分。」

「大哥，他有心騙我們，身分證也可以假的…．」陳才囁嚅地說。

「哼！——」大哥怒氣未消「你們沒有證據告我們行騙，而且你曾和我們合謀騙人。」

「哈哈，我不過演戲，扮裝修老闆，沒有罪的。我們已用最精密儀器錄得你們的罪證，看法官怎樣說。」

「肥福知道你真正的身分嗎？」大雄問。

「當然啦，沒有他報案，我又怎能混入你們的老千局呢！」阿棠說完，示意來人將他們帶走。

原載《柳岸傳情》，今修繕刊出。

只是一箱米粉

蘇曼靈

「現在生意都不好做，掙錢難啊，大家都缺錢。」

余總操北方口音，鼻音濃厚，幾乎每個字我都聽不清楚，連問了兩次，那些比「掙錢難」更不容易聽懂的句子，才慢慢在腦海中呈現出該有的輪廓。

「改革開放以前，全國人民集體缺錢，那時你們會說掙錢難、缺錢花嗎？」我用絲襪奶茶般的聲調反問。

「大作家，你是活得不食人間煙火，不知人間疾苦啊。」王總端起茶杯，嗯了兩聲，喝口茶水，「以後來這裡，見了達官貴人，記得先說一句『升官發財死老婆。』，這可是我們這兒的規矩。」

我一時沒弄明白王總兩句話之間的邏輯。我僅理解為，慾望膨脹的人，永遠都吃不飽吧。

近幾年天災人禍不斷，往來兩城的主要幹道全部被毀。幾個月前，重建工程竣工，阻礙通關的基本元素也都清理差不多，兩城才恢復人口流動。

我選了一個不是節假的日子，帶了幾部新作，過橋去 T 城，探望久違的朋友。與我城一橋之遙的 T 城，大街小巷的攝像頭比我家樓下的蠔還要多，並且，每隔三分鐘，就有警車或警察經過，可是，走在號稱世界聞名的安全之都，我卻找不到安全感。莫非，我被時間捏成了「大家閨秀」；又或者，聽多了「看上去越是安全的地方越是危機四伏」的民間流傳偏方。

眼前的故人，經過若干年的拼搏，姓氏後都加了個「總」字，成了 x 總。我姓氏後也加了字，x 家，x 人。從字面上看，「家」和

「人」遠比「總」字感覺親切、生動。你說呢。反正我感覺是不錯的。

「贈書總要寫幾句吧？」

余總不說，我自是要寫的。

趁幾位「總」們交換生意經，我提筆寫下：

水向上流淌

生命，沉浸在土壤中醞釀

待得萬物甦醒

始於微時

「這寫的什麼，文言文嗎？不合邏輯啊！」

臨別，余總送我一箱米粉。我說太重了，提著過關不方便。余總很堅持地塞給我。盛情總是難卻。

離開余總的辦公大樓，我坐的士回城。與的士司機閒聊後，初步判斷司機是位樸實老百姓，我決定下車時把米粉送他，算是一程車交談解悶的小禮物。隨後，我發了短信給余總，報平安。

「把米粉帶好，那可是某某銀行行長送的禮。」

我一聽，頭皮縮成一團尖堆。眼前浮現兩個畫面：米粉下面是一疊疊有人像的紅色百元鈔票；米粉下面是一份價值不菲的合同；米粉下面是一包包白色粉末。現實與虛構中，偷龍轉鳳、別有乾坤的例子太多。

基於獲知送禮人是銀行行長，第三個畫面的可能性是「0」。

這通電話究竟還是遲了。

我知道已經來不及，可還是小跑了幾步，去追那輛載著銀行行長的一箱米粉捲塵而去的的士。

那瞬間，畫面中只有「遠去的的士與懊悔的我」。

靠爬格仔賺錢的，自是知道錢財富貴獲之不易。萬一，銀行行長送余總的一箱米粉另有乾坤，我豈不是，豈不是，遇財化水…

「米粉裡面有其它東西嗎？」我忍不住又發短信給余總。

「荒唐」

留下這兩字，余總失去了音訊。

明知我是女兒身，余總為何堅持讓我提一箱重量不輕的米粉過關；並刻意交代我要帶好；又說明，是某某行長贈他之禮；最後留下「荒唐」二字，就音訊全無。

一百多個晝夜彷彿被放進了洗衣機，生活中的點點滴滴瞬間即逝。至於米粉箱裡的乾坤，我卻至今偶有猜測。

尤其每寫完一篇稿，收到幾毛錢一個字的稿費，我就想起那箱米粉。

「只是一箱米粉。」我反覆安慰自己。

艾米失蹤記　　秀實

01

艾米扭開水龍頭，把水注入一個玻璃容器中。

這個玻璃容器是意大利卡爾迪耶萊小鎮的製品。形狀像小拉馬藤的有四個半圓。容量四公升。在容器內是十幾塊石卵。光滑，紋理精美，叫雨花臺石。當中有一塊特別大的，有著李可染用綠色顏料作的山水畫般紋飾，倍為亮麗。當中飼養了一尾泰國半月。半月是鬥魚，喜單獨的生活。全身藍綠色，魚鰭展開時像半月形狀。

注入的水讓玻璃缸逐漸變得清澈。艾米把水龍喉調整，讓水一滴一滴的落下。其頻率約為兩秒三滴水。半月情緒開始亢奮。常在玻璃倒影前張開魚鰭，與自己的影子搏鬥。

門鈴聲響起，是 bled bell 的聲音。bled bell 是斯洛文尼亞西北尚卡尼鄂地區一所教堂的鐘聲。艾米知道這個時候來訪的，必定是姬芙。姬芙下課後便馬上來找他。這是他們的相處模式。

艾米是這個城鎮耐羅畢大學 built environment & design 系教授，姬芙是他的學生。他們間卻同時有著秘密情人的關係。這兩種關係已維持了將近四年。而姬芙馬上便畢業了。這次約會是商討如何繼續維持這種關係。

姬芙如一頭斑豹的打扮，把疣豬般身材的艾米壓在胯下。如叢林般猛獸的搏擊之後，他們邊喝著肯尼亞咖啡邊聊。房間的角落，一麻包袋的肯尼亞咖啡豆靠在牆角。

問題並不容易解決。姬芙年底畢業便要返回海德堡。而艾米和妻子仍得待在這裡。看來這段秘密情人的關係繼續下去的可能性不大。

02

水龍頭的水滴仍然按節奏落在玻璃缸裡。半月仍舊來往泅游著。從昨天傍晚到現在中午時分，水仍未淹滿這四公升的容量。

艾米好奇的彎下腰來，他細細打量著水滴墮落於玻璃缸的情況。每一滴水的生命歷程都一樣：先凝聚在水龍頭的出口，逐漸膨脹為一水珠，水珠的重量漸大，終於離開水龍頭，下墮於水面。當水珠撞擊水面時，會出現震盪，導致水面起伏。因為光線在水中折射，加上水面的波動，於是便出現了不一樣的景觀。

姬芙畢業回去，艾米為此費煞思量。但姬芙懷有極端的想法：她要艾米離開妻子，隨她回海德堡。她說：

「在內卡河畔買個有後花園的房子。飼養兩隻英國巧克力色短毛貓。日落時分我們沿河漫步。」

艾米設想過許多方案，譬如申請調任到耐羅畢大學的歐洲分校去。但礙於各種原因並不容易達成。現在出現在他身上的是一個兩難的局面，家庭與情人，只能二選其一。但無論如何，都避免不了產生不公平的傷害。這世間，似乎並不曾有過東方人說的「不負如來不負卿」的結局。

水滴一直注入玻璃缸，屋內屋外都異常的沉靜，以致他竟然聽到那微小的水滴聲，半月泅游時那幼絲般的水流聲，和那株藻荇在光合作用時的氣泡聲。

03

屋外的草坪來了一場滂沱大雨。轟隆的雨聲砸打在大地上，聲音一陣接一陣的朝屋內襲來。

艾米用長竿把懸在簷下的衣服拿回屋內。當他最後拿下姬芙去年生日送他的那頂草帽時，竟發現一頭黑熊站在梯階上。黑熊是極其危險的野生動物。毛茸茸的外表埋藏著著血腥殺戮。艾米提醒自己，黑熊與漂亮情人一樣，此時他正處於險地，不能因為可愛的樣貌與動作而放下戒備。他揮動著長竿，長竿盡頭那頂草帽，泥黃的絲穗在不停顫動。

黑熊已踏上長廊，慢慢朝艾米走近。當雙方僅僅餘下一枝長竿的距離時，艾米左手偷偷探進褲間，緊緊握著腰際的格洛克。在這凝定了的兩分鐘內，雨聲崩山塌地般像要毀滅世界，而黑熊忽地站立起來。格洛克在艾米的腰間露出了灰黑光滑的槍體。搏鬥一觸即發。

黑熊伸出左掌，緩緩拿下草帽。便轉身離去，在大雨中戴著草帽走進小溪旁的竹子林去。艾米鬆一口氣，但對這頭黑熊的作為，很是納悶，卻又想不出所以然。在他仍未回過神來，兩隻松鼠出現在扶手欄杆上。

「我把偷來的堅果藏起來了。」一隻說。

「肚餓了，雨下的這麼大怎麼拿出來。」另一隻說。

艾米走進屋子內，找出一袋吃剩半包的可夫萊，撒在長廊上。兩隻松鼠瞟了他一眼，詫異而又謹慎的躍下，一顆一顆的捧著吃。

04

姬芙在大雨歇止後便回去。他們這次談話當然沒結果。艾米曾提議她留下來找工作，但姬芙說：

「我承諾了畢業後回去和大衛結婚了。」

情慾是一件很奇妙的事，許多時並不是情慾本身，而與外在因素緊密相連。或者說，情慾永不會孤立存在，是一種黏著物。當出現了可供黏著的「客體」，情慾才會產生。姬芙這句話語音剛落，艾米便撲上來，把姬芙剛穿戴好的衣物全然扒下。此時全裸的姬芙站在昏暗的斗室裡，傍晚的餘光從後面的小窗中透進，她一動也不動的就這樣立著，等待艾米的進一步行動。

眼前的姬芙，有如龐貝古城中維納斯女神的原型塑像的女子，艾米一時間反應不來，他也就這樣的站立著，紋風不動。一尾匿藏在屋椽上的綠鬣蜥正偷窺著。凝定的左目盯著姬芙，右目對著艾米飄移，好像在說：馬上行動呀，假道學！

艾米把身上的衣物逐一脫下，從領帶開始，到左腳的襪子共十一件。綠鬣蜥在數算著。隨後他們雙雙跌倒在那塊洛可可風格的地毯上，好像要為赤裸的身體尋回失去了的毛皮。以便順理成章地作出獸性般的搏擊。

05

愛與慾都非現實。現實就是一面哈哈鏡（distorting mirror），扭曲了世間事物的原型。「哈哈」這個詞語在這裡實在讓人毛骨聳然。靠著窗沿，艾米一直思索著。但這不是迷宮，是一條窮巷，要折返才能走出去。

一頭夜鴞站在窗角外的一根枯枝上。月色灑在牠斑褐的羽翼上，如櫥窗裡一件工藝品。夜鴞所想的與艾米所想的，既相同也不同。夜鴞只想今晚能捉獲一隻野兔或田鼠，以飽嚐食慾，而艾米只想今後能與姬芙保持著秘密情人的關係，以滿足情慾。既不想折返，那如何才能走出窮巷。

嗖一聲夜鴞不見了，估算牠是看到了獵物馬上出動。而整個夜晚，艾米仍未想到任何方法可以解決他與姬芙的將來。他也成了一隻饑餓疲乏的夜鴞，披衣對月而立，徹夜無眠。枱下蒲窩裡的那隻褐色貓，卻早已改變了晝伏夜出的習慣，呼呼睡去了。姬芙維納斯女神般原形塑像，一直徘徊在腦中。龐貝古城的格言「盡量享受生命吧，明天是捉摸不定的」與維蘇威火山的符號與影像，如混亂的片段同時出現在艾米激蕩的腦海中。

06

晨光偷進來，照射在藤椅上睡著的艾米。屋外繁雜的鴉鳴聲表示宇宙脫離了黝暗，回到光明。紗網上掛著一隻不應該在這裡出現的鬼臉天蛾。它的生命正無聲地消失，雙翼上的那塊人面卻仍然留戀著這個人世間。

艾米從盅洗間出來，走往廚房的小陽臺。水龍頭的水滴仍堅持以每兩秒三滴的速度下墮。然而玻璃缸的水仍舊注不滿。從昨天到現在，已然耗費了十八個小時，但水位絲毫沒有上升。半月仍舊無所事事的在泅游著。

艾米彎下身子，側著頭貼近玻璃缸水面。從玻璃缸裡看外邊的景物，確是完全不同的。物體的座標與形狀全然改變，那是一個需要重新定義的世界。艾米仔細地查看，他想找出玻璃缸上的一道隱藏著的裂紋。看著看著，突然一陣暈眩，艾米失去知覺，掉進玻璃缸裡。沒掙扎幾下，他的身體便緩緩下沉到缸底，擱在那片有李可染山水畫的雨花臺石上。半月好幾次咬他的衣服，想把他喚醒，最終整個玻璃缸回復平靜。那水滴依然按節奏落下。

一隻橙巴布蜘蛛在簷角忙碌地結網，織出了屋子完完全全的寂靜。當蜘蛛網織好五分之三時，bled bell 的鈴聲突然響起。寧靜久了的屋子瞬間慌張起來。那是姬芙來了。今天她在學校笛子隊的制服裡，穿上了粉紫的蝴蝶透明內衣。這正是當日龐貝古城的女性的想法，沉緬於每個歡愉逸樂中。火山可能在明天爆發，岩漿掩埋了整個古城。

鈴聲在空洞的屋裡迴盪，始終沒人應門。姬芙用後備鎖匙推開大門，餐桌上的褐色貓回頭看著她，滿臉詫異。地上是破碎了的一隻陶瓷碟。尋遍所有角落包括地下室與屋後的儲物房子，可以確定的是，艾米不見了。這次姬芙心中感覺不妙，這是從未有過的情況。坐在長廊的藤椅子上，她努力讓自己冷靜下來。然後，拿出背包裡的竹笛子，站著，面對草坪外的一泓湖水，吹起悠揚的笛子聲。湖面平靜，在剔透的翠綠色裡倒影著四週的山巒與天空。艾米愛她，這是她藉由親密的行為中確定無訛的，他決不會無緣無故的離去。以往好幾次，艾米都是聽到她的笛子聲從屋外回來的。有時是拿著一堆柴枝，有時是一袋乾草，更有次是提著一隻野兔。但今次，她落空了。

姬芙離開屋子，往湖泊走去。

07

飄下雨粉。詩境般的山水姬芙無暇欣賞。一隻蒼鷹橫過浮雲發出嘎嘎聲。彎曲的小路微微沾濕，兩旁不知名的花以顏色宣告天氣的暖和。

姬芙心裡極為焦慮，那隻褐色貓不知甚麼時候跟上來了。牠繞著姬芙的腳踝在轉，好像要安慰她的不安。湖畔那簡陋敗落的板塊津渡出現在眼前了。她和艾米在這裡留下過很多美好畫圖。艾米也常在假日的午後到這裡垂釣。有一次，他竟然釣到了一隻溺死的黃狗。

姬芙踏上這個突出在湖面的津渡。津渡上有一塊木板掉落了。盡頭的木樁上站著一隻加蓬鴉鵑。頭與翅膀黝黑，身軀與尾巴艷紅，美如傾國妖姬。掉落的木板在湖面上浮蕩著。此時褐色貓竟一躍而起，逕跳到木板上，並隨木板慢慢往湖心漂去。

「寶貝，回來呀！」姬芙喊著。

喊聲瞬間被曠野掩沒。姬芙的視線隨著乘浮槎的褐色貓往湖心移動。她先看到一叢飄浮著的散髮，再分辨出艾米褐黃色的夾克衣。雨勢轉急。湖面騷動不安。但姬芙沒有離去，她坐在津渡上……

這個世界不是毀於火，便是毀於不同形態的水。羅伯特．弗羅斯特的詩早已預言。

（本文涉及的動物共十七種，包括：鬥魚、斑豹、疣豬、英國巧克力色短毛貓、黑熊、松鼠、綠鬣蜥、夜鴞、野兔、田鼠、褐色貓、鴉、鬼臉天蛾、橙巴布蜘蛛、蒼鷹、黃狗、加蓬鴉鵑。）

攝影｜人呢　蘇曼靈

亡靈中介代理人　　林馥

「你可以幫我嗎？」

「要看甚麼事情。」

她能看到亡靈。有人說有陰陽眼才會看到別人看不到的東西。

亡靈閃入她家第一句會問：「你可以幫我嗎？」

「要看甚麼事情！」這是她的慣常回答。

陰陽眼特異功能也是偶然發現，在十歲時被雷劈頭，本應一命嗚呼，但僥倖生存，俗語講，「天不要你死，一定有任務給你。」果然奇怪的事情就陸續浮現，起初她以為自己眼花，後來看見離世親友的亡靈突然閃出閃入，幾乎嚇暈。將所見到的事說出來後，更被誤認有思覺失調，有幾次被老師及家人捉去看心理醫生及精神科。沒有人相信，也曾一度懷疑自己患上抑鬱症！社交恐懼症！自閉症！精神分裂症，用上任何方法及藥物，也擺脫不了自己的幻覺。

日子越久接觸越多亡靈，更有些亡靈會向她通風報信，免她墜入騙局。與亡靈傾談多了，漸漸地也不太害怕，反而有少少同情他們，對死後仍念念不忘生前的至愛及未了的心願！

亡靈似乎有共通點是怕事、怕貓，而且與他生前性格相反。例如：生前是個大惡人，死後的亡靈就變得溫馴怕事，相反生前是個溫馴的人，死後的亡靈就會變得惡死野蠻。

現在做了亡靈中介代理人也是在一次朋友的父親追思會上，朋友父親的亡靈哀求她上台幫他向親友說幾句道別語，她依照亡靈想講的說出來。當晚，朋友的親朋好友全都認為她是亡靈上身，因無可能一個與亡靈生前泛泛之交的朋友竟能講出只有親戚私底下才知道的秘密，例如告訴大家亡靈家中的殘破疏化底下收藏了現金，叮囑家人別將疏化扔掉！及說出亡靈希望不要將白雪公主（白貓仔）送去魚農處。

經這一次，就如堪輿學家預測去年運程全命中後，美波在陽界和冥界一夜爆紅，引來求助無門的亡靈，閃來閃去向她求助，更有生前罵過她有神經病的亡靈也來尋求協助！為免自己太操勞，家中養了隻黑貓，黑貓是幫她阻隔亡靈的方法！

有時候幫到人，也是件開心事！但幫的不是人而是亡靈啊！有時候感覺人比亡靈更恐怖！如在候車時會有不守秩序的人來插隊；人多地方要提防賊人打荷包；在超級市場遇見一個不讓路的怪人；每日的促銷電話及網絡上越多涼薄言論，社會上越多冷漠無情的人。所以生人比亡靈更令人生怕！亡靈不害人，不會散播謠言，也不會阻礙人的去路，亡靈只會記掛生前的最愛！

有時候會同情突然離世的亡靈，未能來得及交代身後事，無人可以幫助令他們有口難言！亡靈中介代理人工作是 AI 也無法取代。做地產代理是買家與賣家的中間人，而她就是代表亡靈與生人的中介代理人！只需要有特異功能，不需要任何學歷。

「我想你幫我…..」亡靈閃在她面前欲言又止。

「要看甚麼事情？」她說。換作其他人一定被嚇暈。而她習慣了這種事。

「你可不可以將黑貓拿走？」

她將身上黑貓放入鐵籠中，她知道亡靈是怕貓。

「是一個朋友入墓前告訴我有你一樣的人能幫到我，我想你幫我做一件事！」

「甚麼事？」她問。她想這個中介代理人沒有宣傳只是靈傳靈

就有客上門來的。沒有不成功不收費這回事，因

成功也無法向亡靈收費，亡靈只可以保她平安無事。

（二）

「我叫韓美波，你是陳標女兒，陳愛蘭嗎？」美波問。

「是！你是？」愛蘭問

「是陳標叫我來的！…..」美波說。

「他已經離世！」陳愛蘭沒有表情地說。

美波當然知道陳標已經離世，是他來找她求助的。陳標與其他亡靈一樣在毫無預警情況下閃出來。當然亡靈不需要按門鈴進來！他們可以自由穿梭門窗。

「陳標要求我幫他做一件事！」美波說

「你們如何認識？我不知道他會有朋友！」陳愛蘭問

「我講出來，你可能會認為我有神經病！」美波說，要給她心理準備。

「你不會是想說見到他的鬼魂吧！」愛蘭隨意地說出來。

「你怎會知道？我確實見到他！」美波問。

「神經病！」愛蘭說完想轉身離開。

「你不想聽…他要對你說的話嗎？」美波向愛蘭背後說。

「我根本不想知道他任何事！」愛蘭大聲回答美波。

（三）

美波本以為很容易將事情解決。

「她對你的離世根本不在乎！」美波向亡靈說。

「她應該仍是不原諒我吧！」亡靈說。

「你做過甚麼事，令她不原諒你？」美波問。

亡靈有一個共通點，為要達成心願，他們會馴如羔羊。而且對她這個中介代理人會坦誠申報他們的生前故事。

「我為了一個女人，拋棄她兩母女！」亡靈開始講他的故事。黑貓早已經回巢睡覺。

「你已經是亡靈，你也無法再向她補償你生前做過的事！」美波說。

「我只希望她能原諒我！」最後是亡靈找她幫忙的重點。

「你所愛的女人呢？你不記掛她嗎？」美波問。人通常死後最記掛就是生前最愛的人，看來他的女兒才是他的最愛。

「她知道我無錢又生病就已經跟另一個男人走了！」亡靈說。聽到他憤怒的情緒，這是典型的家庭悲劇。

「我求求你幫我！小時候愛蘭喜歡吹口琴，我就買了口琴給她！我仍記得她開心樣子！」亡靈說出。

「好吧，我明天再幫你向她說！不擔保成功的！」只好這樣說亡靈才肯離開。

「啊！你下次來，站在門口好了，別閃入我房間或廁所。」美波向正準備閃走的亡靈說。

（四）

韓美波是個地產代理兼職亡靈中介代理人，兩者沒有衝突，但副職有時候會影響正職，例如帶客人去睇樓時會遇見亡靈閃出來與美波說話，客人看見美波喃喃自語，以為鬼上身而嚇跑。所以有陰陽眼也是工作的障礙！

（五）

「我知道你為甚麼不原諒他！」美波單刀直入說。

「根本我與他的事與你無關！為甚麼你要我去原諒他？」愛蘭問。

「因為你老爸經常閃出來求我幫他！」美波知道愛蘭一定認為她是傻的，所以說出愛蘭兒時與她父親一起的事，包括口琴的事，希望愛蘭會相信她。

「人已經死了，沒有甚麼不可以原諒！」美波最後說。她已經盡最大努力，如果不成功她也沒辦法啊！

（六）

陳愛蘭沒有明確說會否原諒她的父親。

亡靈中介代理人未必每次都能為死者達成心願，怕且今次也一樣吧！

一個晚上，美波回家途中，因日間被挑剔的客人擾亂了心情，害她幾乎被一輛車撞上，幸及時有一隻無形的手將她拉回來，美波看見陳標閃出來及對她說：「謝謝你幫我達成了心願，她肯原諒我了，我來是向你道別的！」

美波未來得及開口說話，陳標說完就閃走！

初稿 2022 年發表於（週末飲茶期刊）
於 2024 年 3 月 12 日修改

垂釣

雨其

三月尾，春天的第一場雨，天空不但下起連綿不絕的豪雨，西灣河還落冰雹。聽說豪雨中竟然夾雜著一堆從天而降的魚，甚至有人在冰雹中發現冷凝在當中的迷你小蝦。想起去年，六月飛霜。究竟是地球出問題了，還是我們的城市？是魚蝦去錯了另一個空間，還是我們呢？

曾經看過一本詩畫冊，有這麼幾句：

一尾魚上釣

脫了苦海

終得涅槃

究竟人們在這個世界上，會否是一條條等待脫苦海的魚呢？

下午六時三十分 千羽實業 二樓辦公室

一眾單身同事趁老闆不在，悄悄聚在一起聊天吃零食。

「很悶啊，回家也沒事情好做。」櫻子伏在桌上說。

「已有一年沒去旅行的說。」Wander 抱怨著。

「別說旅行了，現在晚上六時後都不能外出吃飯。」阿健含糊說。他正在桌上偷偷吃著小型電子火鍋內的麻辣燙。

Wander 疑惑：「對啊，不知為何政府突然宣布，要市民六時入夜後不要外出？」

「在這之前不是說不能出入境嗎？」我邊刷手機邊回應 Wander。

「沒有任何原因哦！最奇怪是為何市面這樣平靜？沒有人有疑問的嗎？」木木接話。

「市民都習慣了任何安排。反正衣食住行足夠，大家工作完畢都想回家，電視新聞報道國外有致命性傳染病，多國當地市民都上街抗議當局沒有治療對策，不外出旅行也沒有什麼大不了。」我說。

「不如去釣魚？」對面的老狼忽然傳了 WhatsApp 過來。

隔壁組木木的鄰桌同事老狼總是跟我說，找天一起去釣魚。

老狼 WhatsApp 跟我說：「隔壁組大家有事找你，我們現在悄悄上天台見。」

我找了一個藉口，離開正在聊天的同事，上去天台。

打開天台的鐵門，看見天台上的隔壁組同事們，忽然沒由來地感到一股寒意：熟悉的面孔，陌生的感覺。他們緩緩而整齊地轉過頭來看著我。

總感到有點不對勁，然後我看見了剛才還在我旁邊，現在已經站在天台邊緣的木木，我走上前去看見天台下街道上空多出了幾條向上張開血盆大口、露出幾排尖銳牙齒的巨大鯊魚，牠們彷彿正等著木木，然後我看見一條若隱若現的絲線，套著木木的脖子，一直向上延伸至夜空， 木木旁邊還有一條懸空的絲線，正在我的脖子旁邊。

天台上的人，對著老狼說：「你這個地點找得真不錯！」

「我一年前已經過來這兒物色好地方了。」老狼得意地說。

「我們那邊陰界不知怎麼搞的，忽然說由於近年太多人入境，為了維持秩序，現在每天有十二小時宵禁，悶得要命，幸好你發現可以悄悄過來陽界。」另一人搭話。

「老狼，你還是老狼嗎？」我顫聲問，「你們在說什麼，怎麼我聽不明白？這裡還是我們的天台嗎？」

老狼一步步向我走來，說：

「陽界已經被傳染病佔領了，我們三統領與你們政府做了交易，只要市民不出境，我們能確保現政府的市民不受傳染病影響，早上六時至傍晚六時，是屬於你們的時間。每天晚上六時至翌日六時是我們的時間，這裡是我們的釣魚場，哦，那些魚都是我們放進來的，可以在街道上的空氣中游戈，現在你們這些六時後仍在外的人類，是我們寵鯊的魚餌。」

「別說那麼多了，這件事大統領和二統領並不知道。」旁人悄聲向老狼提點。

「把他也放下去吧！」眾人指著我起哄。這時我脖子旁邊的絲線忽然向我套圈過來，我就像旁邊的木木一樣，突然全身不能動，只有眼睛死死地盯著這條快要綁著我頸脖的絲線。

「你們不能這樣做！」後方冒出了一個聲音，大家朝聲音看去，一名高大、身穿黑長衣、背上帶著長鐮刀的人馭風而來站在空中。

「糟！被巡查隊發現了！」忽然聽到一連串砰砰砰的聲音，眾人都倒在地上，只見鐮刀手的掌上握著一個小型黑色武器，正對著最後一名利用遙控絲線吊著木木的人發出砰砰聲，那人應聲倒下，「救命呀！」木木隨著絲線失控鬆脫而飛墜，鯊魚們正在此起彼落地張合著嘴巴。

「木木！」我在暈倒前，只聽到自己驚呼出最後一聲。

翌日，我在自己家中的床上醒來，回到公司，所有人以及木木都安然無恙，像甚麼事都沒有發生過似的，恢復正常。我看見老狼的位置空了，所有人都忘記了有老狼的存在。

政府取消了限制出國令及晚上六時過後的宵禁。

晚上六時後，我悄悄張望窗外，發覺街上車水馬龍，天空已經沒有鯊魚及絲線。

隨著人們不停穿梭往來國內外，取而代之的，是越來越多戴口罩的人。

「咳！咳！咳...」有人在走路時狂咳，然後倒下。這些景象，每天不停地發生。

我在街角看見一個熟悉的人影，追上前去：「老狼！」

老狼轉身過來：「你不怕我？」

「老狼，被鯊魚吃掉，或因傳染病死去，最終的歸宿，是否都去陰界？」

老狼沒有回答我，他只微微一笑，轉身離去。

就在此時，我腦中忽然冒出那本畫冊的詩：

一尾魚上釣

脫了苦海

終得涅槃

攝影 | 幸福　蘇曼靈

叫父親太沉重

叶建活

「這是哪裡？」

「我是怎樣走來這裡的？」

「我什麼時候會走路的？」

我撫摸著仍舊沒有一絲肌肉僅僅靠一層皮包裹著兩根骨頭的纖細雙腿，一臉茫然。眼前漆黑一片，周遭也寂靜得可怕，我心裡惶恐極了，不禁大聲叫起來：「這裡有人嗎？這裡有人嗎？……」可是聲音傳不出去，只有強烈的回音不停作響，讓眼前的黑暗憑添一份陰森和驚悚！正當我陷入崩潰時，一束刺眼的光線射了進來—原來我只是困在電梯裡，隨著電梯門打開，一個身穿白大褂的年輕醫生走了進來，他高瘦身材，俊朗帥氣的臉上架上時下流行的方框眼鏡，一頭烏黑的頭髮幾乎被鏟光，僅存頭頂的一小撮，用一條黑色橡筋隨便一束，隨風肆意飛舞，說不出的瀟灑飄逸。他給我一種很熟悉的感覺，我睜大眼睛認真細看，原來他就是我的主診醫生——林木，我不自覺地撫上仍然疼痛的肋骨，忍不住衝他破口大罵：「你算什麼醫生？醫不好我的病都算了，我病得人不像人，鬼不像鬼，多次告訴你我要放棄，你不但不幫我，還要每次都從鬼門關裡將我拉回來，只為滿足你救人成功的那份虛榮心！你知道嗎？就因為你無數次的搶救，我的筋骨已被按壓得沒有一條是不痛的。你算哪門子的醫生？」我歇斯底里罵得口乾舌燥，可被罵的人像是看不見我的存在，表情愉悅地望著光滑如鏡的電梯壁，輕輕撥弄著頭頂那根被風微微吹亂了的小辮子。「叮噹叮……」輕柔婉轉的音樂響起，我煩躁不安的情緒暫時沉澱，林醫生划開手機，音樂戛然而止，裡面傳來了一陣心急火燎的聲音「林醫生，十八號床病人蕭慧情況危殆，血的含氧量不夠 80% ，血壓也正在下降。」我十分愕然，小聲嘀咕「十八號床病人蕭慧不就是我嗎？這是怎麼回事？」一陣風撲面而過，眼前已沒了林醫生的影子，我看著正緩緩關上的電梯門慌忙跑了出去。

病房大門上鑲嵌著的小型玻璃窗黏著一個白髮蒼蒼的腦袋，明顯下陷且昏黃混濁的眼睛，此刻盈滿了淚水，滿臉憂傷地看著圍上布簾正在急救的十八號床蕭慧，多麼熟悉的眼神，多麼熟悉的表情，這就是我熟悉至極也厭惡至極的父親。當初若不是他酒後亂性，我怎會來到這個世界，若不是他一把年紀才學人入花叢，我怎會一出生就帶著這惡疾「腦痙攣」？

十六年前的冬天，我的祖母病逝，父親返鄉奔喪，那時的父親已年近七十歲，身體卻壯實得像頭牛，身板挺直，健步如飛，歲月在他的臉上似乎沒有留下多少痕跡，除了額頭刻下三條較深的抬頭紋外，其他的皺紋都是淡淡的，看上去就像五十剛出頭的中年漢子。父親孤身一人在香港漂泊幾十年，祖母一直是他的唯一牽念，現在這牽念沒有了，父親不知所措，從滴酒不沾變成買醉度日，祖母「頭七」的第二天，父親和一個半老徐娘李紅玉（祖母的工人，也是我的母親）被人捉姦在床，父親醉醺醺毀人清白，也醉醺醺留下了自己的積蓄給李紅玉和她前來捉姦的很疏很疏的疏堂表哥，這才得以脫身重返香港。

祖母過身一年後，我身帶殘疾來到這個世界，母親也有了賴在父親身邊的理由，他們以我要養病為理由，申請了東涌的一間背山面海的特大公屋，我到今天仍然忘不了那天在家看海時的雀躍，爸爸抱我坐在窗邊的大桌子上，一望無際的大海波光粼粼，在夕陽的輝映下光芒四射，海風帶著海膽的腥味輕輕拂過我的臉頰，那鹹鹹的風拂走了我臉上鹹鹹的淚。只可惜這間可媲美「豪宅」的公屋，我僅呆了半天，晚上醒來又躺在醫院冷冰冰的病床上，直到現在都再無機會踏足這間給了我半天溫暖的家，家變成了我遙不可及的夢，家也變成了母親的疏堂表哥的「度假勝地」，每個月總有三五次，父親來探我都會捂著一壺老火湯，據說母親的疏堂表哥又來了，母親煲了湯。原來我要沾疏堂表舅父的光才能飲到母親煲的湯。

黏在病房大門的父親後背好像有眼，林醫生剛在拐角處匆匆轉出，父親已快速跪在林醫生面前，那顫巍巍的雙腳如有神助，身手敏捷，這一跪的動作如行雲流水，一氣呵成。顯然，這不是他第一次這樣做。「林醫生，請你一定要救我家蕭慧……」林醫生慌忙將父親扶到病房門口的長椅坐下來，「蕭慧爸爸，你不用每次都這樣，小心身體。我們一定會盡全力去搶救的，你放心！」父親看著林醫生急匆匆走進病房，又跪倒在地向天叩拜。「南無阿彌陀佛，大慈大悲救苦救難的觀世音菩薩，請保佑我家蕭慧平平安安……」也許是叩得太大力，父親的額頭已滲出斑斑點點的血，可他卻像渾然不知疼痛！看著這樣的父親，我的心莫名地痛了起來。我想扶起父親，可雙手明明是放在父親身上，卻怎麼也觸摸不到父親。後來，還是一個護士走來扶起他，「蕭慧爸爸，你坐著禱告，跪在這裡會影響急救。」我站在十八號床邊，靜靜地看著林醫生幫躺在床上的我做心外壓，看著林醫生顫抖的雙手，我第一次覺得自己有點任性卻沒有返回身體的欲望。「觀自在菩薩。行深般若波羅蜜多時。照見五蘊皆空。度一切苦厄。舍利子。色不異空。空不異色。色即是空，空即是色……」父親念起了心經，又快又急的念經聲似有一股神奇的力量，將我牽引上了十八號床。

「林醫生，不用按了，含氣量已升到90%，血壓也開始上升。」耳邊傳來了護士的說話聲，我感覺肋骨隱隱作痛，朦朦朧朧看見護士已開始收拾急救用品。「林醫生，蕭慧爸爸 A 型血，蕭慧媽媽 O 型血，蕭慧怎麼可能是 B 型血？」「噓！這不是工作範圍，我們不要妄議。」「知道！」這幾句話差點把我再次炸暈，我努力想豎起耳朵細聽，奈何眼皮有千斤重，終於忍不住沉沉睡去。

我睜開眼睛時，已是黎明時分，房中燈光微弱，媽媽同以往一樣不見蹤影，父親握著我的手坐在床邊瞌睡，我呆愣地看著微閉雙目的父親，原來不知何時父親臉上淺淺的皺紋已變得刀刻般深，縱橫交錯猶如一條條蜿蜒曲折的溝壑，額上的傷口隱約還見點點紅色的血跡，刺得我眼睛發酸心中發痛，剛才醫生和護士的對話猶在耳邊回響—原來我并不是父親的親生女兒。十多年來，被我厭惡至極的人，卻一直為我默默奉獻著不是親生勝似親生的至純至真的愛！我忍不住啜泣起來。「慧慧，不要怕，醫生說你已沒事了！」被驚醒的父親輕輕撫拍我的背，紅紅的眼睛又泛起了淚光，「爸爸，假如…假如我不是你的女兒……」「沒有假如，你永遠都是我的好女兒，我永遠都愛你！」父親迅速打斷我的話，臉上波瀾不驚，顯然早已知道我不是他的親生女兒。「父……」我哽咽得說不出話，叫父親真的是太沉重了。

一頭獅子在尋找自己的天空　江楓

「夢並不存在，所以如下的敘述非夢，而就只是敘述。」

說這話的時候我正睡在一株零落彩色花朵的雞蛋花樹下，跟隨我的是一個乾癟乏味的幽靈，它拖著長長的，蛆蟲般細長的尾巴，很醜。

我努力忘記這幽靈，只是看那花，啊！眾說紛紜，連幽靈也這樣說：「這株特殊的雞蛋花樹結出的是彩虹式的七色的花朵」，而我的眼中竟看不見它們，只任花朵在視網膜上幻出迷亂的光影，某一瞬我看到花朵愈發凋殘了，只剩無數枯枝，群鳥於中翩然而過，似乎要喚起最後的生機。

我終於起身，一徑行去。幽靈的尾巴撐起來，當腳，一頓一頓跟著我，它的頭大大的、耷拉下來，整個身體像一個搖搖晃晃的問號。

五分鐘後，我看到了青馬大橋，它用一種肅穆的姿態立在不變的風中，我眼目中兩處三角形的橋身如同一雙眼睛盯著我，這凝視彷彿高壓電線傳來深空的電流，使我身體顫慄，於是深深的呼吸，千重天幕似層帷的口罩，透入遠空的雲氣，伴著最清、最純的氣息。幽靈的身體也感應到了，變得透明、輕盈，那圓嘟嘟的腳抖抖顫顫的，要躍動起來。

隨著我閉合的眼瞼閃動，眼睛也跟著呼吸，所有感官一起呼吸——於是就連那雲也在一起呼吸了——所有呼吸著的層雲向遠空深去，遠遠的空際看出去愈發深黯了，我與那呼吸、凝視、綿延的橋，融為一體。幽靈的身體愈發透明了，幾不可見，雲煙繚繞般半靠半倚在我身上，甩又甩不掉，好討厭！

十分鐘後，我又來到了一處可以看到獅子山的所在。獅子趴伏在樓群背後，隱而不發、力量深蘊。看它看久了，我甚至覺得它也像一頭蝙蝠，蝠者，福也，遙遠的聯覺如浪波從遠空波及眼瞼，帶來的亦有震撼，有與這山、這城一體之感，而它究竟像什麼？或者是什麼？我也迷惑了，如同墮入迷宮，只好埋頭急急繼續疾步行去。幽靈呢？管它的。

我又行了許多地方，最後在偌大迷離的 K11 商場蕩失路，半天才又稀裡糊塗鑽出了門。猛抬頭，啊！眼前是忽然閃現的維港景緻，是這彷彿無數勃勃生機的霧霾推開來現出的樓群、是終於又立於蓬勃雲氣中的樓群，那雲是彩色的，紛躍的，彷彿時間忽然打開、流動、重新塑形，大幕美妙的景緻陡然出現。

別人是怎樣的感覺我不知道，我只知道自己的，當我蕩失路久久，又忽逢「山窮水盡疑無路，柳暗花明又一村」，那是最美的體驗了——沒有更美的了！

而那幽靈的形體忽然重新聚集，加倍沉實、燦爛、鮮亮，化為一道無可逼視的光，光中無數的獅子奔跑、咆哮……它不是幽靈，是不死的獅身人面，那麼多！

「是的，這不是夢，只是敘述，是那一刻的時間靜止時候我在維港看見的景致：這蛻去了色彩璀璨、雲煙篆繞與大海湧動著浪波隔著深空親吻的雄獅般的樓群，無數雄獅親吻的樓群。一錯神，所有的樓群又只是樓群，而四分五裂的深空向著同一方向聚集，同一個深空深處，一頭獅子正在尋找自己的天空。」

圖一：雞蛋花樹下望天空
攝影︱ Tse Bee

圖二：青馬大橋
攝影︱ Tse Bee

圖一：遠眺獅子山
攝影︱ Tse Bee

圖四：維多利亞港
攝影︱ Tse Bee

誰可證明我的回憶是真實

借筆

「上個月我去打麻雀，樓下阿陳師奶的兒子不錯啊，斯斯文文，一表人才。下午我又有雀局，要一齊來替我戥戥腳過過目嗎？」塏茵的媽媽在沙發上，屁股佔據了兩個座位，大把大把將即食麵扒進口中，宛如鯨魚鯨吞吸入一切，剩下兩塊餐肉一隻煎蛋擱在水上漂浮。

塏茵正在窗邊撚雀，「嗯」了一聲，似是回應媽媽，又似是跟相思聊天。

媽媽滿口麵食，糊里糊塗很續道：「你都四十幾啦，找到個男人照顧你，我就安樂了。」呷一口味精湯，發出「雪雪」聲響，又說：「陳師奶兒子不錯，你先看看吧，說不定一見鍾情呢！」

塏茵撇一下嘴，說：「是你一見鍾情吧！你年紀不輕啦，找到個男人照顧你，我就安樂了。」

媽媽差點被這句說話鯁死，吐出一切，說：「你你你，你老公都走了兩年，你還未放開嗎？一日到黑就躲在家中，好心你就出外識識男人，今時今日改嫁好正常的。」

塏茵說：「你老公都死了十年，既然你放開了，你改嫁吧！」

媽媽被氣得鬱悶，一聲不響，從梳化起來把麵碗丟到洗碗盆去，餐肉和煎蛋在味精湯裡不敢動彈。

媽媽走出廚房，拿起手袋便奪門而出，「砰」的一聲大門關上。

塏茵終於可以享受回娘家的寧靜，始終娘家是她從小長大的地方，讀書時期的喜怒哀樂、上班的精彩與鬱結、拍拖的甜蜜，都一一熨印在窗外的天空。坐在窗邊撚雀的塏茵，偶爾放空，失焦的目光浮游在空中的染藍畫布，有如欣賞自己當主角的電影般，閃現片段式的美好，浮現「我願意。」的一刻，戴上戒指，一生一世的承諾，他付出一生兌現了。

手機屏幕亮起，收到訊息，把她拉回現實來。現實？透過手機跟陌生男子聊天，又有多真實？

「今天是星期日，下午有事忙嗎？有興趣出來飲咖啡嗎？」臉書上叫子浩的男子傳來訊息，皚茵沒有回應，只是不明白明明沒有修改「已婚」狀況，但仍有男人如同盲頭烏蠅般撞過來。可能子浩見她已讀不回，又說：「只是見今天天氣不錯而已，看看日落也好。沒關係啦，你先忙，改天吧。」

皚茵再次已讀不回，放下手機，又再沉醉到現實房間內的一切，一切，總有丈夫痕跡，雀籠、水杯、床鋪、燈桌椅櫃，甚至連塵埃、空氣，都是他的呈現，充斥著氣味，讓回憶不斷輪迴。

「茵，該放低一切，五點到運動場跑跑步。」中學女同學大頭，每星期都傳來一樣的短訊，皚茵每星期也如常應約。大頭當然是叫她放低過去，而皚茵只覺是放低手頭上工作去跑步出身汗。

要插手別人的生活，從來不是易事。大頭與幾個好朋友本來很用力抓住皚茵，大家都擔心她熬不過去，生怕她像相思鳥般剩下一隻時會尋死，所以幾個女生仆心仆命，頭七之後她們開始晚晚到她家開女生派對，陪她過夜，但每每一班傻婆爛醉後就倒臥沙發，而觥籌交錯後的殘局就由皚茵收拾。夜夜笙歌，除了花費精神和時間，還要金錢，結果由無酒不歡的狂野派對變成自斟自酌的單對單 girl talk，五個女生星期一至五輪流陪她，然後，各自以不同原因缺席，男朋友啦，老公啦，誰誰誰入院啦，推了一次，跟著有第二第三次，再轉而為有空的才上去。無可否認，生活始終是自己的，沒有人要為誰負上任何責任，而且突如其來以加法添上威士忌與藍妹，也只能維持某種鬧哄哄的生活節奏，從來沒有改變底蘊的心境和態度。最後，就剩下大頭，每週相約皚茵跑步，在影響最少現實生活的情況下陪伴她。

皚茵整個下午留在娘家的房間，呼吸熟悉的塵埃，撫摸溫暖的油漆，視線擁抱著相思，這種有溫度的感覺承托著回憶建構，因為在生活中沒了他，就沒了現實的印證，記憶就只是幻想的同義詞。

「你還記得他嗎？」皚茵在運動場邊問大頭。

大頭正在壓腿，聲音帶點壓迫回答：「你問甚麼？怎會不記得？」

皚茵望著跑道上人來人往答道：「沒甚麼，有時我怕只是幻想來的。」

大頭傻兮兮說：「他只是去了天國，遲下你就跟他團聚啦！」事隔兩年大頭已不以為意，再也沒想過皚茵可能有尋死的意欲，從宗教角度看，大頭這麼說也是理所當然。大頭貼近皚茵面前，幾乎鼻尖貼鼻尖，伸出雙手為皚茵摘下眼鏡，說：「跑啦，就快日落了。」

夕陽斜照，多巴胺、胺多酚，隨著這兩圈 800 米而飊升。皚茵拖著疲乏的跑鞋，聳起肩膀擦拭耳背的汗珠，走到觀眾席旁的自動販賣機，礦泉水滾下，抬頭喝一口，卻瞥見一位男士背向陽光走近，逆光下沒有看清樣貌，感覺有點面善。皚茵欠身退後半步讓出販賣機，他買了一罐咖啡。

皚茵坐到觀眾席，視線跟著大頭兜圈的同時，剛才的男士已坐在同一行兩三個身位外，喝著剛買的咖啡，齋啡，苦澀的。他「嗒」了一下，對遠處說：「很美呢！」

皚茵不以為意，側頭看過去，他側側頭說：「夕陽照到運動場，很美。」他放下手上咖啡在大腿旁的座位，焦點落在夕陽稍高的雲彩，輕聲說：「胃癌。」

皚茵心中一怔，說：「是血癌。」

他的眼珠下意識轉向皚茵，說：「我太太胃癌，三年前走了。」

皚茵靦腆地短促「哦」一聲，說：「血癌，是我先生。走了。」

他像風，輕輕拂掃皚茵的傷疤，觸碰了，卻又似有還無，沒有痛楚，反而加速血塊凝結。大家沉默了半晌，他才開口說：「很難挺吧。」

皚茵「嗯」的一聲。

夕陽西照暖和，二人默默地喝下飲料的同時，亦豎起了觸角去感受相隔三個座位的動靜，像螞蟻不用言語也能互通訊息、感應。皚茵以為這個雷達早已關閉了，想不到今天向外偵測，才發現世界依然和自己有聯繫。但她頓時感到不安，猶如城牆被推倒，頓感空氣向外流散而變得稀薄，有一種窒息的感覺。

男子有所領會，說：「我也未習慣跟世界對話。」他呼出一口氣，眺望橘黃色的黃昏，說：「身邊親戚朋友都說是時候放下，趁未老找個伴。但是，每吸一口氣都有她的味道，每朝醒來都聽見她的聲音，這種滋味，他們根本未嚐過。」他又嘆一口氣，很深很長，長得足夠一隻海鷗滑翔。「我不是精神病，當然清楚知道她走了，永遠永遠，但我需要她，就同空氣一樣。如今剩下我一個人，誰可證明我的回憶是真實？」

皚茵一直躲在孤島，築起圍牆，獨自活過這兩年，這個「獨自」這個「活」，當然是說內心存活的狀態，心，一直沒有開，派對沒有心開，每週跑步也沒有心開。突然聽到這番說話，正是她這段日子的縮影。可惜，她知道，要是能夠用語言說出來的感受，表達已被文字抽絲剝繭出能夠理解的概念，那麼在深處不能言喻的、無法讓人理解的抽象思緒，就宛如冰山在海底永遠沉睡，只能憑藉觸覺去感受了。

無論如何，「誰可證明我的回憶是真實」這句話讓她震驚，這正正是隨著時間流逝而產生的感覺，或是幻覺。

回憶，虛無得宛若高地空氣般稀薄。

她喉頭嗚咽哽塞，鼻子發酸，黃昏恰似湖泊翻瀉般，眼前模糊一片，結果，抑壓兩年的苦水，滴落。

男子未知她落淚，側過頭來，淡淡然問：「有跟他親口說再見嗎？」

皚茵低頭，輕微點了兩下，聲音遇上路障阻擋般，只能強行擠出一個字：「有」。

他回應：「親口講了再會，便是一個圓滿。」

皚茵再也按捺不住，立馬站起身來逃逸，猶如潛水艇內指揮船員關掉雷達，熄掉引擎，封閉所有窗戶以及潛望鏡，進入隱形模式，潛到海底沙泥之下掩蓋。

她走到跑道旁跟大頭揮手，示意先行離開，然後直奔娘家躲進房間，崩潰般嚎哭、尖叫、咆哮：「我不要圓滿，不要圓滿呀！呀！」一邊灌入大量「氧氣」，一邊抽搐地呼吸大量「塵埃」，她要確定：他的曾經，他的回憶，是真實的！

房間如電影資料館，片段式閃現「我願意。」的一刻，戴上戒指，一生一世的承諾，他付出一生兌現了，我，也算兌現了嗎？

意識漸漸消沉，回憶悄悄稀薄，世界上暫時未有人因回憶稀薄而失救。

崩壞過後的皚茵，有如暴風後的海面，波平如鏡，腦中澄明清澈。忽然間，運動場的男子樣貌配對上腦海中似曾相識的印象。她打開手機臉書，發出短訊。

男子從運動場回家後一直躲在家中房間，躲在全世界回憶濃度最高的地方。房間外打麻雀聲嘈雜，突然傳來媽媽的叫喊：「子浩，來幫我戥腳，我尿急憋不住了。」

「是囉子浩，過來過來，你臉書加她了嗎？你剛才去運動場有碰上她嗎？」皚茵媽媽偷笑著說。

正當子浩踏出房門之際，收到臉書訊息：「謝謝你今天陪我飲咖啡，日落很美呢。下星期我不會再不辭而別。」

二零二四年三月八日晚上十一時

澀谷十字路口　　　斐斐

「謝謝，徐先生。」東京地產經紀向來自香港的客戶徐家俊鞠躬九十度。

「剛才幾個單位地點方便而且設備齊全，回到香港我再跟你聯絡吧。謝謝，再見。」家俊說。

家俊去年被公司裁員，求職一直不順利，又與女朋友分手，自信心受創便希望把重心轉移，考慮到日本生活。他懂日文，與日本人溝通不成問題。道別後，地產經紀和家俊各自坐 JR 離開淺草。家俊無聊沒事幹，情緒有點低落，不知不覺走到聞名的東京地標「澀谷十字路口」。

今天在外面忙了一整天，家俊有點累。看到對面馬路的星巴克咖啡店，便連忙和數以百計的陌生人互相閃避，橫渡十字路向咖啡店方向走。他看到路人從四方八面湧入十字路，又於另一盡頭離開，不知大家往哪裡去，感到徬徨不安。

「於日本生活，我會習慣新環境嗎？」家俊排隊買咖啡時不停地想。

於咖啡店休息了一會兒，家俊肚子有點餓，於是離開咖啡店準備坐 JR 回銀座的酒店。

家俊從二樓走到地面後，想著往 JR 澀谷站方向走。真奇怪，無論他往哪裡走，都找不到澀谷站。就這樣來來回回十多次，像被困於十字路口中。

家俊認為一定是太累以至產生幻覺和妄想，決定走進附近一間拉麵店吃晚飯。

「歡迎光臨！」老闆一邊煮麵，一邊歡迎客人。

「一碗叉燒拉麵。」家俊立即用日文點菜。

「你的日文不錯。」老闆笑了笑。他約五十多歲，古銅色的皮膚給人健康的感覺。

「你不是東京人吧？」家俊問。

「給你猜中，我是沖繩人。」

「你來東京幹什麼？」老闆好奇地問。

「來東京旅行。」家俊有點猶豫，他續問:「老闆，我想問一個很奇怪的問題。」

「什麼？」

「你會否覺得這個十字路口很奇怪？」徐家俊有點吞吞吐吐。

「你是否想說，走不出這個十字路口？」老闆邊說邊煮麵。

「對！你怎會知道的？」徐家非常吃驚。

「每一晚都有人問我同一個問題。」老闆微笑。

「我很想回香港啊！」家俊突然擔心得大叫。

不久，一位六十多歲，穿著整齊黑色西裝的老頭子走進餐廳，他看到家俊嚷著要回香港，便立即走過來。

「山田先生。」老闆歡迎他：「又是雞肉拉麵嗎？」

「對。十年來我也吃同一款拉麵。」老頭子嘆氣地說：「我是山田。年輕人，你為什麼大叫？」

「我走了很久也離不開澀谷十字路口啊!」家俊憂心重重。

「十年前我工作的公司倒閉，自此之後便找不到工作。」山田先生看看手錶。

「叉燒拉麵。」老闆雙手把拉麵遞給徐家俊。

「我被公司遣散那一晚，獨個兒走到這十字路口附近的商店逛逛。很奇怪地，我從此便找不到回家的路。」山田先生請家俊先吃拉麵。

「山田先生每晚也來吃拉麵，一吃便是十年了。」老闆開始煎餃子。

「不！我不想停留在這個空間。」家俊搖搖頭，決心找一個方法離開。

家俊看見山田先生的公事包打開了，裡面有一個杯子，上面印有一個可愛的熊公仔。

「這是我入職第一年同事送我的生日禮物。」山田先生知道家俊目不轉睛地盯著那杯子，便告訴他杯子的歷史。

「意義重大，可否給我看看？」徐家俊好奇地問。

他單手舉起水杯，看看底部是否印有「日本製造」字樣。

「嘩！［日本製造］啊！」徐家俊打趣地說。

可能剛才吃拉麵時手沾了油，家俊一不小心把杯子摔到地上。啪的一聲，碎片散滿一地。

山田先生很憤怒，想一拳打在家俊的面上，老闆立即上前制止。

「對不起！對不起！」家俊向山田先生道歉，不停鞠躬，心裡很害怕。

家俊想起袋中有一個印有「我愛香港 」的鎖匙扣，連忙拿出來送給山田先生作補償。

山田先生沒有接過他的鎖匙扣，反而用雙手掩面，無奈地坐下來。

「可能這是一個新開始。」山田先生望著地上的碎片。

「山田先生，既然我不能走出這個十字路口，不如你教我日文吧。」家俊大膽地提出。

「你的日文說得那麼好。」山田先生抬起頭望著徐家俊。

「還未考到高級班啊！哈哈！」

「從今天起，我開始當你的日文老師吧。」山田先生答應了。

「謝謝你！」

自此以後，家俊每逢星期二，四晚都會到拉麵店學習日文，又跟老闆學煮日本拉麵。

拉麵店食客有不少是外國人和留學生，他們見到家俊跟山田先生學日文，主動上前詢問。山田先生的學生數目越來越多，開始編寫教材，上門教授。

而徐家俊煮拉麵的技巧亦進步神速，從前連方便麵也不會煮的他，今晚竟然帶上頭巾下廚。

「今晚我是二廚!」徐家俊充滿自信地向老闆說。

「阿俊！今晚必定客似雲來。」老闆大笑。

半年後…

「阿俊。我想…我是時候走了。」山田先生向家俊和老闆說。

「為什麼？是否我學得太差？」徐家俊問。

「不是，昨天晚上我又再次徘徊於十字路口，突然看到 JR 澀谷站。」

「JR 澀谷站？在哪裡？在哪裡？」徐家俊很想知道離開十字路口的方法。

山田先生拉徐家俊走出拉麵店門口，指向右方。

「你看到了嗎？」山田先生問。

「看到了！看到了！」家俊喜極而泣，眼淚湧出了眼眶，突然抱緊山田先生。

「阿俊，很高興在這裡遇上你。你令我找回自己的價值。」山田先生拍拍他的背。

山田先生離開前要求老闆為他煎一碟餃子，帶回家和太太和女兒一起分享。

三人道別後，山田先生高興地向 JR 澀谷站走去。

第二天家俊告訴拉麵店老闆他也要離開澀谷十字路口了。

踏出拉麵店門外，家俊有點依依不舍。原來要離開十字路口的秘訣，就是放下昨天的自己，勇往直前，而他終於做到了。

「有機會再來吧。」老闆和家俊激掌道別。

「一言為定。謝謝你教我煮拉麵啊！」家俊說。

回到香港後，家俊在旺角開了一間日本拉麵店，生意總算不錯。

今晚關門前突然有一個年青人跑進徐家俊的店，慌慌張張地問：「老闆，請問旺角地鐵站在哪裡？我跑來跑去也離不開女人街！」

「請坐。」家俊開始告訴他找出路的方法。

每個人都有心中的澀谷十字路口

新生趙子龍

Justin(心理治療小說)

一名一定要集中所有想像力才能想像的英勇戰將，鬚髮蒼然、神情豪邁，當他行走時似乎大地都在震動——至少在許多呆呆看著他的青年將領們眼中是這樣，因為他的精神已經深深融入了無數欽佩他的大小將領們心中。

當他提著一柄鮮豔紅纓槍，睥睨自豪地行過，大野上的風正忽靜、忽大、忽停，靜默的時候似乎是屏息聆聽他的呼吸，吹動的時候似乎在膜拜他的儀容，停止的時候似乎是臣服在他的腳下。

常山趙子龍，號稱「常勝將軍」的一代名將，博望坡、長阪坡、江南、川中……將軍百戰遲暮日，爍爍威名愈發為世所重，圍繞他有數不盡的傳說和歌頌，他也一直深深為之自豪，然而……

所有人的眼睛倏然睜大，而有的則別過了臉，露出淒悵之色，因為趙子龍本來是龍行虎步的，卻忽然一下子跪了下來，如同一袋沒有任何生命的麵粉袋一般顫動兩下，癱倒，翻翻滾滾的在地上追逐起一隻土撥鼠，看起來跟一頭巨大的兔子也沒有多大區別。

哎！壽者多辱，趙子龍的功業是無人可以否認的，自然尚不及辱，然而在這一望無際的大野上讓無數新舊將領看到他的這一幕，實在使人不忍卒睹。新來將官們略有些疑問，然而也很快明白了，子龍將軍大概是腦部出了些問題，許多老年人都會這樣，不足為奇，不過看到這麼出色的一代名將也如此，也頗引發了他們幾多唏噓。

2)

從趙子龍的眼中看出去可不是如此，他看見那只土撥鼠東奔西竄，眼前幻出的卻是百萬軍中曹將夏侯恩搶走了阿斗正策馬狂奔，而他自然要奮力追逐，志在必得。當時他一槍刺死曹操的背劍之將夏侯恩，奪得青虹劍，卻不料夏侯恩怎地又活了，甚至兜轉來搶走了他的阿斗，他正全力追回，當他猛力一撲撲住土撥鼠，土撥鼠掙了一下，就近找到個地洞鑽走了，他頓時「嗚嗚」大哭起來，因為他看見的只是他搶回的阿斗化為一道紅光消失，那光中有他永不能理解的天命與君心，君王之福庇佑他于萬軍之中有驚無險救得阿斗，然而阿斗終究跟他沒有什麼關係，而現在的阿斗更是對他福澤有餘、相聚無多，看來他跟阿斗的關係是越來越淡漠了，怎使他不心生悲涼，盡情哭泣。

有幾個將士過去扶起趙雲，又對子龍將軍的兒子趙統將軍行禮，按照他的要求排兵佈陣。這是一場很特別的軍事演習，許多軍人連演習目標也不清楚，但仍然一絲不苟做著，其中多少將士心中感到了一種詭異氣氛，仿佛這不僅僅是上面分派下來的任務，更是一次是否可以解除大蜀國根本危機的秘密行動。

3）

多少年來，軍中或民間流傳開來子龍將軍的傳奇很多，最膾炙人口的是他單騎救主的動人傳奇，當時趙雲將阿斗裹縛於懷、衝鋒陷陣，卻不料連人帶馬，跌入陷馬土坑當中，曹軍大將張郃挺槍就刺，眼見二人是一槍四個血窟窿，卻不料紅光一道蕩開那槍，征馬憑空而起，二人性命得免，隨即趙雲護主殺出重圍。

那一道紅光究竟是怎麼回事？難道真的有皇帝命嗎？孫權降生，母親「夢日入懷」；曹丕降生，屋頂祥雲數日；劉禪降生，「甘夫人嘗夜夢仰吞北斗，因而有孕」，那些祥瑞又跟這一類發生的皇帝終究遇難呈祥的故事又怎樣的聯繫，真的還是假的？可能還是不可能……無數的問題很少人問，問了也沒有答案。

當記憶如同一塊塊坍塌的山岩從高空墜入大海，他的心念似乎逐漸融入一個夕陽殘照的大海，與海平面深深的融為一體，海裡面有什麼呢？哎！僅僅是一個老人暮日無從打撈的偌多記憶吧！

趙雲心中是常常想到他當陽救主那一幕的，尤其從坑中隨紅光躍起那一幕，更是記憶彌深，不管有多少人懷疑其真實性，但那超現實的一幕總是歷歷在眼前的，愈演愈真，就算原本是人編出來的，也已經是真實的了，比真實更真實，似乎是他從一個蒼茫心海中還能看到的惟一。

大野上幾個將士躍過來與趙雲戰在一處，趙雲左擋右抵、幾乎不敵，他雖然記憶喪失了大半，武功還在，越鬥越勇，每當他感覺吃力時候，就聽有人大叫，「放下你懷中的阿斗！」他就又愈發抖擻精神迎戰，戰戰的他一腳踏空，掉下一個土坑，坑中有一頭白馬，他跨上去，一員敵將又揮槍刺來。

眼看萬萬避不過了，趙雲心中卻似乎潮湧般忽然想起了好多：他早已過了「從而所欲不逾矩」之年，心中唯一是一個念頭——我是一個曾在當陽救主的大將，君王有天命庇佑，我得天心之道，我所經歷的傳奇從來沒有人再有過，再來一次，那真是不枉此生！然而年月已近，我命將歸，我將帶著我最絢麗的這份記憶回到天上，在天上，我可能會將一切重新想起。

看著那長槍刺來，他的目光倏然如自焚的亮星發出絢爛光華，所有的精神都集中到一點上：避開！躍起！沖出去！

一道紅光從天上覆下，他目呲俱裂、血流鼻唇，奮身策馬一躍而出土坑，頓覺眼前一亮，許多記憶湧現出來：「新野一戰，主公以少勝多打敗曹操，後曹賊率五十萬大軍圍困我們復仇，我軍三千人馬敗逃到當陽縣時被曹兵截住，與主公走失、走散糜夫人母子，我找到糜夫人時她卻為了阿斗跳井身亡，然後就是我的懷抱阿斗連環衝殺，直到陷落土坑……」

4）

呆了半響，趙子龍甚至想起了他的兒子。

這時候，軍人們收起大野飄蕩的大片紅綢，趙統將軍過來對著他開心地叫，「爹！」

說明：此作借鑒了超現實主義的圖像理念，根據常山趙子龍當陽救主的故事寫了這樣一個小故事。故事的核心是《三國演義》中「一道紅光」護佑趙子龍懷抱阿斗策馬而出，重新殺出敵陣的一幕。對於這一幕有諸多真假虛實的設想，且不去說它，只說故事借著這一幕寫出了趙子龍暮年失智，他的兒子趙統故意安排一出軍事演出，幫助父親恢復記憶的孝親行為。愛因斯坦說，「想像力比知識更重要。」人類的集體想像形成共通的世界感並不斷改變世界，世界歸根結底會與傳奇、神話、故事、寓言等有同構關係，所以趙子龍能憑著這個重大的生活事件喚起記憶，實現了有效「心理治療」。

鏗

陳傑強

密雲，無月，一片漆黑，只下面傳來激流撞碎在岩石上的響聲。渡口名追思渡，只因無數船隻碎於此，留下家人追思。

客店內，賣藝女子撥琵琶，奏起清脆樂音，客店中便生出一道清溪，上有鳥鳴。輕快的一段，描述男女在田中快樂地耕作；陽光明媚，他們動作輕快，猶如舞蹈，時而對唱山歌。女子攬琵琶如抱情郎，撥弦如輕撫面。忽然，樂音轉作急亂，只因凌王派了個奸官來管理，賦稅甚重，百姓生活艱苦。樂音低吟，是百姓夜中哀嘆。彷彿琵琶女撥的不是弦，而是撩撥人心。生活迫人，情郎離鄉，別時草木也發出哀聲，樂音碎，心也碎了。

蒲先進、左禽、來右、劉後四名捕快，圍著死囚曾正。

曾正濃眉大眼，粗獷如山中野樹，被鎖在枷中，為鐵鍊緊縛，全身動彈不得。他凝神聽著樂音，時而微笑，時或低迴，指扣桌面，哼聲低和。他的心已投入到那時的生活，那時的悲喜情懷。枷和鐵鍊，竟似是不存在。

領隊的蒲先進木無表情。旁邊站著的一位文士，心頭一震，心道：「他們二人，竟是透過樂韻，交流心聲！」

曾正帶領村民抗議奸官苛政，凌王誣他殺人。本來就地處決，梁王介入，遂押至京城。梁王計劃，到京城，設法讓他面聖，訴說凌王不義。凶殺案中的驗屍人，習一刀也被梁王安排，一起押送。

凌王命四捕，途中將曾正殺死。四捕卻發現不行，因為蒲先進拔刀時，發覺習一刀腳步略移，已手按刀柄，站到自己的死門。自此蒲先進不敢貿然出手，等待習一刀不在時才殺人，誰知這習一刀竟是寸步不離曾正。

曾正和習一刀也知此行凶險，成功機會微；但只要有一絲希望，曾正仍是無悔，勇往直前。

劉後走過去，伸出右手，摸女子臉，還想作更無禮之事。

曾正、習一刀大怒，卻聽得蒲先進沉聲道：「劉後，回來。」

劉後咕嚕一聲，悻悻然退回。

女子也不理會。忽然手指橫掃，猶如削人咽喉，「錚」的一聲，四弦應聲聲齊斷，聲如裂帛，刺人耳膜。

幾桌食客十多人，立刻自包袱抽出兵器，撲過來搶犯。

眾人早已安排陣勢，分別襲向四捕，信心滿滿能一擊得手。

誰知半空一條銀龍閃現，飛過處，「哐噹」亂響，眾人手中刀盡被打飛。卻是習一刀躍前揮刀。他只出一招，倏進倏退，收招後仍站在曾正跟前，好像未曾動過。

習一刀心中暗叫好險，若不是自己比四捕快，此際劫囚眾人已是地上死屍。他們低估四捕武藝。四捕要殺他們，比殺蟻還易。

眾人失刀，知道今日無望，隨即一邊施放暗器，同時逃跑。

四捕揮刀盪開暗器。誰知此時，旁邊一名老者，窺準空檔搶入。

習一刀暗嘆一聲，這「老者」身手驕捷，當時年青人假裝。他卻不知這是送死，蒲先進的刀，已自他看不到的死角，直刺其心胸。

習一刀衝前，出招比蒲先進快。「老者」但覺眼前刀光一晃，嚇得連忙後躍……不知避過了蒲先進致命殺招，在鬼門關前轉了一趟。

習一刀出招後便要後躍回去，保護曾正。豈料他腳才發力後蹬，耳畔蒲先進喝聲「去」，一邊劉後往後一掠，身後便湧來血腥味。習一刀咬牙切齒，琵琶女淒然喊「曾大哥」，曾正以殘餘生命叫得半聲「季……」便再無聲息。

琵琶女季氏衝前，舉琵琶打劉後。劉後迎上去，臂一格，琵琶斷折。劉後伸手抓向季氏咽喉。

忽然，自廚房飛出一黝黑圓形物體，在半空旋轉，卻是隻大鐵鑊。眾人凝望戒備。突地「蓬」的一響，鑊中油著火，光芒刺目。眾人不防有此一著，眼睛發痛，一時睜不開。

那鑊將幾桌上蠟燭打熄，便又毫無預兆地熄滅。

剎那間店內盡是漆黑，由極光霎時變極暗，眾人頓時便成了瞎子一般。

聲音傳自廚房，有人掠出。此人將桌椅踢亂，黑暗中習一刀聽到他攜著季氏，就要越窗而去。

蒲先進聽力也是不弱，一躍，避開雜物，揮刀劈向越窗二人。

習一刀也躍，後發先至，揮刀橫劈，便劈中二人。只是，他用的是刀背。他保不了曾正，便助其愛人季氏逃走。這刀背之力，是送二人速逃。

卻不知劈中何種金屬，但聽得「鏗」的一聲，悠然不絕，悅耳非常，滌盪人心，聽到的人都願這聲音不要消失。

* * * * * *

曾正被殺，習一刀怒極。黑暗中， 他聽聲辨影，刺向劉後，劉後聽到風聲，一閃，卻剛好擋住蒲先進。習一刀乘機向兩邊大開大合，斜劈兩刀，左禽來右目仍不能視物，慘呼聲中，已化作亡魂。習一刀踏前一步，刀速快於疾風，將劉後當胸刺透。蒲先進趁機刺習一刀，不料頭上勁風大作，不知何時，有刀已然劈至，蒲先進慌忙舉刀去格。豈料習一刀含恨而劈，威力無儔，竟硬生生將刀身斬斷，刀勢直下，將蒲先進斬成兩半。

誅殺四凶後，習一刀餘怒未息，兀自呼吸急速，像個風箱。

* * * * * *

習一刀氣息漸漸平復，燭光復亮。

四捕仍站在客店中。

剛才連殺四捕，快意恩仇，只是習一刀腦海中想像，是他渴望的理想做法。

現實中，他仍要在衙門中混，他需要薪酬，否則會餓肚子。而且四捕乃公門中人，王命在身，也是身不由己。何況殺了四捕，便是與大唐所有衙門為敵。

劉後剛才以右手輕薄季氏，此時其右手被斷琵琶插得稀爛，已是廢了。

蒲先進與習一刀冷眼對望。蒲先進胸口仍隱隱作痛，剛才黑暗中，被刀背劈了一下，不是習一刀又是誰的所為？！

他冷然道：「囚犯遇夜襲，被殺。我自會回去稟報凌王。習一刀，這都不關你事，你仍回原屬揚州衙門去吧。」

習一刀轉身離去，心知揚州衙門也是與凌王勾結，曾正和村民的悲怨，短時間內難以昭雪。

他垂著頭，心中鬱鬱，身在公門，處處受制，出刀也是不爽，幾下精彩創作的招數，更只能以刀背劈去。

不知何時才能脫離衙門，做自己想做的事。

之後，他腦海中時常會響起那鏗的一聲。為何那麼悅耳？但覺那聲音韻含了人間美好一面，和平的感覺。不殺四捕，似乎也是聽了這聲音之後的事。

* * * * * *

從廚房衝出，救了季氏的，是蔡順。數年前，他也是因為反抗凌王，被凌王追殺，幸得曾正救助。

剛才黑暗中，自背後劈他一下的那名文士，到底是敵是友？他也無心想了。

蔡順將季姐（即琵琶女季氏）安置於鑊中，自己扶著鑊行駛，穿越激流。那鑊是師父送給他的，用料是天外飛來的玄鐵，波斯和中土巧匠聯手製作，能煮出美味食物，令人幸福。這鑊名叫「常歡」。夜間它常輕躍如舞，並發出悅耳鏗聲，猶似歡笑。

此時鑊沒有笑，蔡順也覺對「常歡」不住。周遭江濤起伏，他的心也甚是激盪。

季姐無意識地用手輕輕潑著水，口中哼唱著不知甚麼曲調，眼神空洞，卻沒有哭。蔡順心痛到幾乎出血，他知道季姐這是哀痛到極點，以至哭不出來。

蔡順本來負責得手後掩護撤退，他深悔自己看不出四捕武功如此高強。他發誓要剷除凌王，報今日之恨，並解救黎民。

職場成長記

嫦娥

一九八八年初，某天，會計部主任秀慧與高級會計文員美英商討聘請初級會計文員一事：「我收到的求職信很少，而且所要求的工資多數是超過了公司預算。有一個申請人所要求的工資接近公司預算，他是一名中學畢業一年多的男子，名叫偉民。他目前在酒店餐廳擔任侍應，擁有初級簿記文憑。本來他是符合這職位要求的，但是我們兩個都是女性，請一名女性作為下屬會更合適。」

八十年代很少有女性擔任男性的上司。秀慧不想有一位男下屬，因為她認為會計部全是女性，合作會較融洽。

「我同意。」美英回答道。

過了一段時間，仍然找不到合適的人選，於是秀慧決定聘請偉民。

公司是一週五天工作，八十年代很少有公司是星期六不用上班的。加上大部分員工都是年輕而且未婚，因此很多時候同事都會在星期六一起消遣，這使得大部分同事之間的關係和合作都相當融洽。會計部三位同事也是積極參與其中，這使得他們不但工作上合作愉快，也成為了好朋友。

雖然公司的會計部沒有使用會計軟件，但是也有電腦。儘管偉民的工作相對簡單，但仍有許多重複的工作。他想出了許多方法來提高工作效率，其中包括盡量使用電腦處理工作，這使得他的工作變得輕鬆得多。

年結時，秀慧及美英需要加班工作。這些工作不是偉民的範疇，他也沒有相應的經驗，所以秀慧沒有要求偉民加班幫忙。

「我可以留下來加班幫忙的。」一天，偉民對秀慧說。

偉民畢業於傳統名校，但是會考成績一般。中學畢業後，他未能找到文職工作，便到酒店餐廳擔任侍應。其間他感到工作苦悶及沒有前途，便於工餘時間修讀初級簿記。他取得初級簿記文憑後，便開始找會計工作。當秀慧通知偉民獲聘時，偉民感到很開心，因為他終於能進入會計專業行業。偉民入職後，一方面很努力工作，另一方於工餘時間繼續進修。

會計專業非常講求實務工作經驗。雖然偉民已取得中級簿記文憑，但仍缺乏入帳等實務工作經驗。現在看到公司入帳等工作人手不夠，他便主動提出幫忙，這一方面能減輕上司兼好朋友的辛勞，另一方面也能讓自己取得入帳等實務工作經驗。

「好的。」秀慧看到偉民自發地要求幫忙，於是便教他做入帳等工作。

有了多一個人手，年結工作比預期完成得更快。自此，秀慧會在偉民有空時把其他工作分配給他，而偉民也樂意接受。

偉民入職約一年後，即是一九八九年初，公司進行年度加薪，偉民獲加薪 20%。

1980 年代，香港的經濟蓬勃發展，到 1989 年香港的失業率甚至低至略高於 1%，達至全民就業。當時的加薪幅度非常迅速，而會計行業是其中加幅較大的行業之一。

年度加薪後不久，美英辭職，原因是她要和已移居加拿大的男友結婚。秀慧意識到請有經驗的會計人員並不容易，而且看到偉民不僅表現出色，還已經學會了會計部大部分的實務工作。此外，他最近還取得了高級簿記證書，因此她建議老闆升偉民為高級會計文員，並再提高他的工資，同時將初級會計文員的職位向外招聘。老闆接受了她的建議。

偉民升職不久後的一天，在開每月例會時，老闆多次强烈地批評會計部，更認為會計部主任應該負全責。秀慧因此不悅。

四年前，秀慧入職這家公司任職高級會計文員。數月後，會計部主任辭職，秀慧便獲升為會計部主任。在這四年內，秀慧一方面於工餘時間修讀工作上需要的知識，如會計、電腦、船務等；另一方面她也不斷改善會計部運作，這不但使會計部在公司生意大幅增長下不需要增加人手，還使公司收貨款的速度比她入職前快得多。因此同事及老闆皆很尊重和欣賞她。

感性的秀慧因與同事相處融洽且得到老闆的信任和重用，雖然工資偏低，但仍一直未能下定決心轉換工作。此次因一名員工離職，又未能及時補充人手，導致會計部工作有些不完善的地方。老闆竟然不體諒，當眾深責她，她便下定決心轉換工作。老闆察覺到秀慧不悅，便不敢再責怪她，更對她和顏悅色，但她去意已決！

不久，秀慧得到一家大公司的聘用，擔任會計部主任，工資和福利都遠高於現在。

秀慧交辭職信給老闆時，老闆感到很苦惱，因短時間內收到會計部兩封辭職信，這次更是收到會計部主任的辭職信。秀慧說了一些客套話後，便提出建議：「我明白公司是做小生意，很難要求公司給我大公司的工資水平。偉民已在公司工作了一年多，已經學會了會計部大部分的實務工作，因此我建議升他為會計部主任，並且相應地提高他的工資。此外可以把原本由會計部處理的船務及行政工作轉給其他部門，這樣便可減少會計部人手及支出。」

雖然秀慧辭職，但是她對公司、老闆、同事與及她照顧了四年的會計部都很有感情，所以她仍然很為公司設想。

老闆覺得秀慧的話很有道理，便沒有因她的辭職而生她的氣，還感謝她提出好的建議。

一九八九年五月十九日，偉民忙於接手即將離職的上司的工作。儘管這一天工作繁忙，但他感到非常開心，因為他連升了兩級，而且工資也比一年多前入職時提高了超過 50%。

後來，秀慧和偉民都取得了會計師專業資格，並且在上市公司擔任要職。

謎之抉擇

王謝堂（藝術小說）

我有一個長得像金庸的朋友，國字臉、身材不高，說話、行事總是給人和氣感，然而當他偶爾激動於講述什麼事情時，自帶不怒而威……

據說金庸就是這樣，雖然他同時是報社老總，然而亦是優秀的武俠小說家，我的朋友則一方面造火箭（他在西昌一個衛星發射站工作），另一方面亦是一個優秀的超現實主義風格畫家，愛畫些如同瑪格麗特畫作那般極有現實感又荒誕不經的畫，他與金庸都能夠將極度理性與非常感性的工作天衣無縫、恰和無間，使人欽佩。

他愛說，「造火箭是科學，畫畫是藝術，哪一個更強有力的影響他人？是藝術。」

我倆都是金迷，「飛雪連天射白鹿，笑書神俠倚碧鴛。」這短短十四字聯語的每一個字代表的不僅僅是一本金庸小說，亦是無數我跟他的故事，每一個故事裡都有我跟他的許多記憶，在內地時抵足而眠談詩論文的雪夜，在港島時泥足維多利亞港並一起閉眼感受海風輕拂，在 S 城旺角一個深深巷子裡共覓一味白切雞飯。

更多時候，我們是在 S 城人說的「石屎森林」昂昂然共行，眼目繁華不及我們心中繁麗，何況還有友誼，這秘密滋育著我們身心的友誼。

他說，他最近畫了一副「可以根據人的實際經歷變化形象的畫」，送給我，叮囑我隨身帶著，又說，「要到生死交關的時候才能看……」

我打開一看，那是一幅不知所云的抽象畫，畫的像是一片海濤，又像是什麼都沒有畫。

我撓著頭，「這是什麼意思？」

「看你急的！我剛剛話還沒有說完，‘看’字後面還有三個字‘第二遍’。」

我愈發迷惑了，「為什麼？」

「到了那個生死交關的時間，你就明白了。」

又過了幾天，在 S 城，他的地下工作室。

他激動萬分地跟我說，說他將宇航虛擬空間技術弄通了，然後創造了一個虛擬金庸武俠小說世界，不妨共去一觀，隨後要我和他「一起看著眼前的立體屏幕」。

我定定神，真的看向那巨大屏幕，天！無數光體織就，它也確實太「立體」。

看了一陣，許多帶著暖意的、輕忽的光幕覆下，將我倆覆住。

他又取出兩個操縱器，給了我一個，略交代用法，又說按了可以返回。

然後他又按下按鍵，就見迎面走來許多人。

有嘴角含笑，一副對什麼事都不在心樣子的楊過；還有眼角眉梢總帶著似有若無悲苦與倔強的令狐沖；流裡流氣、痞氣外露，但是又總是帶著種種慧黠、淘氣的韋小寶；一個白衣勝雪的少女飛掠而來，她腦後的金色鈴鐺「叮叮咚咚」，寰發搖曳如烏雲，驚鴻一瞥的回頭讓我們看到她至美的容顏，那是小龍女。

我只知道大有進境，可不知已到如斯境界，想來馬斯克的「元宇宙」也不過如此吧！

我過去跟武俠人物交談，咦！他們竟說各國語言，好炫！

獨臂神雕大俠楊過更將我拉到一旁跟我說，「我在等我的妻子出現，已經在絕情谷邊等了8年，還要再等8年……」我訝然，指著小龍女對他說，「那不是嗎？」「不是，我的妻子長得不是這樣的。」

我搔搔頭，我竟然被虛擬世界中人糾正「真實」，而虛擬人要尋找自以為是的真實？

我細看楊過，他有浪子氣度，一切不放在心中。

細看，可以看出他的目光時而神光灼灼，時而憂戚濛濛，那鬱鬱然的心緒呼之欲出。

小龍女呢？

那個小龍女與他擦肩而過，翩翩鴻去無跡，我只能眼睜睜看著。

他倆互相當不存在般，像不認識。

夢去去，各奔前路。

只聽他說，「郭叔叔告訴我，金輪法王為了逼她獻出古墓派的武功，騙她服下了一種可使全身酥軟、武功全失的毒藥，將她囚禁在牛家村中，你要幫我一起去將她救出來。」

這事我難以決斷，四望卻發現小龍女走了也罷，連我的好朋友也已不在，遍尋不覓。

想起我手中有操縱器，不是說按了就可以返回嗎？於是我狂按一番，可是半天沒啥反應。

耳中只聽朋友聲音傳來，細微，幾不可聞，「我的技術……有個難以克服的瓶頸，我出現，他……們就不能存在，他們存在，我就不能存在，頂多可以秘……密傳點聲音給你，你去吧！幫了……楊過的忙之後，在牛家村……的一間密室再按返回按鍵，我就再入屏幕……幫你。」

我看楊過目如朗星地看著我，看久了如墜黯夜深邃，眼中無盡悲哀好生動容，於是道，「好吧！」

我想，看來好友要突破「元宇宙」的虛擬存在隨時與我聯系，很難！目前只好第一時間幫楊過的忙，去牛家村救出了「他心中那個小龍女」再說。

儘管旁邊本來就有個小龍女。

我不明白。

哎！我們是怎樣救到小龍女的？那個他「心中的小龍女」的？

真是一言難盡，倒像是一出「薛丁山征西」般的傳奇劇情，一關關的過，打不過就找地方切磋武功，或設定通關計謀。

時而又被金輪法王的手下誤導，誤入歧途等，可總算一關關的打過去了，當我們總算快救到小龍女的時候，已經是三月之後的一天，她就被困在那間密室當中。

一番拚殺，我和楊過合力用「降龍十八掌」「黯然銷魂掌」一起打開大門，裡面隱現了小龍女的容顏，啊！那才是完全的至美，那樣的美就像⋯⋯

可是，就像原本那個小龍女。

同時，嘎嘎嘎嘎，我的操縱器響起來。

那麼久它無論怎麼按也沒有反應，而現在它開始響個不停⋯⋯

我正驚呆，七八個敵人又從屋頂躍下攻向我們，使我們應接不暇。

而為防自己失手被擒搜身，我拳掌齊施，隨手將操縱器交給了楊過。

當我一腳將最後一個敵人踢出門外，好不容易衝進門來，只見楊過正拼命按著返回按鍵，不知何故。

好友的聲音又傳來了，「趕快搶……回操縱器，返回……」「到底怎麼回事？」「楊過找到了他心中的小龍女時候，操縱器就好了……而現在，楊過要造反，要帶著你和這個小龍女一起遁入‘元宇宙’，一個完全的虛幻世界，不能讓他得逞。」

楊過過來了，「你要跟我一起去完全的虛擬世界，那裡是最美好的世界，你心中就沒有一個理想的異性嗎？跟我走吧！你一定也可以跟我一樣，在那裡也找到你的理想伴侶，就像我的小龍女。」

他手一揮，牆上出現一個瑩潔的如月滿照的洞，示意我跟他進去。

我找小龍女，那裡有她身影！這個小龍女跟之前那個小龍女消失得一樣快。

再打開密室門，外面也沒有敵人了，好友的聲音越來越焦急，「快快，返回。」

啊！究竟哪一個世界更好？

我一時間迷惑了，呆住，不能選擇是聽好友的話攻擊楊過，搶回操縱器？還是跟楊過一起去那個或許更好的世界——愈發虛擬的世界？

我感到了巨大迷失。這迷失不僅是一種感覺，簡直就是一種現實感的喪失，彷彿我在逐漸沉入昏迷、死亡。

隨後，我漸覺氣力耗盡……

現在是生死交關的時候了，我想起了朋友送的那幅抽象畫，而它現在又是被我背在背上的，於是我趕緊取下它，打開畫卷。

只看了一眼，就看到裡中還有畫，彷彿我瞬間被吸入畫面，掉到無數幅畫面嵌套著畫面的畫中。

最後我只見自己置身完全的黑暗，眼前僅僅是這幅泛著微光的抽象畫，定睛看，裡面是發呆的我、密室、面目猙獰的楊過、牆洞中怪物湧動。

我抬頭四望，除了黑暗還是黑暗。

我想起他那句話了，「造火箭是科學，畫畫是藝術，哪一個更強有力的影響他人？是藝術。」

那麼是這幅畫終將把我帶到什麼地方？

更加不可控的藝術之境？

我不知道。

十年　　　藍晴

「誰偷用了我的錢？我失去了二百元，大概是天成罷！他竟用我的錢。」

新芳喃喃的呻吟著，正好奶奶聽到。到了黃昏，天成回來，奶奶對兒子說：

「阿芳說失了錢，是你拿了去用嗎？」

話還沒有講完，天成一股怒氣湧上心頭，衝入房中，一手拉著新芳的衣領，把她從房中拖到大廳中，大聲罵道：

「我要用妳的錢？我呸！我要和妳離婚。」

大廳是個山寨式的燈炮工場，當時伙記們仍在開工，身為老板娘的她，被眾人目睹這情景，加上天成的話，新芳既羞又怒，正想找個洞把頭鑽進去。 此時正望見桌上有抱鉸剪，拿起鉸剪向著自己的胸膛：

「我要死給你看。」

天成急忙搶去鉸剪，連忙下跪。

「對不起，是我錯，我收回剛才的話。」

此刻新芳將怒氣遷到奶奶身上。指著奶奶說：

「是妳，胡說造謠，想離間我們夫婦。」

奶奶百詞莫辯。

未幾，一天夜裡天成想親近新芳。

「不要碰我。」 新芳賭氣的說。

之後天成開始沉迷賭博，又常到夜總會舞廳尋歡作樂。旋即，醫院傳來父親的死訊，屋漏更兼逢夜雨，業主要收回這層樓。他的生意要結束，兄弟伙記們的遣散費，父親的醫藥和葬，殮費，搬遷費，加上自己的賭債，於是向同鄉財主就伯借了一大筆錢。全家由土瓜灣搬到新界粉嶺的一間小木棚。無辦法之下， 衹得去行船，離開妻子兒女及家人，及後在跳表親的協助下跳船到了美國。並找到工作兼寄錢回家。

新芳不穿舊日的錦麗衣裳，把心愛的那套淺藍色包鈕西裝裙都丟到垃圾桶裡。放下身段，在地盤做泥工。白皙的大腿，因用力壓下鏟子而留下一團瘀黑印。後來踏單車送鮮奶，又幫表姐手在街上賣豬肉。家中的雜務有奶奶和小姑處理。她全都不需理會。中午回來便一屁股的放在麻雀枱上。她仍是有怨氣的。她怨丈夫與她分離。一次兒子犯了錯，她狠狠的用柴枝向著兒子的腳上拷下去，也顧不得柴枝上有釘的。

年尾到了，債主就伯到來。

「就伯，今年我們只能還這少少，鄉下四叔的遺孀及遺腹子要接濟，在港又有小姑要養。」新芳可憐兮兮地向債主說。

十年後天成取得了居留權，接她們三母子往美國。

「沒法啦，嫁雞隨雞 ....」新芳對隔離鄰舍說。

天成已戒煙和賭。新芳替他還了債，帶著小小積蓄，在美國經營一間外賣店。夫婦二人負責廚房，兒子和女兒在課餘負責接訂單及清理垃圾。其後天成買了一部藍色林肯房車給新芳。

「這個矮婆仔（大伯對新芳起的綽號）不知自己生得矮小，竟然駕林肯車！」

大伯連嘲帶妒的說。

「各有前因莫羨人！」站在佛羅里達州的屋門前，新芳一面驕傲的把頭髮向後掃，掃去了十年的怨屈氣。

給我遇上〈1〉謎　　杜薇

應大姨婆之邀，到她家幫忙整理陳年舊書，送贈慈善團體。別看大姨婆七十歲出頭，仍精神奕奕，比排行第八、我的外婆還要健壯。我們在同一所中學唸書，她笑稱我「小師妹」，與我談得甚是投緣。

「小師妹，聽你媽媽說，搬家後你改乘電車上學，為何選擇這行駛得最慢的？」

「哦，大姨婆，我跟同學一起作伴⋯⋯」

「咦！臉紅至耳根啦，別騙人，該是小男友吧？」

「不，我們還未相識，只是每天在車站相遇，乘搭同一班車，然後一起走回學校。」

「怎麼不打個招呼？不是同級的？」

「我猜是中六級的大師兄，他不是風紀隊員，但可以走正門，我只能站在側門鐵閘旁目送他走進小斜坡上的正門。」

「呵呵，原來這舊傳統規矩幾拾年還沒變，當年我誤闖正門還被記名哩！這大師兄很帥咧，竟把我這中三小師妹變成『十月芥菜』了。」

「唉吔，別笑我，他不很帥，也不算高大，但不知怎的我總想多瞧他一眼。」

「學校每年校刊都有每班的班照，怎不懂得在去年校刊上找找他的名字？」

「找過啦！中五級四班沒有，我想可能他重讀中六，但中六級四班也沒有，學校又從來不收中六外來生，另外各校隊、學會、圖書館管理員等等的合照都沒找到他，尋人線索也就斷了；既然他每天準時現身車站，我便也準時到達，跟他一起乘同一班車，一起走回學校。」

「他也沒跟你打個招呼？同校小師妹也不照應一下？」

「沒有，從沒有。他雖然臉上掛著笑容，但總像想著些甚麼似的，車來了他先上車，到站了他先下車，回校途中他走在前我跟在後，然後目送他走進學校正門。」

「傻丫頭，你不主動跟他打招呼結識他，一年後他畢業了你的夢也做完了！」

「找不到他的名字，我才不跟他搭訕！」

「唉！大姨婆，別光談我的事，我就不信你讀書時沒有小男友。」

「哈，我文武雙全，怎會沒有！？幾拾年前的事，告訴你又何妨。」

「我們是初中三的正副班長，合作頗佳，談得投緣便開始了；當時我們也住在你那一區，故意乘搭電車以爭取多些時間相處，我們相約在車站等候，一起乘車，並肩走上學校那條長長的斜坡路，邊走邊談十分愜意。」

「高中一那年他當選風紀，胸前掛上個金黃色的風紀徽章，狀甚威風，憑這標誌他可以出入學校正門，於是每天他便在側門丟下我，獨自走上小斜坡進入正門，我們班房被編在側門這邊，他卻寧願繞個大圈才回到班房。」

「我罵他貪慕虛榮，他分辯說既然風紀和畢業班學生一樣享有走正門的特權，為甚麼要放棄而不遵守規則。哼！既然大家要走的路不一樣，又何必在一起？於是每天我故意或早或遲的到達車站，之後他也不堅持跟我一起上學了。」

「多可惜呢！他既當選風紀，一定品學兼優啦！後來呢？」

「哪有『後來呢』，他讀書的態度和做人一樣固執，應付不了高中緊迫的功課和考試壓力，高三那年聖誕前辭退風紀職務，忽然昏睡兩天多後竟墮樓身亡！聽說他的精神出現了問題，我想大概是如今所謂『抑鬱』吧。」

「噢，當時你很難過了？」

「雖然早已分手，但確實也難過了好一段日子⋯⋯咦，你不是拿著我高二那年的校刊嗎？看，高二甲班，站在第一排班主任老師旁的是我，他站在最後一排左起第二位，何啟亮。」

吓！竟然是他！找到了，終於找到了！

當晚，我輾轉反側不能入睡，一直在想著何啟亮，沒有告訴大姨婆我遇上了他，怕她緊張驚恐；我在想：這何啟亮到底是甚麼「東西」，五十多年前身故後，是否一直堅持到車站乘車返校？太陽底下沒打傘，照理不是鬼魂，但這說法只是坊間故事給予人們的印象，誰曉得鬼魂是否真的怕陽光？不過他精神奕奕、朝氣勃勃，又不像是個「死了的人」，難道他從外太空哪顆星球來的？不，不對！外星人很聰明，怎會辛辛苦苦的在香港讀書這麼笨⋯⋯呀，對了，他一定是在墮樓前不知怎的掉進時光隧道，穿越到五十多年後的今天，過上學生生活，然後抵受不住現時的考試壓力，糊里糊塗地跳樓，看來這假設的可能性較大⋯⋯如果⋯⋯如果我接近他，鼓勵他，他便可能不致跳樓⋯⋯那麼他也許會跟大姨婆復合，成了我的⋯⋯姨丈公！哈哈，想不到改寫歷史這壯舉，竟給我遇上！啊，對了，他是在中學最後那年臨近聖誕墮樓的，那豈不就在未來這段日子便會發生？我必須迅速行事才對！

次天，我準時到達車站，何啟亮已若有所思似的，笑眯眯地站在車站，我不管他會否驚訝，趨前揚手喊道：

「嗨！何啟亮！」

「這位同學，你在喊我嗎？怎麼用這個名字喊我？」

「我在校刊上找到的……」

「校刊？去年那冊校刊？嘿！去年拍照那天我病了沒上學，你根本沒可能在校刋上找到我……咦！你怎麼會翻開校刊找我？」

「吓，我……」

我語塞了，真愚蠢啊！怎可以告訴他我曾翻開校刋找他！我頓時感到臉紅耳熱，混身發燙，吶吶地說不出話來。

車來了，他從車尾上車，回頭冷冷地對我說：

「我不是何啟亮，你怎麼不多翻幾本校刋？」

我又羞又惱，沒跟著上車，電車在我面前駛過，我看到坐在下層車尾的他，緊閉的嘴巴掩飾不了一臉得意，眼睛故意瞧向遠方不望我，擺出一副不可一世的傲慢嘴臉！

他不是何啟亮？哼！即使他真的是何啟亮，我也不會，絕對不會再跟他說半句話，他若要死，便由得他吧！

雖然不願再跟他說話，亦開始轉乘巴士上學，但「怎麼不多翻幾本校刊」這句話一直縈繞耳際，深深不忿下，我在抽屜底找出我中一那年的校刊，果然，順利地在中四乙班找到了「賀繼良」這名字。唉！真糊塗！若當初記起還有這本校刊，那天便不會把他誤認作「何啟亮」，也不致出醜當場了！

不過，我卻發現該班另一位女生，正是我摯友敏言的表姐，她長得標緻，是很多男生心儀的對象，我何不向敏言打探一下表姐對賀繼良的印象，看看這不可一世的是個怎樣的人？

「哈！你認識賀繼良？他追求我的表姐呢！」

「啊，是嗎？怪不得他總是若有所思一臉笑意，他是個怎樣的人？」

「聽表姐說，初中那三年他的成績並不理想，中四那年沒跟隨父母移民，他說自己喜歡這所學校，願意獨自留下完成中學課程，大家都奇怪他怎可能有這決定，但之後他的成績確實突飛猛進，令人刮目相看。」

「那麼，你的表姐也喜歡他？」

「才不呢！他樣貌不算帥，成績也不算十分彪炳，表姐又怎會看得上眼，況且他的追求手法，比上一代更覺老套，昨天表姐抵受不住，把他罵走了。」

幸虧我沒把我與賀繼良的故事告訴敏言，我竟差點兒對這男生動心，想起來真倒抽一口涼氣，如此看來，不管賀繼良抑或何啟亮，都與我扯不上關係，那便乾脆把他們從心底抹走好了。

聖誕前兩天，大姨婆請我吃聖誕自助晚餐，她一直獨居，每逢過年過節就喜歡找我相伴，我也會特地預留時間跟她在一起。送大姨婆返家後，我沿著海傍走回家，卻被遠處維港的燈飾吸引，著迷地偏離路向，頃刻不知身在何方。

忽然發現岸堤邊路燈旁石壆上站了一個男生，高舉著啤酒罐，喃喃地說著醉話，地上還堆著很多空酒罐，這條三呎多高並不寬厚的石壆上裝了矮欄杆，防止人們攀爬，這醉貓不知如何顛顛巍巍地站在上面，萬一掉進海中，恐怕性命難保。

但眼前這身影在哪兒見過？腦海呈現一條長長的斜坡路，他不就在我前面走著麼？呀，是何啟亮，不，是賀繼良！他怎麼獨自在這兒灌酒？看來他很多心事呢……哎，何啟亮是在聖誕前幾天墮樓的，那麼賀繼良會不會為情自殺？賀繼良死了，何啟亮便沒救了......

剎那間，一切曾被抹走的、曾判斷是胡思亂想的「假設」重新浮現，我不自覺地走近石壁，沒想那賀繼良突然被欄杆絆了一下失去重心，人一仰便要跌進海裡……

「何啟亮，你不要死……」

也不知哪來的反應，我一把扯住他的外套用力往地上拉，他重重地摔在地上，肩膀撞向石壁，頓時痛得呱呱大叫。

「哎喲，痛…呀！你…是誰？你…你怎知…我…我是…賀…啟亮？」

「失戀啦？這就找死啦？你還有沒有志氣？」

「失…甚麼…戀？還沒…開…開始，有甚麼…『戀』可失？誰找…找死了？」

「哪麼，你幹嗎喝這麼多酒？」

「不開心…不…順意，為何不…可…可以喝酒？哼！這時代…真煩，讀書…煩，那些女生…更煩，我還是回 ... 回去好。」

「你果然是何啟亮，對呀，現今這時代不適合你，還是回去原來屬於你的時代吧！」

「哦…... 對了，你怎知我…我是何啟…良？呵呵！我認得你了，你是翻…校刊找我那…那女生！？哈，哈哈！」

「哼！去死吧賀繼良！」

唉！我又投入在「假設」裡啦！但這該死的賀繼良，我救了他一命，他不但沒言謝，還翻舊帳嘲笑我，我一氣便提起腳朝他攤坐在地上的大腿狠狠地踢去！

舉目四望，辨出了回家方向，我頭也不回地離去，遺下「雪雪」的呼痛聲。

聖誕後復課，敏言告訴我，賀繼良退學到外國與父母一起生活了，我舒了口氣，終於可以遠離「賀繼良」和「何啟亮」這兩名字，心情頓覺輕鬆。

很快春節臨近，這天替母親把過年糕點送給大姨婆，她接過後笑瞇瞇地告訴我何啟亮從外國回港，半小時後到訪，送上大姨婆托他找的「海豹油」。

「吓！他不是在五十多年前昏睡兩天多後墮樓身亡嗎？」

「啐！別胡說！當年他醒來後，心情好多了，積極投入溫習準備應考公開試，結果考獲五優的好成績，之後到美國升學啦！」

「這麼說，那兩天多的『大覺』睡得真好呀！」

「也可以這麼說，後來他告訴我，他夢見了甚麼『未來之子』，回應他讀書壓力大的投訴，帶他到『未來』的時代上學，吩咐說如果希望夢醒，便須向人承認自己的身份，他堅持了兩年多，最終決定放棄，便醒過來了。」

「哈，真有趣，『未來』的學制一定很恐怖，要學的東西很困難。」

「不知道他口中的『未來』是甚麼時候，他只說『未來很煩』，覺得『活在現時真幸福』，我猜想該是他感到在『未來』承受的壓力更大吧，唉，有時也搞不清楚他在說甚麼。」

「後來呢？」

「甚麼『後來呢』？後來他在美國我在香港，一直保持聯絡，是好朋友。」

好震撼！一直被認為是胡思亂想的假設，倏地逐一成真似的，何啟亮可以「起死回生」，難道真的因為我「救」了賀繼良？賀繼良不承認自己是何啟亮，莫非他當時仍未想「夢醒」？若他們是同一人，數月前我遇上五十多年前的何啟亮，但即將見到的又是否五十多年後的賀繼良？又或是我根本誤會了何啟亮的死訊，他和賀繼良只是兩個樣貌相似的人？

門鈴響過，何啟亮踏進大姨婆的家，我怔怔地望著眼前這位頭髮花白挺著小肚腩的老人家，除了臉龐較胖外，有哪樣不似賀繼良？

大姨婆介紹過後，我怯怯地招呼道：

「歡迎你，何…伯伯。」

「哈哈，小師妹，很高興結識你，但其實你很面熟，我們在哪兒相遇過？」

下續

給我遇上〈2〉謎底　杜薇

1962 年

「何啟亮，喂，何啟亮，你怎麼總是伏在書桌上睡覺？難道不可以臉朝天的，躺在牀上讓我看清楚你的臉容？」

「哎….你是誰？為何這幾天我總是夢見你？」

「嘻嘻！你桌上那杯香茶吸引了我，呀，好香！」

「僅是一杯提神茶，我靠它多溫一兩頁書，多計一兩條數。唉！模擬試快到了，我還有很多很多的筆記要溫習，時間不夠呀。」

「吓！聖誕還未來臨，你已在憂慮模擬試？還有好幾個月呢！」

「但我要溫習十科，十科喎！唉！我校自從出了個十優狀元後，每年成績最好的一班便須報考十科，模擬試中有一科不及格的都不獲派發准考證，我怎能不擔憂！」

「嘩！真厲害，但你只須取得十科及格的成績，其實也不太難……」

「誰稀罕這『光頭』的成績？一般要考上好幾科『優』才可考進大學，怎可以『光頭』？唉，好辛苦，真的好辛苦，我快要死了，真的想去死……」

「且慢！沒其他選擇了麼？」

「有，有呀！找個神仙帶我飛越半個世紀，那時可能有多幾間大學，可能發明了讀書機，再也不用記背……」

「飛越半個世紀？唔…也不是沒可能的…讓我想一想，可憐人，好好地睡一覺吧，待我安排好後再找你。」

「喂！何啟亮，我安排好啦，明天你醒來後，便是半個世紀後的賀繼良……」

「哎，又是你？甚麼半個世紀？」

「你忘記了嗎？昨晚你告訴我，希望飛越半個世紀，不是嗎？」

「是嗎？昨晚我夢見你？現在我也在夢中？你到底是誰？」

「噢！對不起，讓我介紹一下自己，我名叫『未止』，我父親負責掌管『未來』，所以我可以穿梭於『現在』與『未來』之間，替父親做些小測試，因此可以帶你到半個世紀後的時代，那時有上十間大學任你報考，電腦也普及化了，靠這玩意你便無須記背，所有資料都儲在電腦中……」

「哇！真吸引！我倒願意嘗試體驗一下那時代的中學生活哩！」

「對呀！我安排你與『賀繼良』這小子換轉身份，他跟你在同一所學校就讀，貪睡貪玩，整天混混沌沌，初中成績不太理想，準備隨父母移民外地，你只須對兩老說願意留下完成高中課程，便可以獨自留港繼續讀高中，那年代稱中四、中五、中六。」

「真棒呀！我以高三的知識去上中四的課，絕對沒難度，也一定沒壓力！」

「若你願意接受測試，明天起我帶賀繼良過來，在這兒代替『何啟亮』躺下睡大覺，睡一天的時間相等於你在那時代生活一年，你可以使用賀繼良腦中的記憶體，你離開時亦須把學到的儲存給他，這是我跟他的協議。在那年代，若決定離開，只須向人承認自己是『何啟亮』的身份，便可以返回現在，睡醒過來，賀繼良亦會自動回歸。」

「哪麼，如果有事，我可以找到你嗎？」

「我會找你總結測試結果，沒問題的話，請你好好的躺在牀上睡覺吧！」

2014 年

是做夢嗎？還是在現實生活中？我確實不太清楚，當我「醒」來時，已身處在賀繼良的睡房、港島東區某幢大廈的一個單位中，賀繼良的面貌竟然與我一模一樣，他腦中的記憶傳了給我，讓我知道一切有關事宜。神奇！真神奇！想不到飛越時空的夢想竟然給我遇上，好！就讓我享受一下科學進步後沒有壓力的學習生活吧！

2015 年

「喂！何啟亮，你在這時代生活一年了，讓我們總結一下，時代變了，科學進步了，你覺得怎樣？」

「哎，未止，你終於出現啦！我早想找你了，我有點氣餒，卻又有點不忿…怎麼說呢…總之是不服氣。」

「看來你並不享受這時代的學習生活，對嗎？」

「確實毫不享受！雖然電腦這玩意十分強勁，也曾帶給我歡樂，但賀繼良在初中學到的並不足夠，那些對我來說是全新的科目例如通識、經濟，我原有高三的知識用不上場，花費在溫習的時間比別人多，效果卻不理想，雖然老師誇讚我的成績突飛猛進，同學亦對我刮目相看，但這只是與賀繼良相比，不是我何啟亮追求的成績！」

「唉，何啟亮，你何必為自己增添這麼多的壓力，那麼，你希望回歸你原來的年代了？」

「不，我不服氣！我希望賀繼良多睡一天，讓我在這年代生活多一年，我不相信我何啟亮的成績會如此平庸！」

「可以，反正賀繼良亦求之不得，如果這樣可以抒緩你的壓力的話，祝你成功！」

2016 年

「咦！何啟亮，怎麼你竟然躺在牀上發獃，不用溫習嗎？」

「不溫啦！我一直在等你告訴我，怎樣承認自己的身份才可以回歸 1962 年？」

「噢！這一年你已取得你追求的成績？」

「哼！這 DSE 學制太煩啦！為甚麼不可以讓學生自由選擇科目？偏要搞個必修的通識科？為何學生不可以選擇是否參加課餘活動，偏要搞甚麼 OLE ？還利用那勞什子 SLP 迫學生提升自己的賣點？為甚麼……」

「等一等，等一等！你怎麼忽然間如此多怨言？你不是在享受科學進步後的學習生活麼？」

「唉！我覺得問題不在於科學是否進步，而在於這學習制度是否合理。」

「好的好的，讓我研究一下你的問題是個別例子還是整體情況吧。呀！對了，我會安排機會讓你可以順利回歸。」

未止答應安排我回歸，我再沒壓力了，及後這段時間大可遊戲人間，說真的，一直埋首書堆，甚少留意身邊人和事，除了初中三那年和丁寧拖過手外，相識朋友不多，更別說女孩子，在這個時代也好不了多少。

幸運地，不，不幸地，班中一位漂亮的女生吸引了我，使我不能自控，不顧一切的採取與丁寧相處的方式，亦是我懂得的唯一方式，展開對她的追求。

忽然有一天，一位經常在車站遇見的小師妹竟主動喊我：

「嗨！何啟亮！」

「這位同學，你在喊我嗎？怎麼用這個名字喊我？」

「我在校刊上找到的……」

「我不是何啟亮，你怎麼不多翻幾本校刊？」

剛想再嚐求偶滋味的我，明知這是未止的安排，霎時間竟想拖延一下，洋洋自得後方覺不妥，只得做好準備迎接他的責難。

不過我迎來的卻是那同班女生的粗言辱罵和譏諷，「用水照照閣下阿伯似的尊容」、「如此老套你還是回家追阿婆」等話直刺心扉，怎麼這一代的女生如此高傲難侍候？雖說若然我能夠活到這年代，也該七十出頭了，但此時此刻的我確未到二十歲呀！難道我真的如此不濟！？

也許是我走運吧，試想如果追求成功，煩惱的事不是更多嗎？

我又要獨自過聖誕了，未止一直未現身。聖誕前兩天晚上，納悶不安的我購了半打啤酒，在東區海傍堤岸邊路燈旁石礐上呆坐，遠處維港燈飾燦爛，這裡卻是暗淡無人，灌了幾罐啤酒後，情緒有點高漲，竟然站立在石礐上引吭呼喊，忽然右腳被裝在石礐上的矮欄杆絆了一下，頓時失去重心，人一仰便「撲通」的一聲跌進海裡……

「救命，救命呀！」不諳水性的我愈是胡亂撥動手脚，便喝得愈多海水：「救命呀！我是何啟亮，救我，救我呀……」

突然身後有股力繞過來托起我的下巴，又有股力量穩住我的身軀，待我鎮定下來，便聽到未止冷冷的聲音：

「這裡未見人影，你告訴誰你是何啟亮？別以為這樣你便可以回歸。」

「啊，我……」

「哼！若你仍不想回去，我這就放開手，讓你這『賀繼良』遇溺斃命，反正我早已找人告訴那小師妹，『何啟亮』在睡了兩天後墮樓身亡。」

「吓，你……」

「有甚麼奇怪，否則怎能誘導小師妹胡思亂想後跟你打招呼？

況且報訊的人根本忘記了自己提過你的死訊。」

「唉！我……」

「『我』，『我』甚麼？坦白告訴你，小師妹就在附近，現在你有兩個選擇：向她承認身份，我便去引她過來；或是又再浪費我的心力，我便會放手，讓『墮樓身亡』成為事實！」

「別，別放手！我只想告訴你，我泡在海中好久，很冷！」

未止滿意了，冷笑兩聲後，我便衣履盡乾的站在石磐上，手中還拿著個空啤酒罐。明白了，他故意先唬我，免得我又反口不認賬。我有點不忿，壓低聲線喃喃抗議：

「少擔心我又會不守信用，我才不信你會犧牲賀繼良陪我死去。」

忽然右腳又被欄杆絆了一下，我又失去重心要跌進海裡……

「何啟亮，你不要死……」

小師妹一把扯住我的外套用力往地上拉，我重重地摔在地上，肩膀撞向石壁，頓時痛得呱呱大叫。

「哎喲，痛…呀！你…你怎知…我…我是…賀…啟亮？」

「你果然是何啟亮，對呀，現今這時代不適合你，還是回去原來屬於你的時代吧！」

「你怎知我…我是何啟…良？哎喲！痛呀！」

不甘心被未止戲弄，故意不完整地承認自己是「何啟亮」，換來的是小師妹狠狠地朝我右邊的大腿踢了一腳，十分肯定，這一腳是小器的未止指使的！

1962 年

「哎呀！終於醒過來了，好小子，竟一覺睡了兩天多，要不是你的脈搏血壓呼吸都正常，準會把你送進醫院去。」

醒來時，當護士的姐姐陪伴在側，家人的擔心使我認識到問題的嚴重性，看來未止催促我回歸是有道理的。

我整理一下思緒，在「未來」遇到的學到的清晰在目，「阿伯的尊容」「回家追阿婆」猶言在耳，知道未止在完成測試後沒有刪除我的記憶，這算是他給我的回報吧！

「多謝你相伴，」我對姐姐說：「別擔心，我只是去了『未來』讀了兩年書…哎喲，痛！痛呀！」

剛想把事情告訴姐姐，右邊大腿便刺痛起來，我才發現那兒有一塊瘀痕，想必是被小師妹踢一腳後留下的，這瘀痕竟一直不散，及後每當我對別人提起去了「未來」，它便刺痛不堪，我才意識到這一定是未止佈下的，警告我不可「洩露天機」吧！

有甚麼會比知道將會發生的事但不能因此炫耀於人來得痛苦？我寧願未止把一切都刪除掉！

「未來」那同班女生的高傲，使我感到丁寧的可愛，不過，我再一次被拒：

「對不起！我已失去以前對你的那種感覺，但我們仍是好朋友呀！」

因此，我決定努力埋首溫習應付會考，然後遠走他方。

2016 年

在美國生活多年，完成學業、在事業上有少許成就，結過婚又離了婚，沒有孩子，之後一直獨身，如今，已是七十出頭的「阿伯」。

記憶中的「未來」逐漸變成「現在」然後又成為「過去」，「當年」在通識科認識香港發生的事，在現實中一一印證，每一件事雖預先知悉但仍使身在國外的我震撼，盤桓好久才逐漸淡去。

與丁寧保持聯絡，通信、國際長途電話、短訊、電郵、

WhatsApp，在空氣電波中談心，話兒愈來愈多。

聖誕來了，忽然發現大腿上的瘀痕消失了，呀！想起了未止，他不知穿梭到未來甚麼時代了？又想起丁寧，以我這「阿伯的尊容」，能夠追上她這「阿婆」嗎？

2017 年

春節前回到香港，第一時間約見丁寧，帶給她早前托我找的「海豹油」。

丁寧笑嘻嘻地介紹一位同校正在讀中三的小師妹：

「她是胡思思，我是她的大姨婆。」

胡思思怔怔地望著我，怯怯地招呼道：

「歡迎你，何…伯伯。」

我也怔怔地望著她，不禁摸了摸右邊大腿，笑道：

「哈哈，小師妹，很高興結識你，但其實我看你很面熟，我們在哪兒相遇過？」

完

註：

DSE 香港中學文憑試

OLE 其他學習經驗

SLP Student Learning Profile 學生學習概況

香江歲月傳記小說——安樂侯傳

賴慶芳

安樂侯者，非爵祿也，傑夫之自號也。傑夫者，何許人也？

傑夫者，香江傲雪名士，祖籍廣東，生於香江，年少家貧，後躍龍門而登青雲。傑夫曾自謔：「余本街童，生逢亂世，拾荒於陋巷。」父為香江知名五星客棧之小二，母為主婦，操持家務，看顧六孩兒。雖貧而居於油尖旺私營樓房，一家大小樂也融融。

傑夫自幼好學，勤奮苦讀，手不釋卷。其父每每從客棧取得南華蟹行文報返歸，彼必仔細閱覽，日久浸漬成學，英語大進，先肆業於港島著名學堂，後晉身首屈一指太學——香江太學。孜孜不倦求學，得遇同窗學妹，因團遊台島而締結鴛鴦之盟，遂成伉儷。傑夫學成之時，科舉政務入士，躋身朝廷為吏，仕途如意。髮妻為之生兒育女，兒優女勝，朋輩稱羨。

傑夫初登朝政殿堂，於熒幕雄辯滔滔；領團至薊城覲見九州霸主，叱吒風雲之際，星光燦爛。其時躊躇滿志，壯志凌雲，負笈不列顛牛郡太學，又赴舉世知名米利堅太學深造，晉身大理寺少卿，駿馬伏櫪，雄心待展，承首任華夏環署大臣。

豈料宦海浮沉，遇狡佞之宰相，接鴻臚寺鐵鳥升降場之燙山芋。傑夫竭盡全力，令升降場得以峻工於鴻龜之年，迎騎鐵鳥而至之霸主於新嶼。奈何工程繁雜，屢遭彈劾，竣工無賞，反遭貶謫，且未呈繳丹心贊表，星光黯淡，逐轉為不動產工部尚書。

傑夫為尚書之職，人人稱善，六秩而榮休，嘗自喟：「余廁身宦海四十載，為人安分守己，克盡己責，不求聞達於權貴，晚年幸賴斗米餘糧，衣食無缺，粗安之餘，更蒙眾友偶爾相陪，把酒言歡，頤養天年。」

榮休二載，磨盡冷凍之期，成私營學府之掌舵，掌管建設工程與行政，以不逾預算之數，如期竣工地標建築，人皆額手稱慶，讚頌之聲不絕於耳，遂獲叁項魯班大獎。同年轉為南北鐵路祕書少監，位比侍郎之職，雖屈就赴任，然乃同儕之未休者。據悉傑夫之力超群，冬寒夏暑之間，盡理積壓十載之棘手文案，同仁擊掌讚譽。

知其者云：彼精通蟹文而不失國學，博覽群書而通曉百科。通政策，掌工程，管事務，算無遺策。今隱居龍塘之地，閒暇登高山、滑飛雪、潛深海、攀山石、作庖丁。一子一女聰穎過人，皆為西洋大夫，懸壺濟世，鴿信閒話家常。

庚子年末、辛丑臨近之時，傑夫憶昔官場四秩，同袍漸移居北隅丹拿，獨其古稀之年，仍可把酒言歡，與一眾俊傑豪俠、名媛淑女往來，深感愜意。淑女之佼佼者，不乏香江大狀、資深大夫，榮休女吏、太學女史。女史於三地著述六種十冊，於文教界薄具聲名。傑夫之名，乃彼女之譯也。陽春之月，吾為傑夫代撰小傳，願其南山歲月續為「安樂侯」也。

（庚子十二月十七日初稿，癸卯農曆四月中旬修訂）
原刊於《香港作家》

小說真實與虛構的創作

賴慶芳

文學的真實性主要通過在作品中各典型人物，以及他們之間的現實關係體現。作家對所寫人物和現實關係有深刻了解，方可真實描寫人物和現實關係。作家較一般人善於透過生活深處，發掘真實，尤其生活的表面不一定是真實。

小說的撰寫為情節發展關係及人物角色的塑造，會有虛構的成份。小說因為反現實社會，很多作品在是現實的寫照，故此有實的部份。即使撰寫非現實世界的故事，作者的真情實感與人生經驗或多或少於小說之中反映。

筆者認為小說的虛構成份，主要以三種方式融入：一、虛實均衡結合；二、實中滲虛之法；三、虛中滲實之法。形成小說的真中有假，假中有真，真假難分。小說就是用文字虛構的一種生活歷程。箇中生活歷程乃作者真實的體驗和觀察所得，故形成真實與虛構的結合。

小說完美結合真實與虛構，例如《紅樓夢》描寫富貴人家之奢華生活，入木三分，或多或少基於作者曹雪芹童年之種種回憶及見聞。《三國演義》之成功，乃作者對歷史仔細探究，將真實歷史與虛構故事共冶一爐，成一優秀作品，令讀者分不清孰真孰假。為此，讀者以為「羽扇綸巾」乃諸葛亮，實乃周瑜；又以為「火燒連環船」乃諸葛亮之神機妙算，實乃周瑜之計。浪漫神怪如《西遊記》，亦有事實成分，如唐三藏、火焰山真有其人其地。

(1) 虛實均衡結合

《小說與現實》一書云：「文學作品的使命是藝術地、現實地反映現實生活，評判現實生活，又反轉來影響生活。不真實，就不是正確地把握和反映生活……不真實，讀者就不欣賞……不真實，作品就不會有生命力，歷史會把它淘汰掉。」

張愛玲創作小說就虛實結合，如《色戒》有其真實的原型，又如《小團圓》的一段記述：「她們家客室裡掛著兩個回教君主的大照片，伊朗國王為了子嗣問題與埃及的御妹離婚後，又添上伊朗國王的相片，似乎視為擇婿的對象。」所述伊朗國王為皇后——埃及公主無子而離婚之事，乃一九四八年之歷史事實。

曹雪芹《紅樓夢》在虛構的故事之中，亦結合個人家世和經歷。曹雪芹曾祖父曹璽任江南織造，專為宮廷置辦各種御用物品，兼徵收機稅。曹雪芹年少時過著錦衣玉食的富貴生活，之後被朝廷抄家，其經歷與小說部份情節雷同。

(2) 實中滲虛之法

若小說全乃真實描寫，易令讀者感覺枯燥無味。因為現實的生活比較平凡，為情節需求，要製作巧合與意外，必須有虛構的成分。例如相愛男女乃同父異母兄妹，救命恩人竟乃殺父仇人；妻子紅杏出牆，情夫乃廿十多年好友。

實中滲虛之法，最成功的莫過於《三國演義》。以七分事實三分虛的撰寫手法，令人信虛為實。清朝章學誠云：「以致觀者往往為所迷惑亂。」魯迅亦指出小說之實多虛少，令人以虛為實。

《三國演義》運用幾種手法巧妙將虛實融合：

一、擴充深化——曹操殺呂伯奢全家，歷史記載的是誤殺。《三國演義》描述曹操知道乃誤殺後逃出莊來，遇呂伯奢亦兇殘殺之。「寧教我負天下人，休教天下人負我」之言更成為經典，然史實無記曹操有此言。

二、事實移植——正史記載乃劉備鞭打督郵，《三國演義》改為張飛怒鞭督郵，以保持劉備仁厚的個性，同時突出張飛暴躁的個性。正史記載乃孫堅斬華雄，《三國演義》改為關羽斬華雄，以塑造關羽的威武。

三、增添情節——關羽棄曹歸劉，史實只云盡封其所賜。《三國演義》為塑造關羽之英勇忠貞，增添許多情節，如過五關斬六將，曹操送行贈金贈袍，又力讚關羽:「雲長封金掛印，財賄不以動其心，爵祿不以移其志，此等人吾深敬之。」此等皆非史書所記。

歷史小說主要有兩大分類：一乃完全忠於歷史，將歷史的事實通俗呈現，可想像及創作空間有限。一乃借一點史實，加以擴大虛構，完全脫離史實，有歷史之名而無歷史之實。《三國演義》以實中滲虛，以「七分實事，三分虛構」建構而成，令人信虛為實。清代章學誠 (1738—1801) 曾云：「以致觀者往往為所迷惑亂。」如王士禎 (1634—1711) 曾有詩題「落鳳坡弔龐士元」，而落鳳坡乃《三國演義》所記，史實無記載。

西方前賢云：「現實比小說更像小說」，世界各類奇聞異事已證明所言非虛；而筆者認為：「小說比現實更像現實。」因為小說的創作往往反映真實，小說故事比現實事情更像現實世界，也更令人相信。

(3) 虛中滲實之法

神仙、魔法、科幻等小說，多乃虛構之作。如《西遊記》是一本虛構成分重而極富創意的小說。它創造獨特的人物，如孫悟空是石頭所生，收日月精華而成，能打入地府註消生死簿，向東海龍王取金箍棒，大鬧天宮、偷吃蟠桃。又如豬八戒乃天蓬元帥下，錯投豬胎，而成黑豬精。

然而，即使想像力豐富、虛構成分厚重如《西遊記》，亦有事實成分，如唐三藏及火焰山乃真有其人其地。唐三藏（602－664）即玄奘法師，賜姓唐，號「三藏」；他往天竺取經之事乃事實。火焰山，疑乃位處今新疆吐魯番盆地北邊。據聞火焰山又稱「赤石山」，維吾爾族人稱「克孜勒塔格」；火焰山上寸草不生，異常酷熱。

真實與虛構

小說的真實元素令讀者相信作者所言之物、所寫之事，容易投入故事裡，感受人物之所感、經歷人物之經歷。真實元素包含：真實人物、真實事情、真實環境、真實感情——真實的人物而虛構的細節；真實的事情而虛構的人物；真實的境境而虛構的情節；真實的情節而虛構的故事。

小說的真實事情，如《通識中國文學》一書乃以小說寄寓真實的知識及歷史，如：「以仁孝聞名天下的漢文帝劉恆，三年為侍奉常常患病的太后，不敢解衣鬆帶，不敢安睡，親自嚐湯藥。可惜姐夫……」一段，漢文帝之事跡乃史書所記。在小說創作之中，作者往往將真實或事件感情灌注在虛構的人物之中，或借虛構的人物展示真實的感情或事實。小說環境的真實元素能令讀者投入其中，從而產生共鳴。

小說的虛構成分包括：虛構人物、虛構事情、虛構環境、虛構感情。人物是虛構而情感是真實；故事是虛構而環境是真實。情節乃虛構而結局乃真實。虛構的巧恰情節乃於現實中較為鮮見，也較少發生在常人身上，故能製造新奇刺激之感。

虛構的小說有真實成分，真實元素多少視乎作者創作目的、故事內容。同樣的，真實的故事亦有虛構元素，虛構成分多少只有作者知道。真實與虛構成分多少，由作者因應故事需求而設定；虛實成分的出現形式自由，虛實結合之法亦由作家自由發揮。

評者若要考究作品之真實及虛構，必須將作者之生平仔細剖析，對作者個性、生活背景、人脈圈子有深入研究，方可推敲出真假。功力深厚的作家，能於虛構作品中一點一滴滲進真實元素，讓人難以察覺；也能於寫事的故事之中滲入虛構成分，令人難以辨認。雖乃虛構小說，欲讓人感覺十分真實；雖乃真實歷史故事，卻與史實有點點差異。真實與虛構結合完美之作，不失乃一篇優秀小說。

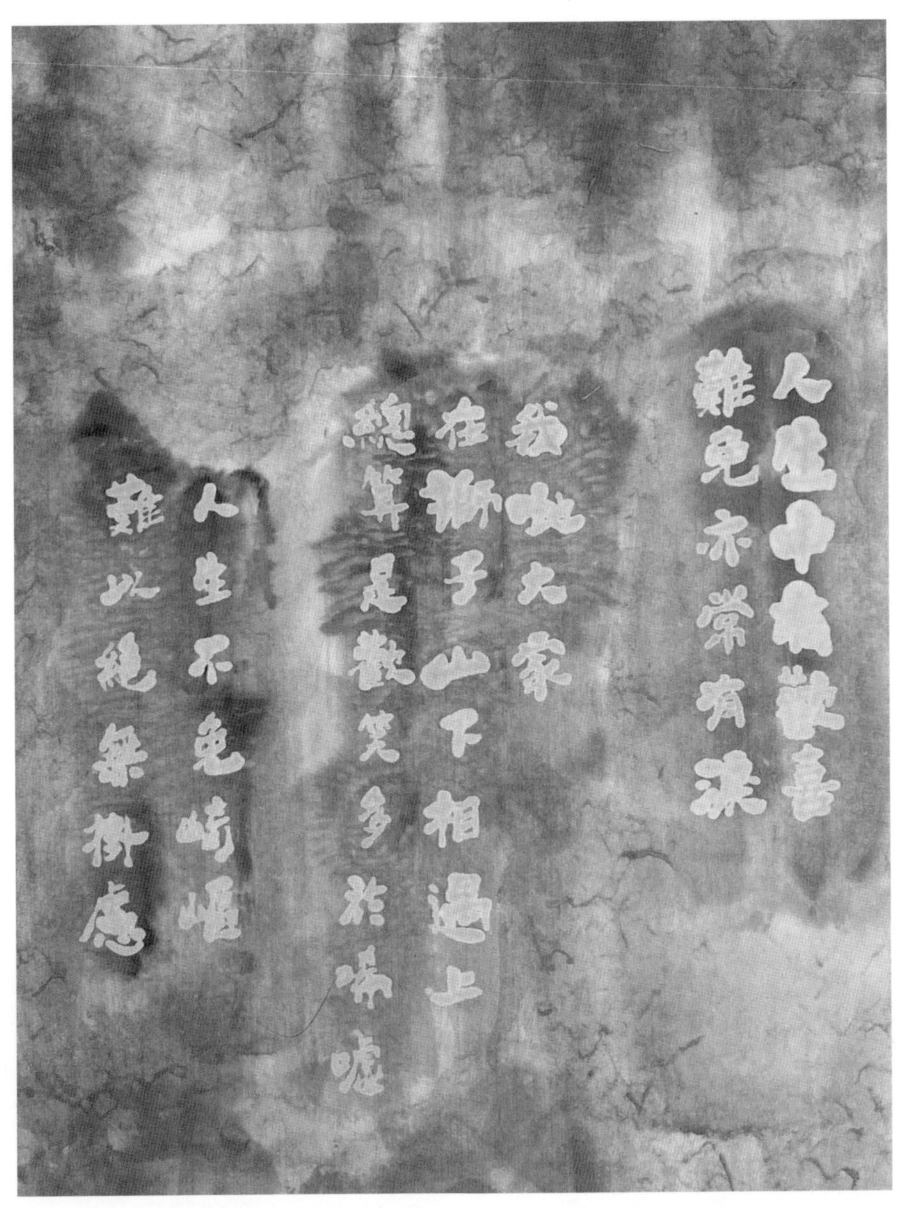

作品名稱｜地底泥　黎玉琼
（內容：獅子山下歌詞）

攝影｜瞬間　蘇曼靈

帝劍玄風

倪顥銘

錚的一聲，一柄斷劍直飛上天，在空中劃出一道弧光，直直落下，插在土中，不住晃動。

放眼望去，數不清的兵刃林立在一片血海之上。大霧漫漫，沙土翻騰，殘陽低掛，屍橫遍野，周圍一片血紅。

男子虎口迸裂，向後踉蹌幾步，委頓在地。他身上四處翹起的破損黃衣早被鮮血染得橘紅，此刻兵刃脫手，敗局已定。他臉上的汗水划過臉龐，滴落在沙土之上，眼前的非人之物一雙手持兩把巨劍，另一雙手握一槍一錘，再一雙手交叉胸前，其魁偉的身軀遮蔽了夕陽，高聳犄角下的兩對眼眸仰視著男子，嘴角輕蔑地一揚。

「軒轅，你已九戰九敗，事到如今，不如今日就死在這罷？」

屹立的異形之物是東夷部族的首領，蠻荒之地的王者蚩尤。叫做軒轅的男子是華夏部族的統領，後人口中的黃帝。他天生聰慧，比炎帝更具王者之姿，既教人民生火烹飪，製衣蔽體，又觀測星象，創制六術。本身的武藝與謀略更是卓絕，年紀輕輕便在阪泉之戰大敗炎帝，鎮服群雄，端的是一眾部落裡最有才幹和聲望的少年英豪。同時，一股來自遠方的野火也亦漸漸燃起，燒進這片大地—九黎部落近年來自東邊地帶不斷進軍，生自蠻荒的貪婪野性使民生塗炭，生靈絕滅。身為首領的蚩尤身具鬼神之姿，長有四目六手，不僅極為善戰，更通曉兵道與冶鐵，他統領的軍隊戰無不勝。不知出於恐懼抑或敬畏，這片土地的人們稱其為「武戰神」。

華夏部落曾八次討伐蚩尤，無一例外皆鎩羽而歸，窮途末路之下軒轅決定背水一戰。他算準星象，料到一日九黎部落的主要部隊必將穿過峽谷，屆時集中麾下最精銳的劍士共千餘人，施以埋伏。此計實為極妙，九黎部落的四名大將皆被圍攻喪命，連蚩尤的坐騎「食鐵獸」也被亂劍刺死。不料陡變突起，蚩尤忽地喚起大霧，人人目不視物，登時大亂。頃刻間，剩下的數百人竟被蚩尤一人殺盡，只餘下軒轅一人孤立沙場，獨抗如鬼似魅的戰神。

軒轅兩眼發直，仰天長嘆：「我已竭盡所能，莫非天意如此，是要讓這片大地歸此妖孽所有？」眼見蚩尤緩緩抬起巨劍，心想自己功敗垂成，部族人才凋敝，再無抗敵之能，不由得心灰意懶，眼前一黑，仰天便倒。

忽然，一旁的叢林裡竄出一道青影，只見其左蹦右跳，穿過滿地狼藉，向著軒轅急速閃近。蚩尤一驚，看清來者是個青袍人，高舉的巨劍便向其砍去。只見青袍人雙掌迴旋，輕輕撫過劍鋒，此招去勢立刻一偏。青袍人趁這一下空隙，伸手抓住了軒轅的衣領。蚩尤又使錘猛推，卻好似撞在一個皮球上一般，青袍人單手一格一撥，竟將巨錘生生彈了回來，自己卻借這一下力帶著軒轅向后疾飛，幾個起落便隱沒在山林裡。這一下兔起鶻落，連蚩尤也頗為震驚，沒料到這片土地上除自己外還有如此異士。軒轅不死雖為大患，但眼見青袍人敏捷之至，此刻遁入深林，要追擊可謂甚難，只得作罷。

不知睡了多久，軒轅漸漸睜開眼睛。他看到天上明月微光透雲，聽到一旁竹林沙沙聲響，又抬起手摸到自己仍相連的脖頸腦袋，這才確信自己仍活在這天地之間，卻全然不知為何。他緩緩坐起身，突感周身經過包紮的傷口又癢又痛，忍不住哼出聲來。

「你醒啦。」一把嬌柔的聲音在軒轅身後響起，他一怔轉頭，只見身後坐著一個少女。她約莫十七八歲年紀，一張瓜子臉上眼大睫長，皮膚白皙無暇，纖細婀娜的身段在一身青袍下隱約可見，一頭雪白的長髮在月光下隨風翩翩輕擺。如此曠古絕今的脫塵女子，饒是軒轅武功高强，竟絲毫感知不到她的氣息；如此清秀絕俗的美貌少女，就連他這樣的人中豪傑，也亦為之目不轉睛。

「我救了你。」少女說道。「你就是軒轅大人，對嗎？」

從屍山血海片刻間置身仙境，這一切猶若夢中，軒轅兀自怔怔出神。呆坐半响后，才向少女道：「在下便是，姑娘尊姓大名？」

「叫我玄就好。」少女道。「你沒法戰勝武戰神吧？但我知道怎麼對付他，我會教你取勝之道。」

「教我？」軒轅看著眼前的玄。她看似弱質纖纖，但氣質超凡，仙氣逼人，簡直不像人間之物，更何況自己確實為她所救，她有匹敵蚩尤的能耐，軒轅亦不得不信。「若你懂得如何對抗蚩尤，何而不出手？如果你見過我和蚩尤的戰鬥的話，就知道我…無法……」軒轅眉目低垂，想起自己九戰九不勝，不禁悲從中來，幾近哽咽。

「因為他注定要由你來打敗。」玄正色道。她聲音空靈，語氣斬釘截鐵，竟頗具威嚴。「擁有聚攏人心，統領蒼生萬物之能的你勝了他，就能成王。届時，你要終結無盡的紛爭，還這土地一片太平盛世。」說著站起身來，不帶起一片塵土。她走到軒轅面前，伸出了白玉般的手。

「這是約定。」

自此，軒轅便隱居于竹林裡，與玄同食同住，跟隨她一同修行。玄時而傳授架勢招式，時而教導呼吸吐納，時而提起竹棒與軒轅切磋砥礪。于軒轅來說，玄的武藝之神妙，實遠遠超出他生平任何所聞所見。她的招式是如此虛無縹緲，又是如此真實，在她的身姿裡，他確實可以看到那足以驅散蚩尤這巨大陰霾的，天上仙女般的影子。他便竭他所能，去領悟，去抓捕那遠在天上的影子，日復一日，直到一日他在切磋中將玄逼到絕境，竹棒直抵她的心窩。

玄微微一笑。她說道：「軒轅大人，你已經準備好了呢。」說著引導軒轅和自己一同坐下，平靜地聊起天來。

軒轅這才知道，原來玄來自一個早已消失的部族。十數年前，蚩尤的大軍將這個部族連根拔起，屠盡了所有族民，這竟是由於一塊他們世代相傳，名為「風后」的玉石，它寄宿著風之神力，因而引來蚩尤的覬覦。當時還是幼女的玄僥幸逃了出來，自此居于山間，渴飲生泉，饑吞野果。她閑時仰望浮雲，俯視流水，觀察山中猿猴野兔蹦跳躍動，竟逐漸悟出以柔剋剛，以速制力，引天地之靈氣為己用的神術。期間她曾到訪過不少村莊部落，知道軒轅得人心，蚩尤惡無道，當時便有將自己所悟授以軒轅為助力之意，只苦於探尋無門。怎知那日聽見峽谷間干戈聲大作，趕到時竟發現正浴血奮戰的軒轅。

如此相遇，不論軒轅還是玄，都不僅感受到冥冥之中的天意。兩人望向對方眼眸，看著對方眼波流動，數年的朝夕相處，他們心中早已情根深種。那一夜，溫膩柔軟的身子在軒轅的懷中翻騰纏綿。他不太清楚她這樣做的原因，也許是自小孤身一人的寂寥，也許是對將完成自己夙願之人無以言表的感謝，又或許是在意中人臨行之前，作最後的道別。

次日清晨，當軒轅醒轉來時，玄已然消失不見。軒轅為此尋遍了山谷，待走到平時練武的空曠場地時，卻見到地上放著玄從不離身的青袍。它裹著一件又細又長的物事，似是一把武器。軒轅心中砰然一跳，登時明瞭，約定中的時刻已至。

這是軒轅在峽谷之戰大敗失蹤後的第四年。

這日，蚩尤率領軍隊，在他喚起的大霧中穿越一片偌大的楓林，此處因楓葉赤紅似血而得名「血楓林」。華夏部落的一眾守軍守在林中要道之上，眼見九黎大軍越來越近，人人不禁惶懼交集，一旦蚩尤穿過這裡，華夏部族在逐鹿之野的最後防綫不過數里之外。

雙方劍拔弩張之際，蚩尤忽地心中一凜，舉起手來，大軍立即止步。只見兩軍之間的道路上，大霧忽地被一陣大風驅散而去，楓葉落處，路中央已站了一人。他面目俊俏，長髮及腰，身披青袍，正是軒轅。

他手中垂著一把極長的劍，此劍通體碧綠，劍身上寶光流動，似是以翠玉所鑄。稀落的雨點打在上面，發出輕靈悅耳的回響。

頓時，兩軍之間人聲大作，驚訝，喜悅，疑惑與不解的叫喊聲此起彼伏，唯獨蚩尤與軒轅一言不發，直視對方。待得人聲漸息，蚩尤踱步來到軒轅面前，朗聲道：「看你這模樣，救走你的奇人必是好生指點過了。若這次再敗，你可還有話說？」說著舉起兩把巨劍相互摩擦，濺出點點火星。軒轅橫劍胸前，凜然道：「勝者稱王。進招罷！」「罷」字聲未落，他便化作一道青影，圍著蚩尤轉了起來。

戰鬥既開始，只見兩人的身影變幻莫測，劍氣縱橫交織，捲起楓葉漫天飛揚，他人雖瞧得目眩神迷，對那二人來說，情勢卻是再清晰不過。不論蚩尤向軒轅施以如何霸道的攻勢，皆有如百川入海，要麼為之所引走，要麼消失得無影無蹤。除了神妙的武技外，更令蚩尤詫異的，是軒轅手中的玉劍。其劍刃無時無刻都裹挾著猛惡的勁風，不但使自己的大霧全無用武之地，揮舞起來更是氣勢雄渾，大有雷霆萬鈞之勢。鬥到酣處，兩軍眾人皆感烈風襲臉，遠遠退了開去。

隨著軒轅越攻越快，蚩尤一把巨錘竟脫手為劍風捲走。如此情形，他猛然想起十數年前那塊自己找遍各處都無法尋得的玉石，大叫：「這……這把劍是……」 軒轅嘴角一咧，說道：「不錯，這把劍便是風后！」話音未落，蚩尤雙腕一麻，兩把巨劍已皆被軒轅挑飛。

原來當時玄的部族覆滅之時，那塊名叫「風后」的神玉被交到了她的手裡。她一直好生保管，並在悟得神功之後，融入天地精華於其中，終將它重鑄成了一把神異的長劍。待得某日那命定之人習得自己的技藝後，再將風后作為擊破蚩尤的關鍵托付予他。

「武戰神好比參天大樹，若不以風暴，則無以為摧。」

這是軒轅解開青袍取出風后時，寫在青袍上的語句。

正當軒轅欲繼續進招，蚩尤忽地放聲咆哮，五條臂膀一同發力往地面猛摁。隨著一聲穿破蒼穹的巨響，大地為戰神之力而崩裂，眾人驚呼聲中，無數的土木砂石騰空而起，直飛天際。

蚩尤心想軒轅必為此招所斃，然而望向四周，皆無法尋得他的身影，大急之中抬頭一望，發現軒轅竟倒轉著蹲伏在自己正上方的一塊飛石之底。玄所傳授之技旨在引導世間萬力，蚩尤石破天驚的神力傷不了軒轅，反而成了他直上九天的輕舟。他挺起劍尖指向蚩尤，一聲清嘯，雙足點石發力，帶著勁風從上方直衝而下。

蚩尤驚怒交集，亦是一聲暴喝，雙足重重踏地，六隻手臂一同握緊長槍，向上猛抬，直刺向上方那來勢洶湧的碧綠劍芒。

隨著槍劍相交，肆虐的暴風頃刻間席捲了整片楓林。風后在碰撞中崩斷，蚩尤槍尖的勁氣刺中軒轅的肩膀，將他一條右臂卸了下來。然而，殘留在風后上的罡風勁力未減，竟亦將蚩尤生生壓倒在地。漫天飛舞的楓葉與木屑中，軒轅撲向門戶大開的蚩尤，將半截斷劍刺入了他那充滿不可置信的眼眸裡，直沒至柄。

天上的草木花石如驟雨般灑落地面，這一刻風暴漸息，大霧散盡，人們終得見天邊的彩霞。

「武戰神蚩尤，已為我所殺！天下衆人，聽我號令！」

勝者的宣告響徹九州，經久不絕。籠罩這片大地的漫漫長夜已迎來破曉。

自此，軒轅終得以確立正統，「黃帝」成為天下之共主。

後世常言，上天遣女神玄女下授黃帝兵信神符，風后指引黃帝擺脫大霧，殊不知這些虛實混雜的神話，皆是源自一名青年，一名少女，兩個在亂世間相互碰撞的靈魂之間所做的約定。

這份寄托著天下一統，蒼生和樂的約定，開啟了屬於華夏文明的盛世。

神佑村謎案

葉采琳

「啊！老宮！」深夜，一個女人的尖叫聲響徹山林，驚擾神佑村熟睡的村民，一戶戶人家亮起燈來，村民在村長的帶領下朝著發出尖叫聲的方向走去。不久，他們感覺不對勁，空氣中竟傳來一股血腥味，他們立即挑起燈照亮四周，一具頭部血肉模糊的屍體映入眼簾，旁邊還有一個捂臉痛哭的女人，村長定眼一看後大喊：「是宮叔！他死了！快報警！」

翌日一早，一輛汽車駛進神佑村，駕駛座的男生氣宇軒昂、一身正氣，旁邊的女生有著一雙美媚的桃花眼，但眉眼間又夾雜著一絲英氣。女生神情複雜地看著車窗外掠過的景色，「唐偵探？唐偵探？我們到了。」男生接連喊了她幾聲，她才回過神來，跟著下車。

村長一早便和幾個村民在村口等候，他看見二人下車，隨即二話不說便握起男生的手熱情道：「唐偵探您好，我是這裡的村長，李議員通知我了，您是警局特聘的偵探，感謝您長途跋涉來到我們神祐村。」男生瞥了他一眼，撥開他的手，輕描淡寫的說：「你好，我身邊這位才是唐偵探－－唐果，我叫路仁，是警局派來協助唐偵探的。」村長臉一僵，他身旁的村民竊竊私語，充滿不屑的聲音傳來:「怎麼是個女的,她能做什麼？」「李議員居然找個女的來幫忙，是看不起我們吧？」路仁聽到後皺了皺眉，正想上前反駁，卻被唐果伸手攔住，她聳一聳肩，對著他們說：「你們要怎麼想我不管，但現在警局人手不足,只有我能幫你們,如果你們想快點找到兇手，煩請配合。」聞言，村民們安靜下來，村長訕訕一笑後說：「抱歉，他們無意的。我想您們也知道，除了劉叔死亡，我們還有三個男孩失蹤一星期了，現在得知山林危險，村民也是有點心急……」唐果微笑道：「我理解。請您跟我說說那三個男孩失蹤前有沒有交代要去哪裡？」

這時三個男人站出來，村長說：「他們是失蹤的大熊、胖斧和小呼的父親，讓他們跟你說吧。」大熊父親說：「他們失蹤那天是結伴到山上露營看日出，結果我們等到第二天晚上也不見他們回來，我們本來以為他們只是在山林裡迷路，所以一直沒有報警，而是自己派人去找，直到昨天我們收到了綁架信才知道不妙，馬上報警了。」唐果說：「可以把綁架信給我看看嗎？」大熊父親從懷裡拿出信遞給她，唐果仔細看了那封信的內容，便肯定道：「你們兒子的失蹤與宮叔的死有莫大關係。」村長疑惑地問:「你這麼肯定？」唐果說：「嗯，你們仔細看這封信其實是藏頭詩：你、兒、安、好、宮。最後那個宮應該是寫信的人——宮叔，很可能是他發現了什麼，寫了這封信提示你們，但被兇手發現所以殺人滅口了。」小呼父親哀求道：「求求你們幫幫我們吧！他們雖是在鄉郊長大，但自小被我們寵著，受不得這些苦的！」「請放心，我們會盡快找到他們。現在的關鍵是先找到殺死宮叔的兇手。村長，我想先詢問一下宮嬸事發經過。」唐果說。

宮家，屋內的東西收拾得井井有條，還不時傳來院子裡的蠟梅花香，使人心曠神怡。宮嬸盛了兩杯水給唐果和路仁，路仁問：「宮嬸，你是第一個發現宮叔屍體的人，你知不知道現場發生了什麼事？有沒有看到兇手？」宮嬸的手顫抖著，滿眼通紅。她悲痛地說：「沒有，昨天我和老宮上山捕獵，他追著一隻野豬愈跑愈遠，不久我就聽到他的一聲大吼，我馬上跑去找他，找到他時他已經……老宮他已經死了……」像是勾起她最痛苦的回憶，她睜大雙眼，呆呆的看著前方，眼淚止不住的流下來。唐果輕拍她的背部安慰她，宮嬸哭了一會用手抹走臉上的眼淚，聲音沙啞道：「抱歉，讓你們見笑了。」「宮嬸，我們會盡快找到兇手，讓宮叔安息的。」唐果說。

唐果和路仁詢問完宮嬸後正準備離開，但她瞥見旁邊桌子上放著的照片，便詢問：「宮嬸，你還有一個女兒？」宮嬸身子一僵，沉默一會，眼睛比剛才看著更紅，暗藏怨恨說：「對！她叫宮渚，在一星期前死了。」路仁衝口而出問：「她怎麼死的？」宮嬸卻不想回答：「抱歉，我身體不太舒服，你們走吧。」

宮家外面，唐果說：「宮嬸在說謊，警局傳來訊息，法證剛剛完成實地勘查，過去二十四小時內，現場並無任何野豬出沒的痕跡。」路仁：「宮嬸為什麼要編造故事呢？難道是她殺了宮叔？還有你覺不覺得宮渚的死很有可疑？死亡時間剛好是三個男孩失蹤前，有點巧合吧？」唐果道：「嗯，看來宮渚的死也是案件的關鍵。」說著，她看向宮嬸家後逐漸陰暗的山徑若有所思。究竟神佑村以及這片山林隱藏了什麼秘密呢？

晚上在所有人熟睡時，一道人影朝著山上走去，來到一處隱蔽的山洞口，環視一周確定沒人跟著後，小心翼翼的亮起手中的提燈進入山洞。在山洞深處，一座宏偉的祭壇豎立在此，三個人在旁邊等候著來人：「你來了。」那道人影正是神佑村村長，而另外三人則是大熊、小呼和胖斧的父親。村長對著他們說：「今晚叫你們來是想商量祭祀的人選。」大熊父親不解：「不是十年供奉一次嗎？我們剛剛才供奉了一個人！」村長瞪了他們一眼說：「你們還好意思說！我叮囑你們看管好自己的兒子，別讓他們碰祭品，結果呢？還是讓他們給玷污了！那也就算了，我可以再想解決辦法，但你們居然瞞著我，把不潔的宮丫頭奉獻給山神，現在可好，山神生氣了！害得村子裡有人死了，你們兒子也失蹤了！」胖斧父親慌張不已說：「我們也不知道後果會這麼嚴重，那現在怎麼辦？他們可是我們的命根啊！我們可靠他們傳宗接代！」村長哼了一聲，說：「我們只好再供奉一個人，祈求山神不要生氣了，可是我們村裡的童女都沒了，難道我們要供奉童子嗎？」小呼父親提議：「這怎麼行！不如就選那個女偵探吧！反正她不是我們村的人，供奉她，我們也沒有損失。」村長思量一番道：「行，我們明天晚上潛進她住的地方迷暈她，檢查一下她是否還乾淨，沒問題的話就帶她走，動作要快點。」他們並不知道自己的對話被隱匿於暗處的唐果聽見了。

唐果和路仁昨天四處查訪時，得知王梓和大熊他們曾有過爭執，於是今天決定出發去王家調查。到達王家後，唐果看著門口發愣，遲遲不願進去。忽然，他們身後一道清爽的聲音響起：「請問你們找誰？」他們轉過身，剛說話的少年瞪大眼睛，看著唐果脫口而出：「姐……」此話一出，路仁震驚地看看唐果又看看少年，好像真的有點像啊！那雙桃花眼簡直一模一樣！唐果立即說：「你認錯人了，我是唐果，負責宮叔案件的偵探。」少年苦澀的笑了笑：「抱歉，你真的很像我過世的姐姐。你們好，我是王梓。」路仁收起八卦的心問：「王梓，有村民說你跟大熊、胖斧和小呼有過爭執，是因為什麼呢？」王梓聞言猶豫了很久，不願回答，唐果見此道：「是因為宮渚吧？」王梓驚訝地問：「你怎麼知道？」唐果抿了抿唇：「我昨晚偷聽到村長說，這次的祭祀人選就是宮渚，而大熊他們強姦了她……」王梓說：「是的，我知道宮渚被迫去祭祀時，我便一直設法救她，但還是遲了一步。不過最過份的是那三個混蛋，他們在宮嬙面前耀武揚威，我才知道宮渚死之前還遭受非人的虐待，我就跟他們吵起來了。」路仁問：「那是不是你綁架了大熊他們？」王梓搖頭道：「不是我，我綁架他們做什麼？」唐果說：「我已經知道是誰了。今晚你們來我房間吧，是時候要揭曉答案了。」

當天晚上，村長他們按照原定計劃潛進唐果的房間。村長看著女孩的睡顏，正準備迷暈她，「啪！」唐果拍開村長的手，不知何時，唐果已然睜開眼，房間裡的燈也被點亮，村長他們慌張不已，正想逃走，卻被路仁和王梓攔住。唐果並沒有理會村長他們，反而對著一個不起眼的角落問道：「你不打算出來嗎？」

躲在黑暗裡的人慢慢走出來，王梓問：「宮嬙？你在這裡做什麼？」宮嬙不語，唐果說：「宮嬙，你還是這麼善良，昨晚你也聽到村長的陰謀，所以特地來保護我的，對吧？」宮嬙有點愕然：「你怎麼好像以前就認識我？」唐果輕笑一聲說：「也是，十年不見，宮嬙忘記我也很正常，我是王盈娣……」她的話沒說完就被打斷了，村長十分震驚：「你！你是十年前那個被祭祀的女孩？你不是死了嗎？」唐果嘲諷一笑後說：「我本來真的要死了，但是我很幸運，當年我的養父在調查這個村落的時候，救了被關在祭壇的我。他一直都沒放棄調查你們，可惜證據不足，現在我終於有足夠的證據把你們送進監獄了。」村長氣道：「我們根本沒做錯！我們只是為了求山神庇佑，讓村裡人健健康康、出人頭地！」路仁一陣無語：「不是吧？現在還有人信神靈庇佑？都甚麼年代了？」唐果說：「你們用活人祭祀就是犯罪！這是故意殺人！」村長忿忿不平道：「她們為了村裡人的福祉而死是她們的福氣！」大熊父親等人附和。唐果都要被氣笑了，她就沒有見過這麼厚臉皮的人。宮嬸生氣的插話：「是嗎？那你們怎麼不找自己的兒子去祭祀？說到底你們就是自私！重男輕女！你們不是很重視自己的兒子嗎？我就讓你們體會一下失去兒子的感受！」大熊父親他們瞬間慌了：「你到底把我們的兒子藏在哪裡了？你快放了他們！」宮嬸不理會他們，然後走到唐果面前對她說：「唐果，我自首。」唐果點頭，她打開門，有十幾個警察在外面候命，她示意他們把村長以及大熊、小呼、胖斧的父親和宮嬸都扣起帶走，他們掙扎無果，臉色變得灰白。

一旁的路仁問：「那三個小子呢？不管他們了？」唐果答：「他們很安全，現在被關在宮家的地窖裡。」路仁疑惑地問：「你怎麼知道？」唐果笑道：「如果我沒猜錯的話，那天宮嬸和宮叔打暈了他們後，沿著宮家旁邊的山徑將他們運到地窖的。」路仁問：「那宮叔的死是怎麼回事？不是宮嬸做的？」唐果回：「不是，警局剛剛發來驗屍報告，宮叔是意外滑下山坡頭撞到尖銳的岩石致死的，相信是宮嬸發現宮叔故意給大熊他們的父親報平安而起爭執，結果宮叔失足而死的。」

案件告一段落，唐果和路仁在村口看著宮嬸被帶走，唐果歎了一口氣道：「宮嬸真的很疼愛自己的女兒，你看其他人都為了招來兒子而把女兒取名為招娣、來娣，只有宮嬸家，把女兒取名為宮渚，寓意女兒平安享樂地長大，可惜這種可怕的陋習害死了宮渚，也害得宮嬸以後都活在痛苦之中。」路仁說：「我也沒想到現代社會居然還有活人祭祀的陋習！太恐怖了！」「有人的地方就會有罪惡，這就要靠我們逐一擊破。走吧，去下一個需要我們的地方。」唐果說著，遞了一枝棒棒糖給路仁。

「姐……」在旁邊聽著他們對話的王梓想叫住唐果。唐果背對著他擺了擺手便走了。「姐，再見了，祝你幸福。」王梓小聲的說。

菩薩子

柯蓓怡

漆黑的房裡傳出窸窣的咀嚼聲，一道閃電乍起，光亮打進窗戶，滿地的血和蠕動的肉塊，轟隆，房間再次陷入漆黑。強烈的恐懼深不見底，細嚼慢咽的蠕動一點一點蠶食著他的絕望。

夏天的夜晚已經過去了大半，村口的狗也瞇上了眼，張家的後院傳來窸窣窸窣的聲音。

「埋好了嗎？」張老太太顫顫巍巍的走過來。

「埋好了，埋好了，就是有點味兒，明天別人問起來你就說家裡冰箱壞了。」張勝眼中的冷光閃了閃，月光照進屋裡，他們藏進黑暗中。

「那東西，你取下來了嗎？」老太太又問。

「我交給神婆了，她說明天下午過去找她。」」張勝說到這時，不由自主的咧起嘴，濁黃的牙齒露出來，混濁的眼睛突出，皮包骨的頭，像一個詭異骷髏頭，格外恐怖。

「我們老張家有救了，感謝觀音菩薩啊，張家的列祖列宗啊！」老太太雙手合十，眼睛閉上，嘴上念著，所有的不利索都在這一刻得到了緩解。

「行了，娘，去睡吧，不早了。埋了一晚上我累死了。」張勝說。

「好好好，那女人也算是有福氣嫁進我們家，做了這樣的好事。媽明天問問媒婆那家還有沒有女人，老張家有救了呀，真是菩薩保佑，菩薩保佑。」老太太一邊說著一邊離開，聲音漸行漸遠。

後院剛被翻起的土地還微微濕潤、蓬鬆，土狗好像感覺到了什麼似的，對著空無一人的土堆狂吠。

「我是誰？」女人環顧四周，感到陌生又熟悉。低頭看了看自己的下面，腳是虛的，黃白色的上衣因為泥土的玷污，變得灰沉沉，肚子下面的位置黑黑空空，好像少了些什麼，女人用手觸碰，雙手卻穿過了身體，她又彎下腰看了看空的位置，身體扭曲的怪異。

她轉身進了屋子，走到張生勝的房間，在鏡子前看清了自己的模樣，舀起盆子裡的水，想潑到自己的臉上，好好清洗一番，水卻穿過她的身體，跌落在盆子裡，濺起水聲，她身子不動，轉動腦袋，望了望後面的張勝，張勝打著呼嚕，嘴角的口水流到枕頭上。女人彎下腰低頭望著，想從他的臉上找出熟悉感的由來。

她離開了張家，在村間的小路上飄著，許是夏天到了，每個院子裡都傳出臭味，土地微微鼓起的土包，大抵是每戶人家院子的特色。

天微微亮，下起了濛濛細雨，浸濕村里的所有人和物。她下意識的用手遮住自己頭，想要擋雨，卻發現雨忽略了她。突然幾個男人撐著傘，走出家門，向她走來，她有些慌亂，但是腳步卻定格了在那裡，他們穿過了她。

她轉身跟著他們，大概走了五分鐘，到了一戶人家門口，還未靠近，一股巨大的香精味撲面而來，門口貼著幾張符咒，但這顯然是無用的，她甚至感受不到任何的阻力，就進入了這家。男人們推開門，嘎吱的聲音傳入耳，一個老女人走了出來，她痀僂著腰，撐著拐杖，步履蹣跚地走向男人。

「東西準備好了？」老女人問。尖細的聲音，帶著沉重的氣息配合夜色的點綴，令人雞皮疙瘩乍起。

「準備好了，準備好了。」男人們一臉殷勤媚笑，把東西遞上去。

老女人伸出手接過那東西，手上的皮膚皺皺巴巴，蒼白的皮膚，青色的靜脈像伺機埋伏的毒蛇，緊緊的貼附在皮膚上。

「你們先回去吧，下午三刻再來找我，記得不要遲到，不然沒了藥效可不要怪我。」女人說道。

「好好好！，謝謝你了，神婆，你就是我的再生父母呀！」男人們雙手合十的拜著神婆，眼神裡閃爍著虔誠。

神婆轉身回了房間，女人跟著她，只見神婆將剛才的東西隨意丟在地板上，袋子裡血水微微流出，滲入地板，然後走到水盆旁用力的清洗著雙手，洗完手後，從旁邊的箱子上拿出一個空白的靈牌，放在祭台上，點上三隻煙，神婆雙手拿著煙，閉上眼睛，對著神台上的菩薩念念有詞，「南無阿彌陀佛」。

女人望了望神台上的菩薩，菩薩對著她微笑，眼眶裡卻流出了血淚，神婆抬起眼，看見血淚，嚇得跌倒在地上。「南無阿彌陀佛，南無阿彌陀佛，南無阿彌陀佛！佛祖保佑，都是他們的錯！都是他們的錯！不是我的。」

神婆拿起毛巾將血淚擦走，轉身從袋子裡取出那東西，扔進水池裡，用刷子將上面的骯髒刷走，再取出刀，冷冽的刀光閃進女人的眼裡，一陣刺痛。神婆一邊切著，一邊求著佛祖保佑、菩薩保佑。廚房裡大同小異的鍋沸騰著，那東西被切成一片片，倒進滾燙的熱水裡，咕嘟咕嘟的水聲因而靜止。蓋上鍋蓋，神婆轉身拿起另外一袋，嘴裡念道，「這是張勝家的」。

張勝——聽到這名字的那一刻，女人猛地瞪大了眼，這名字竟熟悉得可怕。她不是人，但撲通撲通的心跳聲卻猛地乍現。她不斷地深呼吸，記憶裡某些畫面閃現。她轉身逃離，跑回張勝家，男人還沒醒，抬起頭，女人看見了床頭的合照，那一刻時間靜止了，她走到鏡子前，看著自己，在看著相片裡的自己。

那一刻她知道自己是誰了。

張勝是她的丈夫。

可是她是怎麼死的？

「勝兒，勝兒醒了沒，快起來準備準備」張老太太走到門口，沒開門進來，痀僂的背影，悄無聲息的出現，碩大的身影展現在門窗上，陽光下卻像個食人的鬼魅。

「知道了，娘。」張勝緩緩醒來，睡眼朦朧的樣子，黃色的眼屎黏在眼角，滿面的胡渣，舀起水倒進嘴巴裡，咕嚕咕嚕兩下吐了出來，水濺到地上，髒了女人的身影。女人站在他的旁邊，觀察著張勝，邋遢的樣子和照片上的人完全不同。但當他靠近時，恐懼的冷汗不由自主地冒出，跌到了地上，發出了聲音，引來了張勝的注意，他抬頭望了望屋頂。

「這房子怎麼還漏水，等會回來補一補。」張勝說。推開房門，陽光灑進屋裡，水漬很快消失，老太婆還在門外。

「娘把錢換來了，你今天去見神婆記得拿給她，這可是咱們張家的救命錢。」張老太太說著，眼神裡的希望如同出生的太陽一般，金閃閃。

「知道啦，娘」張勝捏了捏錢的厚度，神色中埋著深深的不捨，吐出一股濁氣，把錢揣進兜裡，意氣風發的走出家門。女人跟著張勝，只見他到了神婆門前，整了整衣領，咚咚的拍著門，「神婆神婆，在嗎？」

「嘎吱」門打開，陽光照進神婆的家，神像瓷白的眼眸閃了閃。

「進來吧」，神婆招招手。

這是孝敬您的。張勝從口袋裡掏出錢，雙手捧上遞給神婆，神色自若不帶一絲不捨。

她接過錢，捏了捏厚度，沒錯，轉身放在桌子上，打開屬於張勝的那口鍋，拿出碗，舀出那東西。

滾滾的煙氣上傳，籠蓋住她的臉。「南無阿彌陀佛，佛祖啊，這可不是我喝呀，千萬不要怪罪我，南無阿彌陀佛。」她小聲的念叨。

「神婆你說啥呢？」張勝伸長脖子問道。

「沒啥，就是祝你早日康復。」神婆收住慌亂的神色，很快鎮定地回答。

「行了，藥好了，把這些東西都吃下吧。一口別剩，不然藥效不靈可別怪我。」

「好、好！」張勝接過碗，囫圇吞棗的吃了起來，那東西被吃得乾淨，原本萎靡的樣子立馬變得神清氣爽。

「你別說，這東西味道還真不錯！」張勝用手一把抹乾淨嘴巴。

女人在旁邊望著，一陣反胃，用手摸了摸自己空著的位置，眼神裡充滿了不可置信，意識流轉，所有的畫面出現在她的眼前。

「乖，喝下這口就休息。」男人溫柔的端著碗哄著她。

「咳咳，阿勝，你辛苦了。」女人說完就陷入了昏迷，男人收回溫柔的神情，轉身從廚房裡拿出刀。

「阿勝，你在做什麼？」女人緩緩醒來，下身傳來劇痛，望過去只有血。

「阿婷，求求你，看我這段時間對你這麼好的份上，救救我吧！神婆說了只要吃了你的這個，我們張家這個不孕詛咒就能消失，你放心，我一定好好葬你，以後的孩子只認你做母親，你再忍忍，很快就好了。」男人滿眼祈求的神色，手上的刀溫柔的滑過她的皮膚，小心翼翼切斷身體與那東西的連繫，扔下刀，猶如稀世珍寶般取出，捧在手心裡，不復溫柔，神色癲狂，雙腿跪在地上。

「菩薩保佑，我們老張家有救了！」

很快男人起身，把那東西放進袋子裡，綁好，拿起鐵鍬。

「阿婷，你放心，我給你挖一個大一點的洞，這樣妳躺著也舒服一點，好嗎？你是有福之人啊，救了我們老張家。來世一定做菩薩，以後也要好好保佑我們，好嗎？」

他抱起女人，放進坑裡，再用鐵鍬一點一點把泥土鏟到女人身上。

女人絕望地看著眼前的男人，她疼得不行，泥土灑在她的身上，蓋住她，慢慢呼吸停止，但恨意猶如沖天烈火，滔滔不熄。

「如果真的有菩薩，求求你救救我吧。」最後一刻她這樣想到。

張勝埋好了她，跪在她的墳前，磕了三個頭，「南無阿彌陀佛，佛祖保佑，張家一切順遂，阿婷走好。」

畫面就此結束，女人睜開眼。

「乖，喝一多點，這樣孩子營養才夠。」眼前的張勝端著碗溫柔的餵著另外一個女人，那女人小肚微微伏起。

「你就只關心孩子，我一點都不重要。」女人嬌氣的打著張勝。

「哪裡，你沒聽我娘說嗎？你可是我們老張家的福氣呀。以前那娘們，肚子裡憋不出來，害得我們老張家被人戳脊梁骨，說她兩句就跑出去，也不知道跟了哪個野男人。你可是活菩薩，你一來我們老張家就有後，真是個福星。」男人諂媚的說道。

「張勝，你怎麼敢？」阿婷飄到男人身旁，惡狠狠地說，眼裡盡是冷冽的恨意，猩紅的血淚從她的眼眶裡溢出，一滴兩滴的落到地上。

「張勝你看，你看，這天花板怎麼還漏水，你快修補一下。」女人說道。

「上次不才補過嗎？怎麼又漏？這顏色怎麼這麼奇怪。」他用手摸了摸濕潤的地方，聞到一股腥味。

「怎麼了？」女人問。

「沒事，行了，你躺下休息休息，我出去一會。」男人溫柔掖好被子，轉身打開房門，陽光灑進，阿婷站在光亮中，盯著張勝離開的背影，目眦盡裂。

「啊啊啊，太痛了！」床上的女人緊緊抓著床單。

「堅持住快出來了！」產婆一邊安慰著一遍接生。

生了生了，是個男孩，張勝迫不及待的推門而入。「天啊！老張家有後了！」佛堂裡的老太太聽到這消息，不停轉著手裡的佛珠，嘴裡念道到：「謝謝菩薩！謝謝菩薩！」

張勝看到孩子的臉，嚇了一跳，和阿婷一模一樣的臉，明明是初生的孩子，心下安慰自己沒事的。

把孩子抱近，卻聽到「阿勝，好久不見啊，我又來做你們老張家的福星了，呵呵。」

渾身的雞皮疙瘩乍起，張勝不敢多想，丟下孩子，一步步後退：「這不可能，不可能！」頭也不回的跑出了家，到了神婆家的門口，破門而入「神婆，神婆，阿婷回來了，阿婷……」張勝再也說不出話，他看到神婆倒在地上，身上覆蓋著一個巨大的子宮，正在吞嚼著神婆的腦袋，突然那怪物轉過頭，溫柔的對張勝說：「阿勝，你來啦，乖，讓我吃下來就好了。」

不，不，不……

張勝來不及反應，就被吞了。

「阿勝、阿勝你怎麼了，快醒醒。」

張勝緩緩的醒來，阿婷在他眼前出現。

「我、我、我、剛、剛、剛才不、不、不是……」

「你在說什麼胡話呀？阿勝。」

阿婷打開房門，陽光灑進來，照在她的身上，猶如菩薩般，眼旁的血淚若隱若現，凝視著張勝。

雞皮疙瘩猶如病菌般，瞬間侵襲張勝所有的皮膚。

門緊緊的被關上了。

房內，「咕嚕咕嚕」，張勝的肚子鼓起，有什麼東西在蠕動，猛的刺啦一聲，張勝看見那團黑乎乎的東西，長出了肢體，一步一步從他的身體裡爬出，那東西轉過身，他的呼吸猛然停止。

窗戶上多了幾道血印，那雙手拼命的划拉著。

房外，女人舉著三枝香，虔誠的鞠躬，「南無阿彌陀佛！」，佛香在空中緩緩流出，一道、兩道的煙氣像伺機潛伏的蛇，藏進空氣裡、隱匿得無影無蹤。

仇煞　　馮日朗

時值初冬，枝頭間兀自掛著皚皚白雪。滿地的積雪銀光耀眼，淡黃的陽光和凋零的黃葉相映成趣，好一幅蕭瑟的冬日景象，要有文人騷客路過此景少不得又是一番的舞文弄墨，吟詩作賦。

然而如此的天氣對老百姓而言可又是一番折磨了。青石鎮的大街上被白雪覆蓋，路上行人零丁，僅有小酒館外的一個年輕店小二正在掃著門前的白雪。

「唉，這次的冬天來得如此迅猛，興許又要有幾戶人家熬不過去了，上年的冬天帶走了街口的楊老漢和他媳婦，剩下兩個孤苦伶仃的小娃兒老可憐了，也不知這次老天爺又要帶走誰⋯⋯」店小二嘆了一口氣，又忍不住咚嗦了一下，身上單薄的衣衫似乎無法抵禦如此苦寒的天氣。

突然，一個算盤砸在店小二的頭上，疼得他抱著頭滿地亂滾。「還在這發牢騷，再沒有客人我們都要去喝西北風了，快把雪掃乾淨然後給我去招攬客人。」掌櫃生氣地說著。早已度過而立之年的掌櫃乍看之下就是一個平平無奇的中年漢子，一手拄拐，一足殘廢，大拇指還離奇的斷了一截，令掌櫃的過去顯得越發撲朔迷離。

「說起來，自從十年前長白宗的劉大俠下山來後便定居此地，一直以來都守護著這個小鎮，每逢冬天更會派發自家私糧來救濟老百姓，然而這年冬天卻是全無聲息，宅門一直沒有開過，也不知是不是發生了什麼⋯⋯」店小二狐疑地說著，儘管頭上吃痛，手上的掃把卻是一刻也不敢停下來，生怕那算盤不知什麼時候又落下來。

聽到這話，掌櫃的神色忽然呆滯，怔怔出神，似乎若有所思。

「是啊，十年了……」十年，足夠沖淡很多的人與物，事與情，但也不能一言概之。心中一痛，掌櫃眼睛頓時模糊起來……

* * * * * *

大雪飄零，窗外紅梅鮮艷，如潑灑於白布上的一抹鮮紅。

「俠肝義膽，義薄雲天」

八字橫額懸於堂前，二百宗門弟子立於兩旁，一把把向天斜指的長劍散發著清幽寒芒，氣氛肅穆。在這號稱武林公義的正龍堂上，沒有任何一個宗門弟子膽敢在此放肆。

身披青袍的長白宗宗主立於主殿之上，襟衣輕掀，裙裾飄飛，身後長劍鋒芒如天上朗星，仙風道骨直如天上神靈下凡。宗主身旁站著一個少年，身型高大，氣宇軒昂，卻低著頭，眼光始終不敢直視堂下。

「我宗內門弟子劉雲奇擒殺魔教妖女寧妗月，為宗門立下奇功一件，此事早已蓋棺定論。無憂，你為此事糾纏不清又是為何？」宗主冷冷地發聲到，無人注意他眼眸深處帶著的一絲譏諷。

堂下，衣衫襤褸的少年遊俠跪坐堂前，狀若癲狂，眼眸中深沉的恨意似要把這個世界吞噬。

被稱作無憂的少年無法理解，他奉師門之命外出歷練，沿路凶險，數次險些命喪黃泉。因為心中的眷戀，他跨過了無數的刺殺和暗算，九死一生地回到宗門，看到的卻是自己的愛人變成了冰冷的屍體。

少年懷中的女子早已冰涼，面容更被搗毀無法辨認。冷漠的目光一道道的射過來，彷彿在嘲笑著他的無能為力。慢慢地，緊握住的雙拳鬆開了，雙眼中的希望消失了。

少年一字一句地咬出那句惡毒的誓言。

「自今日起，我便不再是長白宗弟子。若我能不死，不報此仇誓不為人。」

言猶在耳……

大雪飄零，窗外紅梅鮮艷，劉師兄自始至終沒有直視過少年的雙眸。

……

咚咚咚，三聲敲門，清遠悠揚。

一名帶著斗笠的男子不知何時站在了門前。店小二急忙搬出笑臉，立馬上前打算好生招待難得的客人，然而才剛走了兩步他便發現雙腳竟似灌了鉛般的沉重，喉結也彷彿糾纏在了一起，張嘴無聲。眼前的男人並非什麼凶神惡煞之輩，身形瘦削，面容被陰影掩蓋，儘管腰上纏著一把刀，但這種小酒館平時招待得最多的不是鎮上的百姓便是路過的江湖客，對於兵器早已是見怪不怪，甚至有一次來了四名客人，每人的腰間都別著一顆人頭，滿身血腥氣，即使如此小二也從未如此刻般驚慌。

只因面前的男人實在太靜了，在他的身旁，天地間彷彿瞬墮死寂，如湖底般靜謐無聲，沒有任何的氣息。

這種靜謐，小二只有在死人的身上感受過。

「先退到後廚去吧。」掌櫃低沉的嗓音緩緩響起，小二頓時如獲大赦，卻發現自己早已是滿身冷汗，心中兀自驚魂未定，不敢再留在此間，急忙便走到後面去了。

看著小二的背影漸漸遠離，掌櫃也站起身來，一拐一拐地走到簡陋酒桌前，拍了拍板凳上的灰塵便坐下了。他先給自己倒了碗熱茶，然後又給對面的座位斟滿了一碗。

「坐下吧，我們倆師兄弟好久沒有談一談了。」

斗笠男子仿若未聞，依舊站在酒館的大門前。掌櫃也似是毫不在意，自顧自地呷著桌上的熱茶。一時間兩人靜默，唯聞店外北風的呼嘯夾雜著銀雪飄飛。

良久，掌櫃放下手中的茶杯，徐徐地說起了一些聽似毫不相干的事

「四月三十傍晚，長白宗二長老田登雲於私宅舉辦金盆洗手之宴，然而當日賓客上門後卻無人應門，進門後方發現其全家十三口連同僕役臥屍家中，死者皆被一刀封喉，宅內物件齊整，沒有任何的打鬥痕跡」

「五月上旬，長白宗首席護法連於奉相約與其妻兒到泰山遊歷，出發後卻失去音訊，在長白宗竭力搜索下仍然毫無收穫，卻因一名樑上君子意外闖入其家宅之中才在後院發現三人屍首，三人同樣被一刀封喉。」

「五月下旬… 」

一宗又一宗駭人聽聞的滅門慘案，斗笠男子卻似乎沒有任何的情緒波動，身形依然筆挺。

「這些慘案都有一個共通之處。」掌櫃嘆了口氣，然後總結道：「他們都是長白宗的老一輩人物，而且死前都曾經收過一幅帖子」

「帖上只有八個字，不報此仇勢不為人。」

「他們全都該死。」斗笠男子的聲音第一次有了情緒的起伏。

「當年的局的確是他們佈的，可是……」掌櫃搖了搖頭，他本想說一些禍不及妻兒的大道理，可面前早已走火入魔的男子又怎能再聽得進去了。

「至少希望你明白，劉師兄的確做錯了事，但這些年他都很後悔，他也是被擺佈的棋子之一。」掌櫃無奈道。

「與我何干？」斗笠男子冷峻地說道。

「我只問一次，劉雲奇的家在哪個方向。」

兩人相顧靜默，一陣無言。

掌櫃直視著面前的男子，眼裡像是在尋找著，盼望著甚麼，看到的卻只是那泛著血紅刀光的狼牙刀。

一切都回不去了。

斗笠男子的手已按在了刀柄上。

掌櫃終於是放棄了，唯有說道：「走出青石鎮的大街後向東走。」

斗笠男子如鬼魅般遠去。

桌上的茶終究是涼了。

小二聽到外面的動靜漸漸平息，小心翼翼地走出後廚，只看到掌櫃坐在桌前自斟自飲。

「掌櫃，剛才的那個男子…」

「不要多管閑事。」掌櫃的心仿若沉入了湖底。

世間唯有情絲可令人絞痛入骨，唯有仇恨可使人至死方休。

兩者相互纏連，無人可解。

……

子時，月明星稀，四周人家的燈火都已熄滅。

淒冷的夜風呼呼吹過，清輝如雪的月光穿透雲層間的縫隙，映出明暗的交集。

夜色中，斗笠男子站在劉家大宅的圍牆上，奇怪的是偌大的宅院竟似空無一人，唯有院子燈火通明。

探身看去，只見一人坐在上房，面前是個小桌子，上面有幾碟小菜，一壺酒，還有一封血帖，對面的座位上卻沒有人。

「無憂師弟，既然來了便下來相見吧。」房中男子忽爾發聲，被喊破真名的斗笠男子心中暗暗吃驚，飄然而下。多年不見，無憂細細打量著面前的男子，其身型依然穩重，肌膚微黑，五官端正，眉目間竟有掩飾不住的凜然英氣，歲月似乎未能在他身上留下太多痕跡。

一時間，無憂五味雜陳，眼前之人曾是自己最為仰慕的大師兄，卻也是奪去了自己所愛之人性命的魔鬼。

「當年的事，我很抱歉。是我對不起瑤兒。」劉雲奇淡淡地說道。話畢，一抹銀光閃過，無憂的長刀已架在劉雲奇的脖子上，出乎意料的是劉雲奇竟是不閃不避。「你還有臉提她的名字？」無憂咬緊牙關，恨意使他的身體不由自主地顫抖。劉雲奇無奈苦笑道：「當年武林傳聞魔教妖女寧妗月下山，各門派人人自危，怎料到她的最後身影竟被目睹於長白宗山門之外。宗門長老為了平息風波，命我處決瑤兒，以她屍身來假裝妖女。我本也不願照做，只是他們威脅我，我要是不下手死的便是我的妹妹。因此宗主才會故意把你支開，美其名曰外出歷練…」「夠了，當年的事這些年來我早已查探清楚。殺人償命天經地義，你說出這些也不會動搖我殺你的決心。」無憂冷冷地說道。

「我很清楚，我的命本就是欠你的。」劉雲奇仰脖喝乾杯中的酒，接著說道：「只是我有一個請求。下山以後我早已和身邊家眷斷絕來往，唯獨收了一義子名晟然。我希望你能饒過他的性命。」無憂冷笑道：「晟浩輝煌，浩然正氣，這名字由你來取何等諷刺。」劉雲奇答道：「所以我沒讓他隨我的姓。我相信他會比我有出息。」

無憂直視著劉雲奇，這一次劉雲奇沒有逃避。恍惚間，一抹倩影掠過無憂心頭，隨之而來的是一陣絞心之痛，仿若滴血。血滴十年，早已焚盡僅餘的理智。

「你既有這惻隱之心，當年又為什麼不肯饒她？你現在有何資格求我！」話音剛落，無憂的長刀已欲橫頸抹下。忽爾眼前一花，一點寒芒已直刺無憂的咽喉要害，其勢直如奔雷。只是無憂殺意依舊，刀勢不改，右手作虎爪狀橫擊劍身，竟是以傷換命的狠辣打法。

劉雲奇無奈，立即右腳點地，向上急躍，避過無憂一刀，自身攻勢卻也受阻。他一個空翻落在院中，挽定劍勢，神色凝重，劍尖直指面前男子。

無憂身形未動，長刀隨意挽於身後。

「三招。三招未死，我可饒你義子。」無憂眼神陰冷。如此輕視，劉雲奇眼中精光大盛，大喝一聲：「好！」旋即挺劍向前急刺，直取無憂胸口。

「第一招。」

無憂身影暴起，一刀擊出，卻是虛虛實實，軟弱飄忽。劉雲奇大感詫異，然而待到劉雲奇劍勢已老，長刀竟忽爾化為點點銀光，灑向其頭身腳八處要害。無奈之下，劉雲奇借著劍勢就地滾下，卻已是破綻大露。

「第二招。」

刀勢一變，鋼刀直劈而下，劉雲奇避無可避，勉力提起長劍一格。「噹」一聲，長劍應聲而斷。

「第三招。」

最後一擊！無憂點地躍起，撲向地上門戶大開的劉雲奇，長刀直指心胸要害。眼看已無活路，劉雲奇咬牙拋出手中斷劍，撲向無憂面門，只是無憂微微側頭便已躲過。無阻刀勢，長刀在劉雲奇不甘的眼光中刺入他的心胸，直沒至柄。

三招一過，已分生死。無憂面無表情地凝視著地上的屍身。

一聲輕雷，烏雲間忽然有雨點落下。無憂收刀入鞘，轉身走入房內。

忽爾身後風聲微響，無憂下意思反身抽刀，斬下來物，一瞬間鮮血迸濺，竟是一條斷臂，手中兀自握著一截劍尖。在無憂訝異的目光中，劉雲奇佇立於其身前。

「第四招。」劉雲奇的聲音很遠，如被烏雲掩蓋。

他倒下的時候，臉上依然帶著微笑。

……

翌日清晨，天矇矇亮。

掌櫃緩緩踱步至酒館門前，卻發現有一稚童蹲在了店門外。

稚童的懷中緊緊抱著一柄斷劍，掌櫃認得出這柄劍。

劍在人在，劍斷人亡。

寒風中，稚童的身影顯得格外單薄，掌櫃嘆了口氣。

「你叫什麼名字？」

「我叫晟然，我有一個不得不殺的人。」

困

黃樂澄

一、

我睜開雙眼，看見一個穿著白色襯衫的少年走在我面前。我低下頭，他的手緊緊地握著我的右手，偌大的街道，只有我和他，漫步在遍地鋪滿焦黃落葉的大道。一陣微風，輕輕拂過兩旁的楓樹，吹落幾片楓葉，他的衣角微微擺動，我嗅到一絲鈴蘭花香。

「你是誰？」我停下腳步。

他轉過頭來，我看見一雙清澈如泉水的眼眸。

二、

「鈴鈴鈴……」我伸手關掉鬧鐘，倚著牆壁坐了起來，我盯著自己的右手，動了動手指。

「又來了。」手上似乎還留有餘溫。最近頻頻夢見一個少年，夢中的我和他好像是情侶，這夢每次都真實得不像樣。

我沒有放在心上，出門上班。

三、

「佩玲，我最近一直夢見一個男生。」

「筱瑜，你是想談戀愛了吧！」佩玲臉上泛起不懷好意的笑。

「開什麼玩笑。」我白了她一眼，便轉身去沖泡咖啡。

「不好意思，我想要一杯熱拿鐵。」一把低沉的聲音從身後傳來。我轉過身來，一個穿著白色襯衫的少年佇立在我面前。微風吹動著他額前的碎髮，碎髮下如泉水般的雙眼，我不會認錯，他是我夢中的少年。我突然覺得周圍的空氣好像凝固起來，呼吸變得困難。路邊的行人行色匆匆，行走的步伐快到模糊，我的眼裡只能勾勒出他的形狀。這一刻，我只聽見了耳內震耳欲聾的「咚咚」聲。

「喂！你怎麼了？」佩玲用手在我面前晃動，我這才回過神來。

「這……這怎麼可能？」我舉著顫抖的手，始終不敢相信夢中人竟出現在眼前。

「一杯熱拿鐵，對嗎？」佩玲看我呆在原地，便尷尬一笑，趕忙對著少年說道。

「對的，謝謝。」

「請……請問，我們以前見過面嗎？」我始終沒能忍著心中疑惑，衝口而出。

少年先是愣了一秒，接著嘴角便不住上揚，道：「哈哈哈，這是什麼老套的搭訕方式？」

我這才從恍惚中回過神來，發覺自己說的話不妥，立刻感覺到一股暖流直往臉頰竄，一下子好像被火燒了般，滾滾發燙。

我把沖好了的熱拿鐵遞給少年，他微笑著接過，然後便轉身離開，但突然在玻璃門前停下，轉頭笑著說：「不過，還不錯喔！」說罷，他大步邁出咖啡店。我的目光緊緊追隨著他的身影。他的背影，和夢中的重疊。他沒入人群，我在熙熙攘攘的人流中尋找著那一抹亮眼的白色，剛找著，他一個轉身便又消失在我的視線範圍。

四、

少年從我的頭髮上取下楓葉，輕輕地梳理著我被風吹亂了的頭髮。他半蹲著身子，微微向前傾，然後取下纏在他脖子上的圍巾，溫柔地為我圍上。圍巾上充滿他的氣味，鈴蘭花香。

「剛剛的風有些大，冷不冷？」他重新拉起我的手，帶著我往前走。

我們在一輛車前停下，他為我拉開車門，用手輕輕墊著我的頭頂，擔心我會撞到。

「我們要去哪裡？」

「我們去看海。」他轉過頭來在我耳邊輕輕地說，然後溫柔地為我扣上安全帶，自己走上駕駛座。

五、

「陳筱瑜，醒醒！」我的耳邊傳來一聲聲的呼喚。我睜開雙眼，發現佩玲坐在我身邊，不斷搖晃著我的身體。

「我在哪裡？」

「員工休息室呀！只是放個午休，你便睡死過去了，昨天晚上沒有睡覺嗎？」

我坐起來環顧四周，確實是在員工休息室。

「我剛剛又做了那個夢。」

「什麼夢？」

「就是昨天我跟你說那個連續做了好幾次的夢。你記得昨天來店裡那個男生嗎？他長得跟我夢裡的少年一模一樣！」

「你們認識嗎？」

「我對他沒有印象……」

「可能你是把他藏在了潛意識裡吧！」佩玲咯咯地笑，用手肘輕輕碰撞我的手臂。

「不跟你說了，我出去工作了。」我繫好圍裙，磨起咖啡豆來。

少年的笑臉又湧現腦海中，他微彎著的雙眼內的一對墨黑瞳孔，反射出陽光的瞬間，像是滿天星辰意外傾瀉，灑落在漆黑的夜空。咖啡煮沸了，店中瀰漫著濃郁的咖啡香，我卻從中嗅出了一絲鈴蘭花香，忽隱忽現，把我纏繞。

突然心頭一震。我的直覺告訴我，是他。

我立刻探頭張望，視線穿插在人來人往的街道，在人群中尋找著。我聽見血液在體內翻騰、湧動。我無法控制僵直的手指，它不住地抖動。一陣腳步聲突然停在我的身旁。我深深吸了一口氣，眼尾瞄見一片白，我轉過頭，卻發現不是他，那人看了看餐牌便走開了。我的心瞬間涼了半截。

「你好，我要一杯熱拿鐵。」

心灰意冷之時，熟悉的聲音在耳後響起。我的心「咚咚」地跳動，這次肯定是他了，不會錯的。我拍了拍胸口，緩緩轉過身。

依然是那件白襯衣，少年笑盈盈地站著。那一刻，世界變得模糊，我只能看見他。

「啊！」手上傳來被灼傷的刺痛，低頭一看，我竟將滾熱的咖啡倒到手上了。

「你沒事吧？」他往前踏了一步，從口袋裡掏出手帕，抓起我的手，輕輕地為我擦去手背上的咖啡，然後慢慢反轉我的手，手掌上便多了兩顆粉紅色的小丸子。

「請你吃糖。」他微微一笑，像陽光般，亮得晃人。「疼痛的時候吃些甜食能夠舒緩一點喔。」

「可能有些唐突，我覺得你長得很像一個我很熟悉的人。我可以知道你的名字嗎？」我緊緊握著拳頭，心中忐忑不安。

「李逸翔。」他的眼睛形成兩道彎彎的月亮。「你呢？」

「我叫陳筱瑜。」

「很高興認識你。」他笑著說。

我低頭將熱拿鐵裝入袋子。一抬頭，李逸翔卻失去蹤影。

「奇怪，他到哪裡去了？點了咖啡不拿走便離開了？」我左顧右盼，始終沒看見他。

他送的糖在嘴裡融化，舌尖上留著一絲淡淡的甜味。

自那天起，李逸翔成了店裡的常客。

六、

「筱瑜，今天要麻煩你收尾咯！」佩玲揮手跟我道別。

夜幕低垂，街燈一盞接一盞地亮起，街上的行人稀稀落落。我給自己泡了杯熱咖啡。一陣冷風吹來，雙腳卻傳來微微的疼痛。

「今晚有點冷呢！」我放下手中的咖啡，揉了揉大腿。

「確實有點冷。」我被突如其來的搭腔嚇了一跳。定睛一看，是李逸翔。

「你什麼時候來的？」

「剛剛。」他掃了一眼店內。「怎麼今天只有你？」

「今晚輪到我收尾。」

「哦……那我陪你吧！」

「啊？」我瞪大了雙眼，但他只是抿嘴笑著，然後靠在一旁的牆壁站著。

「可是今晚很冷。」

「這樣啊……那你請我喝杯熱拿鐵吧！」

我被這意想不到的答覆逗笑了，轉身為他泡了杯熱騰騰的拿鐵。

「這就當是熱拿鐵的回禮吧！」他笑著掏出一個盒子，倒出兩顆檸檬黃的糖。

「這糖是其他口味嗎？味道和之前的不太一樣呢！作為回禮也太敷衍了吧！」我裝作生氣。

「你不喜歡？那不如這個星期六我們去看海？」

「好。」或許是熱咖啡的效用發揮了，我覺得兩頰熱熱的，緩緩低下了頭。「到時候見。」我的聲音像蠅頭細蚊般。

許久，他沒有說話。我抬起頭，卻發現眼前空無一人。

「怎麼又不見了？真是個神秘的人。」我摩挲著手上的兩張糖紙。

七、

「等很久了嗎？」李逸翔站在我身後，輕輕戳了下我的肩膀。他穿了件厚厚的外套，裡面還是那件白襯衫。他打開車門，用手輕輕墊著我的頭頂，溫柔地為我扣上安全帶，自己走上駕駛座，然後打開往海邊的自動導航。

我的心剎時悸動了一下，總覺得這個場景似曾相識。

「我的手機放在了后座，能幫我拿一下嗎？」

「可以呀！」我沒有多想便伸手到後座，摸索著手機的位置，卻突然拍到一堆紙，發出「沙沙」聲。

「你拿起來看看那是什麼。」

我把那東西拿起，竟是一束花。

「喜歡嗎？」他使盡全力壓制著想揚起的嘴角。

我看著他的側臉，激動得說不出話來。突然，一陣強烈的白光從我的正前方照來，刺得我睜不開眼，我趕忙舉起手臂擋在眼前，眯著眼，只見李逸翔急轉方向盤，嘴裡大喊「小心」，我望向前方，一輛大貨車直直衝向我們。還沒反應過來，李逸翔已經解開自己的安全帶，縱身撲向我，擋在我前方，車子來不及轉彎，只聽見「呯」的一聲巨響，瞬間安靜了，接著耳朵便傳來陣陣耳鳴，我只覺得頭痛欲裂，意識開始模糊，煙霧瀰漫，我只見李逸翔趴在我身上，鮮血染紅了他的襯衫，隨後我的視線沒入一片黑暗。

八、

「啊！」我驚叫一聲，從床上彈坐起來，枕頭濕了一大片，我摸了摸臉，淚水仍不斷往下流。「是夢。」我的心口仍然起伏不定。

手機顯示著星期六。

我到了約定的海灘，看著一片蔚藍，內心卻有些不安。突然，陽光落在一個身影上，他穿著一件酒紅色的襯衫。在人群中，像是會發光般，一步一步緩緩向我走來。

我知道是他。

「你今天真漂亮。」

他從背後掏出一束鮮紅的玫瑰和一個精緻禮盒。他將花束遞給我，然後打開了禮盒。

「你真的好愛這種糖。」我看著滿盒子的檸檬黃糖果，被眼前孩子氣的男孩逗笑了。

「你不也挺愛吃的嗎？」他看著往嘴裡塞糖果的我，輕輕掐了下我鼓起的臉頰。

「因為，是你送的。」我低頭把臉埋在花束，對著玫瑰說。

他沒有回話。

我抬起頭，卻發現李逸翔又消失了。我立刻環顧四周，卻找不著他的身影。

「李逸翔！」我喊著。沒有回應。我急步走著，在人群中奔跑，但是，我找不著他。

腳底突然傳來一陣劇痛，我摔坐在地，正想站起來，我感到有人鉗住我的左右手，把我提了起來。我轉頭一看，是兩個素未謀面的男人，他們穿著白色的長袍，和身後純白的背景融合。

「等等？這是哪裡？」海灘變成一個侷促的白色空間，這裡沒有碧海藍天，只有一小扇窗。

「這裡是哪裡？放開我！」我動彈不得。我用盡力氣甩動雙手，又用力咬著他們的手，想要甩開他們。

「注射鎮靜劑！」不知在何處傳來如螞蟻般細小的聲音。

一瞬間，我全身失去了力氣，眼皮越來越重，緩緩闔上。

九、

最近我好像變得有點奇怪。

我隨手拿起兩顆糖，放進了嘴裡，在熟悉的甜味中，李逸翔的臉再次浮現在腦海。自海灘那次不告而別後，我已經一個月沒有再見到他，也沒有再夢過他。

我背起背包，出門上班。

今天的咖啡店空蕩蕩的，只有休息室內不斷傳來的竊竊私語聲。

「醫生，陳筱瑜現在的情況怎麼樣了？」我聽見佩玲的聲音。

「她仍然分不清現實和幻想，暫時還要留院觀察。」一把磁性的聲音回答道。「她前幾天在病房裡一直喊著李逸翔這個名字，還從輪椅上跌了下來，我們最後注射了鎮靜劑才安撫她，但這比起兩個月前每天只會自言自語，對外界毫無反應的情況好多了。」

「她還是沒能放下他……」

「那場車禍帶走了她的愛人和雙腿，陷入了幻想之中。院方給她換了這種黃色的藥，藥效會比粉紅色的強，相信情況正在好轉。」

「呼！」我推開門，想看看佩玲在跟誰說話，我衝進房內，卻連佩玲的影子也找不到。

對話聲依舊在腦中縈繞，我捂起耳朵，聲音卻不斷放大，像是從耳中傳出。我頭痛欲裂，隱約看見了那個白色空間，一眨眼，又回到空蕩蕩的咖啡店裡。

氣泡咖啡謀殺案　梁卓謙

1

噢，原來差不多五時了！

我趕緊收拾檯面上的文件，把煙灰缸清理掉，便匆匆前往停車場。基里安在門口攔著我問：「警探，你要去哪兒了？」基里安就是這樣，他真的是不折不扣的「問題少年」，老是甚麼都要問，我一臉不耐煩地說：「現在已是五時了，我有約，明天見！」

「你還沒有回答我的問題，警探要去那裡？」基里安還是不肯罷休。

「你真的很煩，上司的行程與你何干？我今晚去找我的舊朋友吃飯敘舊，可以嗎？」

「呃，好的好的。那我們明天見吧！」基里安終於得到他渴望的答案，或者他知道自己觸怒我，便不敢再追問下去。

「還有，不要半夜三更打電話給我！」

「知道知道！」基里安不停點頭，目送著我駕車離去。

那個舊朋友是查理斯，他曾經是警長，他在十年前退休了，現在在老家安享晚年。今次敘舊並不是一般的探訪，十年前的今天，一宗連環自殺案終於結案，而查理斯就是當時的負責警長。

回想當年，這個案件真的撲朔迷離，多宗「發現死者」的案件，竟然沒有任何他殺的嫌疑。當年這案件調查了好一段時間，小鎮的新聞亦大肆報導相關內容，結果，警方因為沒有他殺嫌疑，決定以自殺來總結這些離奇的案件。

後來，這個案件便再沒有人提起，正確來說，是沒有人敢提起。當時的「發現死者」案都有一個共同點，就是死者旁邊一定有一瓶氣泡咖啡。有人認為，這是犯人拿來毒害死者；也有人認為，這是犯人存在的標記。然而，警方把氣泡咖啡化驗過後，並沒有甚麼異樣。不過是蘇打水和咖啡的混合體而已，也沒有證據證明這是犯人的飲料，更何況警方連犯人是否真的存在也不知道！

「氣泡咖啡」一詞成為了里修居民的禁語。當時的人甚至不知道甚麼是氣泡咖啡，看見這杯似咖啡非咖啡的「飲料」，本來已經視之為異端，加上這個連環自殺案，他們心裡就自然多添一份恐懼了。

車子徐徐前行，我看著里修的夕陽，居民在某廣場聚集談天，好不悠閒。過了好一陣子，我終於到達查理斯的家了。

2

我把車子停下，整理一下自己的衣領，然後從座位拿一支紅酒和一束鮮花，循著小徑前往查理斯的家。當我正打算按門鈴時，我發現屋內有點異樣，為何屋內播放著那麼大聲的音樂？查理斯是一個喜歡寧靜的人，即使我們在他家慶祝，他絕不會容許我們大聲歡呼，更何況大聲地播放音樂？

我的直覺告訴我，不對勁。

仔細檢查他的家門，發現門鎖有被試圖撬開的痕跡，我嘗試打開門……

咔嚓！

門打開了。我先放下紅酒和鮮花門外，然後拿起手槍進去。客廳空無一人，不見任何打鬥的痕跡，沙發旁的黑膠唱碟機卻播放著音樂。我慢慢走進他的房間，房門是半掩著的，我慢慢推開房門，看見查理斯躺在床上，他已經失去呼吸和脈搏了。我立即致電給基里安，著他馬上過來，也通知了當值的隊伍盡快前來。

我仔細查看查理斯的房間，有人在查理斯的牆上用油漆寫：「C'est un pé cheur impardonnable ！」意思就是「這是千古罪人！」我還有一個令我毛骨悚然的發現……查理斯的桌上竟然放著一杯氣泡咖啡！

我心裡的惶恐推至極點，內心充斥著無數個問號，究竟是誰在搞鬼？仔細觀察屍體，查理斯身上有多處刀傷，而且全都是由背後插進去的，明顯是他殺。我冷靜思考，他絕對沒有自殺的念頭，甚至計劃不久後到外地旅遊，以他堅定的性格，肯定不會自殺。

等待基里安和隊伍的時候，我不斷尋找犯人留下的痕跡，發現除了留下的那杯氣泡咖啡、字句和家門被爆破，其他的門和窗都是妥當地鎖上，沒有甚麼線索可追尋！

不久，基里安連同當值隊伍都來了。基里安一看見查理斯的屍體，便失聲狂呼：「啊！啊！啊！」其他警員看見這個景況，尤其是那杯氣泡咖啡，無不驚訝大叫。警長奧斯文也來了，緊張地問：「難……難道他回來了？」

我聳聳肩，裝作輕鬆鎮定地說：「可能吧。我們還要些時間調查一下。」這次的聳肩絕不輕鬆，肩膀每動一下，都感到千斤石頭壓著我。「你給我一些時間調查，稍後才跟你們回警局。」我跟奧斯文說。

屋內只剩下我和基里安二人。

基里安是一個實習生，本來只是在大學讀理論，怎會想到一次實習竟然會看見足以畢生難忘的場景。現在，他瑟縮一角，仍然驚魂未定。我為他端來一杯水，問：「怎麼啦。」

「我……會不會被……被殺？」

「怎麼會？」

「我只是在報章看到警察被殺的新聞。想不到這一幕竟然在我眼前出現！」

「若然是死神真的來了，我們怎麼也擋不住！」

「倒也是的……」

3

前往警局的途中，天色已暗，失去了夕陽餘暉的美麗。街上只有微弱的街燈照射，前路不如白天般清晰可見。

「警探，你認為這個案件跟十年前的連環自殺案有關係嗎？」基里安依然感到驚恐。

「老實說，兩個案件同樣出現氣泡咖啡，不過不同的地方就是這次肯定是他殺。」

「那麼，兇手為何要殺害查理斯警長？」

我把車子停在一旁，從口袋裡拿出一根菸，把他折成一半，遞給基里安。基里安搖頭拒絕我的好意，他說他仍然在學習，吸菸是在社會工作良久後才享有的特權。我問他何以得出這個偉論，他說這是他的哲學，吸菸是對身體不健康的，工作對精神健康無益的，所以工作後吸菸，對身心有負負得正的效果。我聽完他這個理論，不知為何，我有點同意他的所謂「哲學」。

年少時，同學都喜歡吸菸，以為這是時髦的表現。記得大學時期，我們圍在一起，吐出那些毫無憂慮、天真無邪和年少氣盛的煙圈。當上警探以後，吐出的煙圈卻有一種釋放的感覺，像是吐出對現實無奈的慨嘆，吃一支菸的時間，原來是那麼可貴。

這一次，從我口中吐出的煙圈，充滿著難以言喻的感覺。我就是說不出來，也想不出來，一個煙圈卻道出我的心聲。

「查理斯警長是負責這宗連環自殺案的。」我凝重地說，口裡又吐出一個煙圈。「當時眾說紛紜，很多人認為這是他殺的案件，可是當時的警探都尋找不了任何他殺的證據，除了……」

「那杯氣泡咖啡。」基里安說。

「對了。查理斯為此承受了巨大的壓力，因為案件的離奇之處，就是我們知道他殺的可能性極高，卻找不到任何關於兇手的資訊。家屬當然很緊張，連日來不斷查問為何費那麼多的時間和公帑，還是找不到兇手。」

「然後呢？」

「最後，查理斯別無選擇，只好以『自殺』為案件劃上句號。本來，沒有人責怪他，但他卻因此感到自責，選擇提早退休了。」我把另一半的菸也放進口裡，把它燃點起來。「然後，今天剛好是案件結束的十週年。」說完這句話，一陣冷風迎面而來，臉頰頓時感到一絲絲針扎的痛楚，心裡不寒而慄。想不到就在十週年的日子，竟然發生這宗謀殺案！

基里安得知今天是事件十週年，他的反應比我更害怕，我才意識我說了不該說的話。這時的月亮比剛才更隱蔽，更看不見月亮的底細。月亮，你在打什麼如意算盤？月亮沒有回應，似是嘲弄我們。

我呼出了最後一個煙圈，拍一拍基里安的肩膀，然後繼續前往警局。

4

「沒有發現！」奧斯文大聲吆喝，甚至連門外的守衛也聽得非常清楚。

明顯地，奧斯文不想成為下一個離職的警長，更不希望下一個謀殺案的主角就是奧斯文警長。我和基里安走進辦公室，加入他們的調查。奧斯文一看見我，像是看見救星一樣，說：「喂！洛克，你有甚麼發現？」

「可以有甚麼發現？」我反問他。

「你還算是當年的調查成員之一，況且你作為警探，以你的聰明才智，總有些頭緒吧！」奧斯文老是這樣，一旦遇到難題便吹捧別人，然後把調查的責任推給他人。自己卻坐在一角，繼續享受自己的咖啡。

「警長，你真懂得讚賞。不過，我當年只是一個無名小卒，案件的細節度，你還是查看當年的報告好些。至於我的聰明才智，我想我已經完美地運用了。」

我託基里安拿來一箱箱文件，全是十年前連環自殺案的內容，包括證人口供、化驗報告、證物等等。有很多內容連我也沒看過，當時，我就是查理斯的「基里安」，但我是後來才協助查理斯的，所以那些細節，我真的不清楚。

我們把證據看了一遍，還是找不到犯人的蛛絲馬跡，不過我們在死者名單有新的發現。死者名單共十人，他們彼此毫無關係，全是無業遊民。除了兩人，米高艾華利斯和朱利安艾華利斯，他們分別為十歲和四十八歲，應該是父子關係。

正當我們仍調查舊案和查理斯的死的關係時，突然……

啪啪啪啪啪！

奧斯文不斷拍打辦公室的門，本來我打算指責他添加不必要的麻煩，一看見奧斯文的樣子，我就深知不妙。「又有謀殺案了？」我說。奧斯文神情慌張地點頭說：「這次是……一個記者。」

5

我和基里安很快便到達兇案現場。那位記者倒臥在客廳，地上同樣出現「這是千古罪人」的字句，旁邊剛好有一杯氣泡咖啡。記者名叫洛迪古斯，年約五十歲，身上同樣是多處刀傷，跟查理斯的死狀完全相同。不過，我在他的抽屜找到一本日記。日記已經殘破不堪，紙張幾乎散落地上。他幾乎天天都寫日記，每一次都寫得非常詳細，不過近數日的日記卻一改筆風：

* * * * * *

十二月十五日　　　　　　　（一）晴

今天，有一個女人不斷跟蹤我！她的眼神異常地凌厲，像是要把我咬掉似的。我很害怕，我一回家就鎖上門了！

十二月十六日　　　　　　　（二）陰

她又來了！這次她不斷用手機拍下我的臉，連我家的後花園也拍下！我看見她，她卻害怕得逃走了。

十二月十七日　　　　　　　　（三）晴

回家的時候，不見她的蹤影，卻看到一個信封，信的內容是這樣的：「你要彌補你的罪過！」然後附加幾滴紅色的液體，液體已經泛黃了。我猜應該是血來的！

十二月十八日　　　　　　　　（四）雨

沒有了，真的沒有了。我聽見門外有爆破的聲音，當我嘗試從窗逃脫，才發現被反鎖了。我這一生人真的沒有做任何錯事！主啊，求你饒恕我的罪過吧！我根本不知道我跟她有甚麼瓜葛！

* * * * * *

「究竟有甚麼人會有那麼大的怨氣？」我思考了好一會，說：「我猜應該是舊案的遇害家屬。」其實，為何選擇殺害這位記者？後來，我查考調查檔案，原來洛迪古斯是當年的知名記者，以報導連環自殺案聞名，但是，他不過是行使自己的權力而已，何以惹來殺機？犯人跟他又有甚麼關係，令她不斷捅洛迪古斯？

記者的房間十分凌亂。他的書桌上放了無數的報導和專欄手稿，我翻閱他的報導時，其中一篇報導吸引了我的注意，報導是一篇訪問，內容大概是這樣的……

連環自殺案！與里修神父對話！

各位市民，相信近日的慘案令大家帶來極大的恐懼和不安。本報有幸邀請里修神父接受訪問。神父曾經為這次自殺案的死者舉行喪禮，也安撫死者家屬，對案件內容有相當掌握。欲知神父有甚麼見解，現在一一為大家揭曉！

（記者洛迪古斯：洛， 神父：父）

洛：神父你好，請問你對於這次慘案有甚麼看法呢？

父：記者你好。謝謝你的邀請。作為牧者，我實在不忍心看見我的羊群一個一個死去。天主愛所有的人，凡事都是上主的安排。他們斷然了結自己的生命，雖然違反教義，但我作為牧者，實在傷心欲絕！當我安撫死者的家屬時，我無法按捺得住自己的情緒，不由自主地哭起來。

咦？神父？對了，里修有一座大教堂，或許神父能夠給予更多的資訊！說不定他在安撫家屬時，能夠記得某些名字。

6

基里安和我到達了聖堂，已經看見神父在路旁為打理花草。「呃，神父！」我揚聲叫道。神父看見我和基里安，便很熱情地招待我們，並邀請我們到他的辦公室坐坐。我問：「神父，你還記得自己當時為連環自殺案的死者舉行喪禮嗎？」

神父聽見，說：「對啊，我真的未嘗試過連續舉行九次喪禮！」神父繼續說：「話說回來，我還真挺討厭人自殺！人是天主的創造物，生命就是那麼可貴，怎由得人自行了結生命！這些自殺的人，實在不能到天堂那裡！」

我問：「那你有沒有看過一些家屬，他們的情緒是異常激動的？」

「有，當然有！你能想像當一位摯愛死於自殺，你能按捺得住自己的情緒嗎？不過，自殺者固然有罪，但這些所謂的家屬朋友罪過更大！他們沒有好好看顧自己的弟兄姊妹，任由他們死去，跟殺人兇手無異！」神父一談到這個話題，精神便開始非常激動，言談可知，神父非常痛恨這些自殺者，還有那些家人。

神父愈發激動，他怒髮衝冠，青筋暴現，氣憤地說：「他們自己在世界活得好好的，死去的卻在地獄受苦，對等嗎？他們必須為自己的罪過做補贖！」

我和基里安看見神父激動的樣子，心中不知為何泛起一種不安的感覺。為何神父一聽到這個話題就如此激動？過了一陣子，神父終於冷靜過來，亦知道自己失儀，匆匆打發我們離開了。

我和基里安坐在聖堂的某處，看著那個十字架，苦苦思索著。有一位年約五十的老太太走近，說：「你們都是來祈禱的？」為了掩飾身分，我們點頭示意。太太說：「你們有沒有點燃蠟燭，然後為亡者祈禱？」接著，她帶領我們到祭台點燃祈禱蠟燭。我看著老太太的身影，那張慈悲的樣子，心裡有份莫名的安穩，也有一份說不出的不安油然而生。把蠟燭點亮後，她說：「現在真的很少人會來這裡呢！你們在哪裡工作？」基里安和我異口同聲說：「我們是時裝設計師，你呢？」

「我就在這裡工作十年了。我本來是一個護士，後來，孩子和丈夫死了，神父說我要為自己的疏忽做補贖，我就在這裡工作了。哈哈，本來我還是很抗拒這裡的，每天只是替神父預備彌撒。不過我慢慢感受到天主的溫暖，而且我的補贖快完成了！」這時候，她變得異常興奮，雙目突然瞪大得嚇人，聲線不期然地加大了。

我和基里安相視，似乎明白了些甚麼。正當老太太打算離開時，我問了她：「對了，你叫甚麼名字？」

「珍。我是姓艾華利斯的。」

「那你的孩子和丈夫是怎樣離開人世的？」我試圖克制自己的恐懼和不安，感覺答案就在眼前。

這時候，珍變得愈來愈激動，眼神非常凌厲，突然對天咆哮道：「他們是被那個咖啡殺手殺死的！」

我們都沉默不語，思考著究竟下一位受害人會是誰。然後……

啊！神父！

我跟基里安說：「我們必須在這裡留待一夜，我猜神父應該是下一個受害人，你剛才也聽見，神父要求別人補贖，而且責怪受害者的家屬。神父有很大機會是下一位受害者。」

根據聖堂的告示，關門的時間為晚上五時。聖堂的地庫有一座祭台，按這裡的傳統，這裡每天傍晚六時，神父會在那裡舉行私人彌撒，以履行他們的責任。我查詢過工作人員，神父今晚也會如期在那裡獻祭。

距離關門還有兩個小時，我們躲在地庫的某個角落，並預先通知當值隊伍戒備。這時候，珍正鬼鬼祟祟地預備祭品。我和基里安默不作聲，靜待神父舉行彌撒。

六時了。

神父如常地舉行彌撒。突然，當他準備喝聖血時，眉頭一皺，看看聖爵，驚呼：「珍！你搞甚麼？！」這時，珍衝上祭台推跌了神父。我和基里安從角落跳出來，珍看見我們的出現，眼神非常驚恐，不斷大叫：「你們不要阻止我進行補贖！」我把珍鎖上手銬，然後請早已準備的警察把她帶回警局。基里安扶著神父到一旁休息。我看看聖爵，發現有一些微小的氣泡浮現，我把它倒在一個杯子裡，真的是一杯氣泡咖啡！

7

盤問室只有我和珍。錄影機正在紀錄盤問的內容。

珍臉如死水，目無表情。她說：「你要把我殺掉就殺掉吧。」

我心平氣和，冷靜地喝下一口熱咖啡，說：「你來說說，為什麼要殺死查理斯警長和洛迪古斯？」

珍一鼓作氣說：「還有甚麼需要說。他們都是共犯！查理斯辦事不力，為甚麼堂堂一個警長，資源公帑都有了，卻找不到殺人犯，還把他當作自殺案！真的罪有應得！另外，那個垃圾洛迪古斯，他更應該死掉，在報導這個殺人案時，不斷找我詢問家庭背景，探究為何丈夫和孩子會被殺。然後，他天天在我家門外守候，甚至衝進來強迫我透露我們家的資訊！」

我點點頭，把這些內容記載口供紙上。我又問：「那麼你為何擺放氣泡咖啡？」珍說她只是模仿當時的案件，渴望真正的罪犯能夠出現。她繼續說：「這些都不重要了，反正該死的都死去了。他們得到應得的懲罰！」

「查理斯，身為警長卻沒有好好盡責任，無法令死者死得明白。洛迪古斯，知名記者，卻僭越了自己的權力，為了真相放棄了尊重死者的基本原則。神父，本著神聖的身分，卻絲毫沒有對死者的慈悲和憐憫。」

「有時候，我們鼓勵別人在黑暗中尋找光明。不過，在光明中，黑暗同樣藏在背後，魔鬼就在這些看似光明的黑暗裡寄生。最諷刺的是，那些自以為神聖和德高望重的人，他們才是最黑暗的人。他們，就是藏在那些光明背後。」我雙目注視著珍，堅定不移的眼神似乎令她有一點畏懼。

珍滿頭問號，不明白我在說什麼。我從地下把一杯氣泡咖啡放在檯面。這杯氣泡咖啡是用白色的杯裝著的。珍問：「你這是在挑釁我嗎？」我說：「怎麼敢！不過，你看一看這杯氣泡咖啡，它是用白色杯盛載的，表面也是透明的蘇打水，而白色杯的裡面，就是深不見底的黑暗。」

我把錄影機關掉。看著珍，冷笑說：「現在，你明白為何當時的殺人犯使用白色杯來盛氣泡咖啡嗎？」

我轉身離開盤問室，就在這個時候，盤問室傳出慘叫聲。不斷叫，不斷叫，直到失聲為止⋯⋯

食肉　　楊悅瑤

你能肯定你這輩子都沒有吃過人嗎？

「朱小璋，請到六號櫃位換領身分證……」

一個五官扭曲的人赤裸著半個身子，在案板前切割著什麼。他握著木柄，食指抵在刀背末端，刀尖垂直朝下刺入然後向下划拉，泛紅的皮膚隨即被刨開，大動脈也隨之破裂。猩紅色的血跡噴灑而出，血點飛濺到男子滿是橫肉的臉上，以及圍在他粗肥腰之間、滿是暗紅污漬的白色圍裙上。隨後他瞪大眼睛、俯著身子，端詳著眼前的肉。被切割的皮膚下，有著表面粗糙、成堆小顆粒組成一團脂肪。脂肪呈現乳白色、米色、咖啡色。接著，他用雙手由裡朝外地撥開薄薄的脂肪層，壯實的前臂牽扯出連串的紅色臟器，它們似液體般流淌了一地。肌肉的紋理和纖維還在一波一波地起伏著，像是在呼吸。他的刀刃傾斜著來回拖曳。伴隨著皮毛跟肌肉的分離，筋肉和血管拉扯、關節與骨頭的割裂，龐大的肉塊此時已按部位被分裝進了透明塑膠袋。他用刀來回刮了刮掛案板上殘留的碎肉和木屑，然後從圍裙前方的口袋掏出毛巾擦拭刀刃，也順勢擦了擦臉。「咚」的一聲，刀跟被直挺地劈進呈凹槽狀的木案上。然後他解開背後的繩子，摘掉了圍裙，踢開堆積在腳邊的腸子。他喃喃道：「這袋留著自己吃好了。」，隨後便把其中一袋帶骨肉塞進冰箱隔層。

「靚仔靚女，今天的西施骨好靚呀，買回去煲湯，包你全家都鍾意飲！」

「本台記者為您報導最新消息。化驗結果顯示，警方早前從死者住所檢獲的湯鍋中所殘留的疑似湯渣的固體沉積物為人體組織，並且已證實為人類頭骨及身體組織，屬於死者梁姓女子，死者的其他肢體則仍未尋回。」

「該煨咯，今天新聞說死人的那戶就住我們隔籬，就幾年前搬過來的那家姓朱的。」老太把盛著肉湯的碗遞給男人。「你說豬肉佬那家？誰死了？兇手是誰？」男人瞥了眼老太後呷了一口湯，連著湯面上漂浮著的連著些許棕紅肉絲的細碎脂肪也一併吸入口中。連續幾口混濁油膩的湯水下肚，沉在碗底的冬瓜肉混雜著煮得稀爛的碎骨碎肉、逐漸浮現。老太邊嚼著口中的肉塊邊道：「就他老婆一個人死了，兇手還沒查到呢。我今朝去買菜，菜檔阿姐說上個星期才剛碰到她，說是在肉檔口跟一個男的拉拉扯扯呢。嘖嘖，真是不知醜 ！」老太的筷子在空氣中來回比劃，她的口中叨叨絮絮地念唸叨著：「照我說，這事可不是空穴來風。一定是她自己本身有問題才會惹禍上身，這都是不守婦道的報應 ！最可憐的還是兩個孩子，這麼小就沒了娘……真是造孽！」

「咱們村裡那個老屠夫又娶老婆了！走！ 去瞧瞧！說不定能分到點肉吃 ！」「快走快走！」

「哎呀恭喜恭喜！您真是好福氣！有了令郎，又娶了個媳婦進門。您這是兒女雙全了 ！梁小姐又漂亮，又是城裡人，還是念過書的，以後指定給你們生幾個兒子，個個聰明 ！」媒婆扯著嘴角，接過朱老太遞來的紅包和酒杯。「您太客氣了，我還得謝謝您的幫襯才是。」僵硬地佇立在朱老太身旁的新娘一襲紅色襖裙，紅色布的蒙著她的臉，紅色的繡花鞋子裹著她的腳。她垂著頭，在蓋頭的籠罩下看不出她的一絲喜悅的光彩。她拘謹地揣在身子前的雙手被過長的袖子蓋住，纖細潔白的手指擰巴在一起。她的婚裙以金色絲線點綴，色彩卻仍然黯淡。同樣過長的裙擺在她剛剛邁出自己家的門檻時候差點把她絆倒，而母親只是拉著她蹣跚學步的弟弟，迫不急待的數著那幾疊鮮紅的、磚頭似的鈔票及豬肉。那已經沒了形的立領盤扣對襟領子、寬大袖子及層層疊疊的裙擺均疏疏落落地繡著一些動物和花朵圖案。但這些金色的圖案都掩蓋不了衣服上的褶皺與、衣角上磨痕和上一個新娘留下的幾點圓形黃漬。唯獨那隻伏在她胸前咧著嘴巴笑的金母豬吊牌，它閃爍的光彩鋥亮炳煥。蓋頭下，她盯著金母豬身下懸著的六隻金光閃閃的小豬崽恍了神。

小梁的身旁簇擁著一群她不認識的人。他們擠在她未來的家裡，說著一些恭喜的話，卻始終沒有一個人祝賀她。

天漸漸黑了，前來祝賀的人更多了。屋子外面排列的十幾張圓桌均砌滿了雞鴨魚肉，也砌滿了人。最大的圓桌上躺著丈夫早上剛殺的一整隻的燒豬。燒豬的身軀被一根近兩尺的燒烤叉穿過。它的四肢被鋼絲纏繞，雙眼被挖走，轉而安上兩個無光的小紅燈泡取代，它似因驚恐而張大的嘴巴被強行塞進一整顆蘋果。它就這樣安靜地伏在鐵盤上。癱坐在桌邊的小梁已經敬了數不清的酒，她的頭側枕在前臂上，眼前的畫面呈傾斜狀。她肥碩的丈夫抄起砍刀，一下就將燒豬對半劈開。小梁嚇得一哆嗦，她感覺桌上的死豬正瞠目望她。此時她的胃裡一陣陣翻騰、抽搐，似有人在蠻力拉扯、扭擰、撕拽她的內臟。陌生門客的喧囂、院子裡霹靂響的鞭炮、祠堂的滾滾濃煙、玄關處木門上懸掛著的囍字紅色燈籠，逐漸將她吞噬。

小梁生的第一個孩子是一早產的、瘦弱的女孩。懷孕期間，她原來圓潤光潔的肚子在某天忽然間長出了一個微微朝下突出，且圓鈍的小尖角。她起初不以為然，學歷的長衫還企圖掩蓋著她日漸隆起的臆想和竊喜。「這肯定是個男孩！」她的婆婆朱老太傴僂著身子瞧了一眼她的肚子後斬釘截鐵地說。她還不忘補上一句說：「當年我懷我兒子的時候就是這樣的。」隨後，朱老太便趕緊從鬆開了原本栓在小梁粗糙的手上的髒碗、掃帚、抹布、豬食、痰盂、鍋勺……等等一切使她厭惡、絕望的生活瑣碎。

翌日，「朱家要有孫子了」的這一消息便傳遍了整個村子。

在此之後，朱家彷彿過了大半年的春節。豬佬每天都留著最好的豬排骨帶回家，朱老太則每天用這些肉換著花樣地煮各種肉湯，好生伺候著小梁。期間朱老太找來了村裡算命的老頭給孫兒算了出生的良辰吉日。為此，她指示小梁要在預產期前剖腹產子。即便知道孩子會是早產兒，小梁還是不曾猶豫地答應了。而後，小梁每天都手掐著腰、昂著頭、挺著尖肚子，大搖大擺地從整個村子的每戶人家前路過，再一路走去朱家祠堂祭拜。小梁全然沒有了年前初來乍到時的哀傷和不安，雪白臉上長出了緋紅的色彩，眼珠子像是嵌在臉中央的寶石，眼間流轉著光彩。她每次到祠堂一拜就是一個上午。她甚至從來沒有如此誠懇地向她自己的家人祈求過。而在那日復一日的時光裡，她曾經所厭惡的、不屑的想法已然貪婪地吃掉了過往的她，並且成長、膨脹到綻破了她的長衫。

她以為自己不會像她的母親那樣。

小梁預定生產那天，豬佬繫在腰間的染血圍裙還沒摘，便騎著小電驢載小梁到市區醫院。一路上，他抖著腿，搖頭晃腦地哼唱著輕快的歌，一首又一首。指間棕黃老繭捏著的華子，燒了一根又一根，從樹間的枝節篩下來的陽光落在他肩上，一片又一片。即使他身上的汗衫已被汗水和死豬的血水浸染得一塊黃一塊棕紅，即使當天的殺的豬肉賣不完，即使……不管怎樣，他認為他一定是全世界最快樂的人。直到天逐漸暗了下來，醫生從產房裡抱出來一個，在他眼中是皺巴巴的、臉上還沾著黏糊血漿的黃綠色女嬰。當晚，屠房裡斷斷續續傳來豬隻淒凌的嘶叫聲，剁肉、骨頭被綻碎的聲音響徹了一宿，也傳遍了整個村子。

此後，每晚的飯桌上沒有了肉湯。

小梁的第二個孩子仍舊是女孩。懷孕期間，小梁每天照不下一百次鏡子。只是她那爬滿了蚯蚓般的紫色紋理、似要崩裂開來的肚子並沒有奇蹟般地變尖。朱老太把家裡所有繁瑣的家務事又重新拴在了她的身上。小梁從此每天就是垂著頭，胸前揹著酣睡的女兒，蜷縮著腰做各種事。你總能看見她躲在院子裡。她會拎著掃帚掃掃不完的落葉、蹲在水龍頭前在洗一下午的髒碗、曬幾籮筐的衣服、五更時分摸黑到豬圈餵一宿的豬……她不再走村子的大路，出門只走佈滿泥濘的濕滑小徑。但她還總是能聽見村子裡的人在議論著她、嘲笑著她。勞苦的日子像一條蛇般啃咬了她的指尖、又似刀子划拉過她的眼角、又似火般燒過她的皮膚。僅一載，她的臉就成了佈滿皺紋的灰青色。即便如此，她的腦海裡始終只有一件事……

這個只吃鹹菜粥和煮雞蛋長起來的圓肚子還是沒能如她所願。甚至二女兒才剛出生，家裡的豬便都染了豬瘟，全死了。出院後，她獨自抱著二女兒從市裡走了一夜路走回村。天逐漸亮了，陽光很刺眼，她的頭垂得更低了。

「真是娶了個掃把星，死賠錢貨 ！我花大錢娶你回來，怎麼不見你旺我？」豬佬叫囂、怒吼、咒罵他的妻子。他的五官都擰在一起，隨後一個比小梁的臉還大的巴掌便甩到小梁頭上。他一把奪過小梁懷裡的小女兒，並把她高高舉起。他自從大女兒出生起，便在腦中多次預演過這個場景。此刻他只需要重重地把她摔在地上。只是，當他舉起孩子的瞬間，他感覺自己舉起了一坨小小的棉花，很輕，很軟。他赫然意識到自己竟生出這個邪惡念頭，於是他失措地將孩子塞回小梁懷裡。然而他還是覺得這場鬧劇就此結束的話他的臉面會掛不住，於是他又給了小梁響亮的一巴掌，然後奪門而出。摔門的聲音驚醒了熟睡的嬰兒，她蹬著腿放聲大哭。大女兒躲桌下，驚慌失措的眼淚在眼眶裡滋長、行成、堆積、連串落下。朱老太則是坐在院子裡的藤椅上緊閉著眼睛，一聲不吭。

小梁的第三個孩子終於是她盼了許多年的兒子。她重新昂起了頭，臉上又有了緋紅光彩，她不再顧忌爬滿眼角的皺紋，甚至會整日整夜地咧著嘴笑。她每天就高舉著小兒子，在村子的大街小巷到處閒逛。她會揮舞兒子藕節般肉嘟嘟的手臂跟所有人打招呼，唯獨落下兩個女兒在家裡。沒了豬的豬佬賭錢輸光了所有的積蓄，加上超生的罰款，此時家裡連雞蛋也沒有了，米粥裡的水越摻越多。少一口人，兒子就能多吃一口肉，她想著。然後她就想起了年前丈夫的舉動。小梁看向正追趕著小鳥，嘰嘰喳喳地說著話的大女兒，然後又看向了那個還在咿呀學語，還走不穩妥，正蹲著看小昆蟲走路的二女兒。

「媽媽，希兒呢？」大女兒發現桌前少了妹妹。小梁沉默了半晌，往女兒的口中塞了一口白飯道：「趕緊吃吧小璋，難得今天有肉湯喝。」豬佬緊接著補上一句:「有戶人家看我們希兒長得漂亮呀，他們便拿了些肉跟我們換了，希兒在他們家會過得很好的。」說罷，便從湯碗裡夾起了一塊肉送進自己嘴裡，隨後又夾了一塊送進兒子碗裡。一整頓晚飯的時間，小璋只是低頭悶聲喝著白粥。她始終都沒有碰過那碗肉湯，更不敢正眼瞧那在熱湯裡浮沉著的，冒著縷縷輕煙的帶骨肉塊。

「爸爸吃了、弟弟吃了、媽媽吃了、奶奶也吃了……」

追債的人當天下半夜就來了。豬佬帶著老小連夜逃到了鄰近的城市。然而所有生活中的腐爛、破敗都沒有隨著車子的快速行駛而被擱在過往。

「死婆娘，菜檔的阿姐都跟我說了，我看你還敢繼續跟我撒謊？」豬佬揪著小梁的頭髮。小梁雙膝著地，整個人癱軟在地上，她的顴骨、嘴角處已經皮肉翻綻，額角的血口子已然見骨。血水順著她眼窩處的凹陷往下低落，然後順著人中的凹槽流進了因驚恐而張大的嘴巴裡。「不是的……沒有，是牛佬他非要拉著我的，他說你把我的金飾都押給他了。」豬佬的臉勃然變色。他扯著小梁的頭髮，連拖帶拉的把人從房間轉移到廚房。小梁扯著嘶啞的嗓子，雙手合十地哭喊哀嚎著，她兩條細弱的腿奮力朝地面蹬著，豬佬則順勢抄起案辦上的砍刀。

「小璋，你回來的正是時候。肉湯剛才煮好，還熱乎呢。」豬佬起身舀了碗湯遞給剛進門的小璋。小璋瞥了一眼正狼吞虎嚥的弟弟、施施然喝著湯的奶奶。「我媽呢？」豬佬沒有接話，只是又往碗裡添了一塊肉。

小璋沒有接過碗，只是在頃刻間，她決定轉身而逃。

「……兇手相信為梁姓死者的丈夫朱姓男子，案件將於三個月後提堂。本台將會繼續留意本案的最新消息……」

小璋一路狂奔，直到她逃到警局，一直以來懸著的眼淚才潸然落下：「爸爸吃了、弟弟吃了、媽媽吃了、奶奶也吃了……」

「朱小姐，這是你的新身份證，請核對你的名字有沒有錯誤。」玻璃窗口下伸出一隻手，遞來了一張由透明膜衣包裹著的嶄新的證件。「朱家寶」三字印在了姓名那一欄。「謝謝你，沒有錯。」女子把新的身分證緊攥在手心，窗外的陽光正好落在她的肩上，她的臉上有著紅潤的神采。

「恭喜你改名成功，朱家寶小姐。」

交換日記　江佩珊

雨辰

06年9月1日

「你怎麼連這些也學不好？！」聽到爸爸的怒吼聲，我連忙道歉。忍著快要奪眶而出的淚珠，我只能咬緊牙關繼續寫作業。然而，眼皮似乎無力支撐我的疲累，不知不覺間，我便渾身無力，不小心墜入了夢鄉。

只是，客廳忽然傳來的聲響令我驚醒，那似乎是父母的聲音，即使我年紀還小，也能感受到一絲凝重的氣氛。我不敢出去一探究竟，只是將耳朵貼在門上，屏息聆聽。

爸爸好像用責難的語氣對媽媽說：「上班已經夠累了，回到家還要對著兩個沒用的家伙！」媽媽沒有回答，但我似乎聽到抽泣的聲音。過了一會兒，爸爸再度開聲，說他再也受不了這個家，現在就要離開。媽媽帶著哭腔向爸爸大叫：「那雨辰怎麼辦？！」「誰管你們！」

「嘭」一聲，大門關上了，留下的只有佇立原地茫然失措的媽媽。我剛打開房門，滿面淚痕的媽媽就張開手臂緊抱著我，呢喃著：「我該怎麼辦才好……」不知所措，但一定是我太笨，才害爸爸如此生氣，這都是我的錯。媽媽聽到這些話似乎哭得更厲害，她說不是的，是她沒有給予我一個好的家庭，才害我沒能好好成長。

我不理解她的說話，只見她收起哭聲，轉身尋找著甚麼，然後遞來一本筆記本，「這樣吧，以後我來教你寫字，你這麼聰明，一定可以學會的。」我點頭說好，但是我不知道寫甚麼。「那麼，我們來寫交換日記吧，有甚麼開心的、不開心的，都可以寫下。但是，媽媽也知道這是私隱，所以，寫完後我們都用膠紙封起來，在寫滿之前都不可以偷看對方的日記，好嗎？」我再次點頭，於是寫下了這一篇。「至於你爸爸，他就是這樣的人，對不起……」

我不明白媽媽為什麼要道歉，爸爸說得對，那個沉重的負擔、那個造成一切不幸的源頭，那個不被需要的小孩，就是我。

媽媽

06年9月7日

「媽媽，甚麼是夢想？」孩子閃著純真的眼睛，舉起手中的作文紙，向我問道。我遲疑了一會，然後回答他說：「大概是人生中想要實現的事情吧，比方說職業甚麼的。」只見他的眼神游離不定，一會向著紙張，一會向著天花板，一會向著我，似乎想對我說甚麼，但又有所顧忌。

說起夢，最近雨辰也不太說話，問他發生什麼事時，他總是說沒事，只是做了個惡夢，然後又一如既往的對著我微笑。看見他故作堅強的樣子，總是令我心如刀割。

還記得某次午夜無端醒轉，睡在身旁的雨辰全身顫抖、痛苦地微微呻吟。我連忙把他搖醒，只見剛醒來的他臉上掛著兩行淚痕。驚魂未定的他彷彿找到救命稻草般，緊緊地抱著我，哭著說他夢見浴血的床單、雙手沾滿鮮血的自己、還有死去的爸爸。屍體上無數隻鮮紅的眼球，一直充滿恨意地盯著他。他說最近常做這樣的惡夢，鮮明得像是現實，彷彿現在才是夢境。

心裡盡是愧疚。對不起，是我沒能好好保護你，才令你身陷惡夢……但是雨辰，你知道嗎？我唯一的夢想，就是你能夠幸福快樂。

我會努力實現的。即使要我犧牲一切，我也在所不惜，只要你能幸福……他一句話打斷了我的思緒：「我的夢想，就是寫一首詩給媽媽。」

雨辰

06 年 9 月 14 日

打開家門，映入眼簾的是許久沒見卻無比熟悉的背影——那真的是爸爸！我欣喜若狂，把書包隨手一丟，連鞋子都沒有脫，便一心衝上前想要擁抱他。後來發生的事不太記得了。好像先是撲面而來的煙酒氣味，然後是瞬間烙印在臉上的強烈痛楚。

「一進來就弄髒地板！」眼前的男人怒吼過後，便揮舞他巨大的手掌，毫不留情地打了我一記耳光。沒有反抗，我只是失神地注視著他——眼前的這個人，真的是爸爸嗎？這和老師說的不一樣。我只看見一隻凶神惡煞、雙眼佈滿血絲、隨時想要吞噬我的怪物。「看甚麼看！」又一記耳光。刺鼻的煙酒味和面頰的劇痛令我無從思考——我只覺得那個面目猙獰、滿身惡臭的男人十分令人討厭。

可是我甚麼也做不了，恐懼令我支撐不住跌倒在地。我只能邊顫抖邊蜷縮在地上，任由野獸撕裂我的身體。視線變得模糊，我閉起雙眼，打算逃離這一切。斥責聲卻戛然而止。抬起頭，只見媽媽推開男人的肩膀擋在我的前方。男人露出詫異又憤怒的扭曲表情，隨後便一拳打在媽媽臉上。我永遠無法忘記，那天她撕心裂肺的哭聲，還有從頭到腳滿佈的瘀傷。

雖然媽媽經常笑著說沒有關係、早就習慣。但如果沒有我，媽媽是不是就不會頂撞爸爸呢？如果沒有我，媽媽是不是也不必被囚禁在家庭的桎梏中，過上屬於自己的人生呢？如果，我就是一切不幸的源頭，那麼，就讓我親手終結這種不幸吧。

媽媽

09 年 12 月 3 日

今天是家長日。雖然已經出席過很多次，但還是無法習慣周圍的目光。我感覺到某些婦人的視線落在我身上，不停上下打量著，並和旁邊的人竊竊私語。我深呼吸一口氣，告訴自己不要在意，並牽著雨辰的手徐徐步入教室。

「不好意思，請問你是雨辰的姐姐嗎？」「我是他的媽媽。」老師瞪大了眼睛，一副不可置信的樣子，幾秒過後，她便收回驚訝的表情，繼續和我對話。內容也沒有什麼特別，只是說雨辰上課很乖、不爭不吵、成績也是數一數二，沒有甚麼需要擔心的。「只是……」老師欲言又止，視線不安定地飄向了雨辰。他從一開始就默不作聲、面無表情、眼神空洞，彷彿這場對話與他無關。我拍了一下他的肩膀，示意他先離開一下。這時，他才回過神來，默默點頭，然後頭也不回地走出教室了。

「恕我直言，你的家是有發生家暴嗎？」老師突如其來的一句令我驚慌失措。「甚麼……」按捺住加速的心跳，我裝作鎮定，向她反問：「你這是甚麼意思？」手心不停冒汗，等待著她的回答的同時，腦中不停設想各種最壞的可能性。她遲疑了一會，向我解釋道：「雨辰的嘴角和頸部經常出現不尋常的傷痕。而且，即使是炎熱的夏天，他也總是穿著長袖外套，像是在隱藏甚麼似的。「（X）當我問他的時候，他只是冷冷地回答我一句沒事。」我沒有回答，她見狀便繼續說道：「印象中，我從來沒有看過他和同學一起玩耍。那行為舉止，不是一個小孩子該有的冷靜。不，應該說是冷漠……」

聽到這裡，我的嘴唇微微顫抖，想說些什麼，卻又說不出來。我從老師的眼神和語氣中感受到一絲恐懼。也許，他冷若冰霜的眼神，像鋒利的冰柱般，都令身為大人的我們不寒而慄。自從三年前的那天起，我就再沒有看過他快樂、悲傷、憤怒的表情。沒有情緒，他只是用冰冷的眼神旁觀一切，明明活著，卻像死去般了無生氣。

一股悲傷湧襲而來，一切都是我的錯，如果我沒有一次又一次地原諒那個混蛋，就不會發生這樣的事……

「總之，如果你有需要的話，請聯絡學校求助。我知道你的不容易，但希望你能好好考慮一下，我們一定會盡力幫你的。」語畢，老師便向我道別，她的眼神盡是關切和擔憂。我不想辜負她的好意，只是，我不能這樣做。那個男人要脅我一旦報警或求助，他就會立即殺掉雨辰。我絕不允許這樣的事情發生。

還有一年，再存多一年錢，我便可以帶雨辰出走，走到那個男人再也無法觸及的地方。我發誓，我必定還你一個幸福快樂的生活。在這之前，請你等著我。

雨辰

10 年 3 月 4 日

「林雨辰！最近為甚麼這麼晚才回家？」我沒有回答，只是低頭繼續寫作業。男人追問為什麼不回答，還把啤酒罐擲在我的頭上，我再次無視了他。其實也不是故意無視，只是不想搭理笨蛋。如我所料，男人怒不可遏，狠狠地揍了我一頓。不知是因為喝醉還是生氣，他的臉頰紅得像小丑一樣。看見他如此滑稽的模樣，被打的同時我還一邊笑著，然後他說我是個該死的瘋子，打得我更兇了。「你以後別打算回來了！」他只拋下這一句，就把我逐出家門了。

滂沱大雨，無處可去的我只是靠在海傍的欄杆，仰望天空，任由冰冷的雨水打在我的臉上。烏雲籠罩著漆黑的夜空，沒有星星，也沒有月亮，沒有一絲希望，如同我的人生一樣，黯淡無光。腦海中浮現的是，媽媽被拳打腳踢的身影，還有躲在一旁、無能為力的自己。不甘的眼淚和雨水混和在一起，輕輕地劃過我的臉。

無視身體的疼痛，我站在石壆的邊緣上，張開手臂，任由黑暗在腳下蔓延。被海浪腐蝕的石頭、幽深的海底、還有藏在海底的無數動物屍體——想要和他們一同沉睡。只要一步，我忍不住想，只要再向前踏出一步，一切都會就此結束。正要跨出去時，腦海閃過一把聲音。

「該死的是他，不是你。」

雨辰

10年10月19日

媽媽說今晚會帶我離開，但我知道那是不可能的，因為我今晚可能就要死了。自從媽媽離開後，爸爸總是喝得酩酊大醉、繼而摔爛酒瓶，嚷著要殺了媽媽。我知道，他是認真的，正如他三番四次想殺掉我一樣。只是，我不再坐以待斃，開始動手打回去，他才感到害怕。

欺善怕惡的小人，我心想。不知何時開始，我對爸爸的感覺只剩下憎惡和怨恨。他那黝黑粗糙的皮膚、雜亂無章的鬍子、還有滿身的煙酒味，一切都是這麼的令人生厭。有如寄生在垃圾堆的蟑螂一樣，光看見就令人感到嘔心。

世人總說「天下無不是之父母」，但在我看來，那只是不負責任的父母們為自己製作的擋箭牌。他對我施行暴力，不是因為他是對的，只是因為我比較弱小。我也好、媽媽也好，在他眼中只是餐桌上爬來爬去的螞蟻，看不順眼就可以隨意碾碎。

算了，不必多想，反正再過不久他也不在了。「真的要動手嗎？」我反覆質問著自己。其實，我想殺掉的不是爸爸，而是空有軀殼的我自己。自從得知我的誕生只是一個錯誤的時候，我就再也沒有活過。爸爸說如果當年媽媽沒有生下我，她原可以順利地完成她的學業，過上美好的人生；如果當年媽媽沒有生下我，他也不必被逼負起責任，和她結婚，導致後來的人生計劃全被打亂。

死了也好，反正我本來就不該出生。如果可以的話，現在這一刻我就想結束我的生命。

但是不可以，即使我死了，那個爛人還是會纏著媽媽，悲劇還會延續下去。所以，只能這樣做了。

對不起。

某某日報

10 年 10 月 20 日

秀坪樓一個單位發現兩具屍體。警方凌晨 2 時許接獲一名女子報案，發現其家人流血倒臥在單位內，急救後證實不治。消息指，2 名死者是父子關係，年齡分別為 33 及 13 歲。警方在現場拾獲一封遺書，暫列屍體發現案處理。

雨辰

XX 年 X 月 X 日

〈一封遺書〉

「我來了又走，

正如汪洋中的一隻蜉蝣。
你缺了又圓，
正如海面上的一輪明月。

可惜，
我一輩子只能承受一次你的光。
陽光降臨，
蟲子消逝。

請不要在海底找我，
我不在那裡。
我是林間的小鳥，
每晚都在為你歌唱。
我是夜空的細雨，
滋潤花朵為你綻放。
我是遲來的晨曦，
在你背後為你發光。

再見，
為了更好再見。」

星海中的邀約　　李向陽

眼前略微發福的男子拖著疲憊的身軀在狹長的走廊來回踱步，最後停在了一扇門前，他的眼神有一絲猶豫，但轉眼之間只剩下了堅定。隨後只聽見「咚——咚——」的聲音，「請進。」男子走入房間，對著另一位趴在桌子上小憩的中年男性說：「經理，很抱歉在午休的時候打擾你，我想要辭職。」經理徐巍先是愣了愣，隨後對著眼前的男子說道：「旭燁，是不是遇到什麼困難了，怎麼要辭職？如果是經濟壓力大的話，我這裡還有些錢可以先……」經理的話還未說完，旭燁便以堅決的口吻謝絕經理的好意：「經理，我最近並未遇到任何困難，只是厭倦了這種晝夜顛倒的碼農生活，我想先停下來。」光「那你之後怎麼辦，現在的社會競爭壓力這麼大，你有考慮到裸辭的後果嗎？」過了片刻，經理語重心長地補充道：「旭燁，雖然你只來公司一年的時間，但畢竟是我一手帶起來的。我先給你批一個星期的假，之後，你究竟要辭職還是回來，就由你吧，這件事，就這樣決定了！」「徐哥……」就這樣，旭燁在自己的職場生涯中按下了暫停鍵，現在他只想躺平，儘管這注定只能偷得數日之閑。

班主任拍了拍他的肩膀：「旭燁，你這次發揮的不錯，整體在班級裡屬於上游的水準，再多努力一些，爭取下一回考到班級前三……」「真是老天保佑啊，旭燁果然沒有讓我們失望，高考發揮出色，果然如我們對他的期許一樣給我們這個家帶來希望。這樣過幾年後，我也能享享清福了！」旁邊的女子正一邊給步入知命之年的丈夫貼膏藥，一邊回應著他：「是是是，你也要注意自己的身體，不要每天都加班這麼晚才回來，身體要緊……」

叮——叮——叮，隨著短促的鈴聲響起，旭燁猛地睜開雙眼，隨即從牀上彈起，下意識的摸向手機，原來是晚上十點的鬧鐘。原先這個時候正是公司每天例行匯報的時間，旭燁一邊罵罵咧咧地關上手機，一邊準備再睡個回籠覺。

不知過了多久，在無數次的翻來覆去后（後）身心俱疲的旭燁最終踏上與周公相會的旅程，但冥冥之中有一位偉大的存在不經意間瞥過此地。徐（旭？）燁發現自己身處夢境之中，手裡握著一封邀請函，上面寫著一些他從來未曾見過的符號。當他用手去觸摸這些類似鬼畫符的符號時，腦海裡便在無形之中理解了這些符號的含義——致茫茫星海中的有緣人，你是否曾幻想過生活在能夠實現一切理想的理想國度，在這裡你能夠輕易獲得充足的食物、房屋、甚至權力，你所想要的都能夠在這裡得到實現。而獲得這些只需要付出少許的代價作為交換，願意的話就撕掉它以形成契約，踏上為期三天的夢幻之旅！

「是夢境還是現實？」旭燁喃喃自語，可惜在這裡只有他一個人，沒有人能夠回答他。無論是夢境或是現實，旭燁知道的是他必須馬上做出決定，如果 3（X）

是夢境，那麼可能須臾之間，可能是一通電話，可能是鬧鐘聲都可能將他在拉回現實；若是現實，三天的旅程並不會耽誤到自己的任何事情……

想到這裡，旭燁小心翼翼地將手裡的邀請函撕去。剎那間，以此地為中心開始刮起了微風，不過片刻間便狂風大作，旭燁不由地向後退幾步，而後伸手擋在眼前，余（餘）光瞥見邀請函所在之處形成一處裂縫，然後以迅雷不及掩耳之勢將旭燁吸入其中，只留下幾聲驚叫聲在這片空間裡游蕩。

「歡迎來到理想鄉！」眼前漂浮著一隻人型漂浮生靈，就像童話故事中的精靈，可惜的是這隻精靈的臉上沒有任何的神情，給人一種難以形容的、就好像走到半路時在懷疑自己是否記得關上門的感覺。旭燁從裂縫中被吐出，差點摔了個倒栽葱。所幸精靈成功接住了他，也不知道她哪裡來的力氣，不過細想連精靈都存在了，那也就不為怪了。她熟練地從旁邊拿出一個徽章，之後等了一兩分鐘方才繼續開口：「我知道你現在有很多疑惑，但請不要著急，這是我們送給你的紀念品，也是憑證，只有戴上它，三天後你才能夠準時離開此地。而接下來我將向你介紹理想鄉。」此時旭燁方才回過神來，聽到精靈的話語，他先是感到驚訝，思索片刻後戴上了這個徽章。

就在戴上這個徽章的瞬間，隨著一陣陣光芒閃爍，旭燁頓時感到身心輕鬆。而同時一條看不見的綫連接了旭燁與空間深處的某個存在，一股股的「能量」以徽章為媒介輸送給祂。「這是……」未等旭燁說完，精靈便告訴他：「這個徽章還有著收取代價的用途，它會吸取你們人類的情緒，如生氣、歡喜、疲憊……站在你們人類的角度上考慮，有些情緒的收取反而是幸運的。」旭燁在心中暗自竊喜：「也許我就是。」

「基本的事項都已完成，接下來讓我向你介紹這裡。你可以嘗試在這裡幻想你需要一些食物，不管是什麼食物都可以。」精靈强調道。旭燁也不猶豫，開始在腦海裡暗想，同時嘴裡默念道：「我要一瓶阿爾卑斯山上的礦泉水和一份和牛，要 A5 級的！」隨後一瓶礦泉水和一份用木製盤子裝著的牛肉便出現在他的手中。旭燁在驚嘆之餘很快便意識到什麼，隨即露出窘樣，他只好拿起礦泉水開始喝了起來，一邊喝一邊念念自語：「這和普通的礦泉水沒有什麼區別。」而后嘗試在心中默念：「和牛快消失。」手中的和牛竟真的如他所願消失，就好像從未出現過一般。「這裡存在著公共與私人的區域，公共區域允許任何的徽章佩戴者自由進入，但對於換取的物品存在限制，重要的是還存在著禁忌；而在私人的區域，也就是家，你可以自由幻想任何物品以及改造自己的家。至於觸及禁忌會怎麼樣，其實並不重要……」精靈似乎并未在意旭燁的窘態，繼續補充道：「現在你可以先回到家中，熟悉一下你擁有的能力，之後我再帶你瞭解公共區域的世界。」

旭燁從一望無際的伴湖莊園裡醒來，遠處的風吹進莊園，穿過一戶戶窗戶發出陣陣的呼呼風聲，周圍的樹木搖晃起枝丫加入其中，使得這本就因空曠而瘆人的莊園增添一分涼意。隨後畫面一轉，他便坐在了餐桌前，飛禽走獸、山珍海味都不足以形容眼前的場景：駱駝肉只取駝峰上的一小塊，西瓜只取最為中心的一部分，甚至就連保護動物穿山甲、熊貓也赫然在列。對於人而言，當他擁有支配事物的能力時，尤其是法律無法觸及的地方，原始的衝動便會戰勝理智。

一小時後，旭燁走入一棟高樓大廈，遇見他的每一個「人」都向他問候，「董事長好，董事長好！」奇怪的是每個人的臉上都沒有任何神情。旭燁經過昨晚的摸索也發現，從食物到房子，從飛機到大炮，這一切在現實生活他無法獲得的東西現在都能輕易獲得，唯有當他嘗試創造生命的時候，他們似乎都缺乏了靈性，就像機器、木偶人一般。這使得他感到一陣無趣，於是他開始準備獨自動身前往公共區域。

「檢測中，存在四肢，直立行走……，傳送至公共世界 131

號。」徽章發出陣陣光芒。隨後映入眼簾的是商店、街道… 周遭的佈局都與地球上差異不大，只是更為先進一些，馬路加入特殊高分子材料，具有記憶回復以及強大的緩衝性能……旭燁以充滿親切和好奇的眼光打量著周圍，至於為什麼他選擇獨自前往公共世界，主要是想要自己一人親自感受它的神秘，以及禁忌……

「不過這裡的生靈可真少，不知道是公共世界的區域廣闊還是……」旭燁想到這裡，在街道的轉角處迎面剛好碰上一隻狼頭人，不過這隻狼的腿比較短，它的肩上還有另一只與它相似的生靈，不過它的手臂更短一些。看到眼前的一幕，旭燁不由地驚疑一句，「狼狽為奸？」這並不是惡意中傷眼前的兩位生靈，而是他們的特徵有些像傳說中的狼、狽。兩隻生靈以類似疊羅漢的方式走到了他的面前，「你剛剛說什麼？」他們似乎從話語中感受到這是一個貶義詞。旭燁驚訝于（於）雙方能互相交流，隨後急中生智，他告訴眼前的兩位生靈：「二位大哥，狼狽為奸，指的是以狼兄的勇猛與狽兄的智慧，兩者互相聯手，必能夠鏟除奸雄，除暴安良 ！」在經過旭燁的一番解釋後，狼兄和狽兄都擺了擺手，嘴裡連說：「不敢當，不敢當。」臉上的歡喜卻已暴露無遺。

「我們兩兄弟在這個世界第一次見面的時候，冥冥之中就感覺彼此是失散多年的兄弟，在這個世界一年多的時間，我們經歷了許多難關。今日見到你，與你接觸倍感親切，不如……」旭燁見狀一邊連連搖手，一邊驚訝於他們已經在這個世界呆了一年，想到自己只能夠在這享受三天，不由得感到嫉妒，但也正因如此，他回應兩位生靈自己有事要忙，這件事情要暫且延後。狼、狽見狀，可能是想到今後便要結拜為兄弟，於是便向旭燁透露彼此在這個世界收集到的秘聞。

「傳說，很久很久以前，祂創造了無數的生靈，讓他們生活在這片理想的國度之中，但不知是什麼原因，這些生靈的身上缺少了某些特質，使得國度難以維繫永恆，於是祂便以星海作為魚塘，撒下無數的餌料，靜待外來生靈的光臨。後來，不知為何祂便陷入了沉睡。」

旭燁聽到傳聞後，想到自己身上經歷的一切，頓時感到一陣害怕。但轉眼又想自己在這個地方享受到許多在現實生活中難以想像的生活，即使最後成為砧板上的肉，也不吃虧。狼、狽繼續補充道：「我們呆在這個世界的時間已經所剩不多，據我們所知前方的道路盡頭存在抽獎的商店，每天都有一次機會抽獎獲得繼續在這裡逗留的機會。可惜我們的運氣不好，時至今日全無收穫，所以我們想……」

「甚麼！你們要搶奪商店，你們難道不怕祂……」旭燁突然意識到秘聞的內容，隨後繼續補充道：「你們不怕秘聞是假的嗎？」狼、狽互相對視一眼，異口同聲表示：「富貴險中求！」至於禁忌的事情，據他們所知，禁忌可能是謊言。旭燁聽到他們的一番說話，頓時也心生貪念，但謹小甚微的他還是選擇繼續觀望，於是拒絕了他們，彼此分道揚鑣。

過了不久，當旭燁漫步到眼前的商店的時候，發現眼前有數十個面無表情的士兵正在進行巡邏，隱約還聽到入侵者…盡數殲滅的消息。隨後身後出現了熟悉的身影，原來是精靈。精靈似乎早就跟在旭燁的身邊許久，她開門見山地告訴他，剛剛有兩隻生靈生出歹念觸犯了禁忌，被護衛隊給殲滅了。旭燁頓感害怕。精靈一邊施法模糊掉旭燁關於禁忌的記憶一邊繼續告訴旭燁，關於祂的記載：

「精神上的永恆，是祂的最終目標。爭奪、欺凌、嫉妒…這些不該在這裡出現的東西總不可避免地出現。物質世界的污染會使得這片世界陷入危機，而就像在物質世界一樣，沒有生靈會為了爭奪空氣的歸屬而大動干戈。唯有創造出屬於這裡的生命，大家才能和諧、平等生活在一起。」

這對於旭燁來說，一切都太過遙遠了，他只希望自己不用天天加班就足夠了。還有，不要觸犯到這裡的禁忌，他想要好好珍惜在這裡的時光……

隨著徽章發出陣陣光芒，旭燁被送回到了現實世界中。叮——叮——，旭燁熟悉地摸向手機，原來是鬧鐘。「是夢嗎？」沒有人能夠回答他，不過他感覺自己現在精神百倍，思索片刻後，一通電話撥往徐哥，「徐哥，我想我不會辭職了……」而在看不見的地方，那個徽章仍在源源不斷地閃耀著光輝。

岸邊落雪

蕭曜徽

平生浪蕩情多種，蘭芷清芳為所動，晦明雲雨坐朱樓，幽勝陽台藏玉洞……

香港大學百週年校園的大會堂總是座無虛席，不過，門外的那片區域卻截然不同。要知道學生要先經過一道玻璃門，再沿樓梯往下走，才能到達這個像洞穴一般的地方。巨型的校徽掛在入口中央，在淡淡的燈光下既莊重又神秘；旁邊設有一些零落的桌椅，可能連上課經過的學生也不知道它們的存在。在這麼隱蔽之處，竟望見儼然端坐著的人影，更不時望向那無人的樓梯——中文系學生明章剛完成《玉樓春》的上片。他在等待的，應該是那個人吧。

一

那是半年前的語言學會迎新活動上，羞澀的明章看見小組裡陌生的面孔已經十分緊張。眾人依次自我介紹，組裡唯一的女生自然獲得首輪發言的機會。眾人依次自我介紹時，她溫柔的聲線已令明章留下深刻印象：「大家好，我叫慕梧，是中文教育系的大一新生。」說罷又不忘微微一笑，補上一句：「請多多指教！」

慕梧帶點捲曲的長髮紮起了高馬尾，與淺藍色的學會上衣映襯出獨有的氣質，使明章阻止不住自己的目光投放在她身上。現在又得知她的名字如此典雅，可謂滿足了他心中對婥約美人的一切聯想。

及後的活動，明章並非不投入，但總顯得拘謹，想在這半天內讓對方留下印象，卻怕稍有不慎，變成壞印象可就糟糕了。

很快活動就到了尾聲，大家各自散去。港鐵車廂內，明章終於放鬆下來，卻沒有發現與他同車廂的慕梧。

列車已駛到了上環，慕梧才敢走近明章，用指尖輕輕地觸碰了一下他的肩膊，說道：「雖然今天大家好像都有點……有點尷尬，但我覺得相處過程也挺開心的。是吧？看你跟我一樣，很多時候都呆在一旁。」

要知道剛才只是偷偷觀察，就令明章不禁心跳加速，這刻直勾勾地相對恐怕要令他心臟病發了。他用盡了全身的氣力，壓制得知對方也有留意自己的竊喜，回答道：「對……對啊，只是迎新活動通常都沒有下文，之後也不知道有沒有機會再見了。」

「有緣一定會再見的！」慕梧重現了介紹自己時的微笑。不快不慢，列車也正好到達中環，她率先講一句：「看你一動不動，應該還未下車吧。我要轉車了，再見！」

「再見！」明章的眼中滿是憧憬和不捨。

二

開學不過數天的時間，明章已開始逐漸習慣大學的課堂生活。星期二早上的古典文學大課，他獨個坐在課室中較後的位置聽課。只因為數不多的朋友中，要麼就是坐在「爆四位」[1]埋頭苦幹的乖學生，要麼就連人影都不見，直接翹課。

轉眼就到了下課的時間，明章剛要離去，竟然目睹熟悉的身影經過。

「奇怪！這髮型看著不像啊，可這獨有的氣質總沒有錯的……」明章在質疑自己的想法，不過上次臨別前的對視又讓他有了信心，走前相認：「你……你好，你是慕梧嗎？不知道我有沒有

---

[1] 「爆四位」即課室最前一兩排的座位，當中的「爆四」指在大學制度內獲得最高或接近滿分的成績。

認錯人。」

「你是……你是那天迎新活動的明章！」慕梧豐盈的捲髮梳成了的半紮半放「公主頭」，但眼光依舊熱切，氣質不改優雅：「想不到你居然認得我呢！」

確認大家都沒有課後，二人便順理成章地到了附近的餐廳吃飯。這突如其來的共處機會，讓明章一時間心花怒放，卻又不知所措。

面對這尷尬的冷場，明章思來想去，終於擠出一句：「你平時都在聽什麼歌？」

慕梧沒有多加思索便道：「我最近在聽天后泰勒絲[2]的新專輯，裡面有一首《岸邊落雪》深得我心，畫面美極了。你有聽過嗎？」

明章回應道：「沒有。我喜歡的歌可能比較冷門，我一直都愛聽陳僖儀[3]的歌，你應該沒有聽過吧。」

慕梧微微點頭，眼看就要回到剛剛的冷場了，又突然主動說起話來：「想不到對上一次和男生單獨吃飯，已是近一年前的事了……是我那該死的前度。」怎料慕梧一口氣痛罵了前度的種種不是，及後仍意猶未盡：「我帶你去一個地方繼續說，那是我在大學內發現的『寶藏』。」

三

他們又一次經過大學的西閘，推開玻璃門後再下了樓梯，到大會堂門口一側的長椅坐下了。明章只在入學講座時來過這裡一次，來去匆匆，不曾發現這裡的氣氛叫人如此沉醉。本來昏暗的環境無旁人打擾，加上有佳人相伴，大家才對眼前這個第二次碰面的人和盤托出自己的過去。

[2] 泰勒絲（Taylor Swift，1989-），美國著名創作女歌手。
[3] 陳僖儀（1987-2013），已故香港女歌手。

前度真是棘手的話題，說多了像是喧賓奪主，不願說就像有所隱瞞。如果有意發展關係的話就難上加難了，不斷提及往事會讓人覺得你未曾釋懷；若灑脫地說自己已放下前情，又恐怕被打上「不認真對待感情」的標籤。

這是明章第一次感到不可思議：她對我有興趣嗎？還是單純的好奇呢？

回去後，他細閱了《岸邊落雪》的歌詞，到底黃沙白雪是否意有所指？是不是就如短暫相逢便可勝卻人間無數的金風玉露[4]？

一番筆墨過後，他偷偷地把自己社交平台的簡介改成了「雪落黃沙岸，違常態更嬌。非非飛入夢，滿目載星潮[5]。」他想她好歹也是未來的中文老師，區區這四句應該難不倒她的。

四

星期一本是明章不用上課的日子，他卻出現在大學，徑直往幾乎漆黑一片的大會堂走去。很幸運，他不枉此行了——行至入口的最深處，只見白色冷衫在僅有的燈光照射下宛如仙子一樣，有遺世獨立、羽化登仙之感。彷彿整個深沉的大門都是為她而設的背景板。

如此明艷動人，除了是她，又可以是誰呢？明章打過招呼，坐到她的身旁。

慕梧的反應再一次讓明章始料不及——她緩緩地彎下頭，伸出那白皙修長的雙手，問道：「我新塗的指甲好看嗎？」慕梧輕柔的髮絲剛好落在明章的領口內，不斷撩動著明章的鎖骨，也撩動了明章本就緊張不已的內心。

「好……好看！怎麼會不好看呢？這粉紅色的指甲油與你最相襯了！」明章立刻點頭回答，但又發現自己好像表現得過於興奮，

---

[4] 出自秦觀《鵲橋仙・纖雲弄巧》「金風玉露一相逢，便勝卻人間無數。」
[5] 歌詞原句為「It's like snow at the beach, weird but fuckin' beautiful. Flying in a dream, stars by the pocketful.」

連忙裝起一副認真的樣子：「明天要交的那份文學功課，你完成了沒有？」

慕梧也隨即端坐起來：「還沒有，我有很多不明白的地方。」

「正……正好我們可以一起看看呢！」明章怕再這樣下去，自己會按捺不住，故而在講解時全神貫注看著電腦螢幕。殊不知慕梧正以同樣專注的目光看著他，連自己約的朋友在不遠處招手也看不見。

「你好厲害，還會寫詩！之後一定要找你教教我。」慕梧用雙手掩住自己驚掉的下巴：「我以後就叫你大神吧！」

寫詩？這麼說她已經看到了我的簡介？明章被嚇得話也說不出，驚魂未定的目光反而掃視到站在附近的那位朋友。

「慕梧！」「啊？你看我都把約你這事給忘了。」慕梧迅速收拾好離去：「再見啦大神！」

留下明章一人坐在長椅上皺著眉頭地傻笑，一時間不知道該生氣還是高興。

五

及後的每個星期二，他們都是固定的行程——先一起上課，再吃過午飯，然後回到屬於他們的勝地，一留可能就是整個下午。話題也從功課，轉換到星座、美食、旅遊，甚至是家庭和童年，但佔比最重的還是大家最感興趣的前度。

不過，二人好像沒有一開始那麼靦腆了，明顯放鬆了不少：「你知道昨天我朋友怎樣說你嗎？她說你看上去心智很成熟，與眾不同，果然是大神。」「過份！這稱呼我可擔待不起。」

也開起對方的玩笑來：「這你都不知道？你這個小公主，可知道城堡外面還有很多有趣的事？」「如果這樣的話，本公主就叫我的騎士把你抓進來了！你知罪嗎？」「不得不說，我處境真的越來越危險了，聽說越漂亮的女人越會騙人。」「你一定是在讚我了！那幸好你遇到的是我，下次可能就沒有這麼幸運了。」

大家也像習慣了有對方的生活，回到大學除了上課，就是到大會堂門前轉轉，說不定就能碰見對方。

六

大學的第一個學期在悄然無聲中完結了，十二月五日剛好是慕梧的生日，難得大家都有空，明章便決定把握這個機會。

當日午飯過後，他們逛了書局，當中不乏慕梧叫「大神」為其擇書的場面。可看書的地方總不是對話的好地方，明章便帶慕梧到附近的公園去。

古色古香的涼亭、蜿蜒曲折的溪流，最合中文系學生的意了。二人才下拱橋，便見一群老伯在即席揮毫，有趣的是他們手持的並非毛筆，而是掃帚，水和公園地上的階磚方格則成了他們的墨和紙。慕梧一臉笑意地打趣明章：「我想，幾十年後退休的你，也應該和他們一樣在這裡寫字吧。」

「你肯來看的話，我又有什麼所謂？」

二人在夕陽下漫步，撇除髮色不計，說是一對老夫老妻也不為過。

幾經辛苦，終於找到合適的地方坐下。這裡背靠樹蔭，前望水天，可謂天時地利齊集。明章望向慕梧如此流暢的下頜線，多想不顧後果地吻下去，見時機已到，正欲開口，她卻追問他上一次提到前度成績的細節，更說道：「大神似是專心讀書，不會談戀愛的人呢。」

明章早就思考過「大神」的意思，到底它代表的是傾慕和崇拜，還是用來強調二人之間的距離，畢竟「仙凡有別」？

他曾確信是前者，但已有所動搖。他現在寧願相信慕梧打探前度只為滿足無謂的好奇心，隨即打消了坦白的念頭。

「對了，你剛才是不是有事要問我？」「呃……風景這麼好看，我想跟你合影。」「當然好啊。你人真的很好[6]，今天還特意陪我過生日。」

明章一身黃衣，卻擠不出笑容；反倒是穿著深藍色毛衣的慕梧笑得燦爛。

時間定格在這一刻。

七

十天後，明章社交平台上發佈了一則動態——一男一女的自拍照上有一個大大的心型表情符號。但照片中的女主角，不是慕梧。

明章收到慕梧傳來的訊息：「大神你談戀愛這等大事都不跟我說，還當我是好朋友嗎？」

她不理解發生了什麼事，他也不知道要怎樣說。

就在幾天前，明章在同學聚會新結識了一個女生，甚是投契，她每天花上幾個小時與明章打遊戲，及後就發展到通宵的電話交談。她無所不言，比一直沉迷於前度話題的慕梧更甚；而深宵的氣氛，比大會堂門口還要曖昧。於是直到昨天，女方率先告白，二人便成功在一起了。

接下來幾天，在社交平台上保持神秘形象的慕梧，忽然活躍起來，一連串發佈了幾則動態：「願得佳人不如我，願得歡顏不如

[6]「好人」普遍被視為委婉拒絕的說辭。

初。」、「恨君厭勝不能忘，恨君戲言多輕狂。」、「情若飛星皆死絕，此時不去待何時？」每一句都沒有指名道姓，每一句都像在指名道姓。

明章最後一個看到的動態，是慕梧拍下了自己唱歌的畫面，電視螢幕上顯示著歌詞「遙遙萬里那個人 已有愛人 我卻是個路人」——陳僖儀的歌曲《忘川》。

只因在今天，明章所看到的已顯示為「此用戶不公開」。他再看看自己，「雪落黃沙岸」彷彿一語成讖。

八

樓梯走下來深藍色衣服的人，明章一望，原來是大學的職員來請他離開，更告訴他這裡要關閉了。

二人的心窗也該關上了。

花時曾作乘龍夢，誤入崑崙追彩鳳。如今重問兩腮紅，黛色倚欄終是痛。明章已準備好將這段記憶封存。

不知又有多少人將簡單直白的情意視作複雜的遊戲？怕你知道，又怕你不知道；怕被你發現，又怕你發現不到。瘋狂的暗示來來往往，卻始終留有餘地。到頭來，卻比不上坦率、由衷的表達心意。

如果真的喜歡，就不要再藏住了。

向日葵　　　潘夢茵

晚上，向陽路過了一間花店。走進店裡，金黃色的花瓣映入眼簾，充滿朝氣的向日葵在燈光下盛開，一旁還有張卡片寫著「向陽而生」。

那穿著帶有向日葵印花裙子的身影，至今在他腦海裡揮之不去。

曦暘，你現在過得幸福嗎？

七月盛夏是畢業的季節，向陽順利地找到一份全職工作，但工作環境常讓他感到焦慮。

「向陽，你這兩天快把這份策劃書做好然後交給我。」李老闆吩咐道。

向陽無奈地答應：「好的……知道了。」

「明明這不是我負責的項目啊……」向陽心想著。

看著老闆淡漠的眼眸，向陽雖有不滿，但也會乖乖地按時做好工作。

平日空閑時，向陽會去做義工。一天，他參與了一個社區嘉年華會，負責表演魔術。活動開始前，他在後台認真準備道具，突然，在餘光中瞥見了一個熟悉的身影。

陳曦暘穿著一身帶有向日葵印花的裙子，黑色的長髮隨意披散在肩後。她淺淺一笑，眉眼彎彎如月牙，給人靈動的感覺。

兩人視線交匯的霎那，向陽覺得周遭一切都是靜止的。曾經那個文靜的青澀少女和眼前這個溫婉的女生身影重疊，過去的回憶像電影在他腦海裡播放。

「陳曦暘，我們到時候會上同一間大學吧？」

「哈哈，看來你很想再和我一起上學呢！」

那時候他們都沒想到之後兩人會相隔幾千公里。

活動開始了。向陽的魔術精彩絕倫，在座的觀眾都拍手叫絕。輪到最後一個項目時，他將視線轉向曦暘，然後拿起麥克風對著台下說：「接下來我想邀請一位女士上台配合表演。」 眾女生紛紛舉起手來。曦暘的臉頰微微發紅，緩緩舉起手。

向陽走到曦暘身邊對著她說：「小姐，請問你可以將一件物品交給我嗎？」

曦暘思考了片刻，將一隻戒指脫下交給他。

只見向陽將戒指放在左手手心收起，然後讓曦暘吹了一口氣。打開左手手心，戒指變成了一個針織的向日葵掛飾。當眾人都在疑惑戒指的去處時，只有曦暘留意到戒指早已回到她的手上。她不可思議地盯著向陽。他笑著沒說話，只是讓她將掛飾收好。

兩人過後便相約到附近的餐廳坐下。

向陽率先開口：「剛從英國回來嗎？那邊的生活如何？」

曦暘笑著回應：「對，還可以吧，不過我原本還想著能和你一起在香港讀書。你為什麼當時沒有到機場送我？真不夠朋友。」

向陽笑而不語。當初的他很遲才得知曦暘要去英國讀書，他實在沒有勇氣向心儀的她告別。

「我現在在希慎廣場附近工作，你呢？」向陽好奇地問。

「我也在附近的廣告公司上班。」

「看來以後可以經常約吃飯了。」

「對了，這個向日葵是怎麼一回事？很神奇。」

「這是秘密，希望你喜歡。我很喜歡向日葵，因為它代表著勇敢和積極。」還有代表沉默的愛，向陽並沒有說出口。

兩人聊得很愉快。即使幾年沒有見面，且很少聯絡，但這次的偶遇似乎讓他們的關係回到像以前那樣簡單而美好。

向陽和曦陽漸漸多了聯繫。兩人經常下班後一起吃飯，從以前聊到現在，從日常聊到未來，從開心聊到難過。他們還會一起看電影、爬山。向陽偶然還會送些「溫暖」到曦陽的公司。

「曦陽，剛才有個男生讓我把這杯奶茶給你。他是你的男朋友嗎？」

曦陽臉頰發燙，害羞地回應：「不是啦。」

曦陽會禮尚往來，她有次將親手做的曲奇包裝好，送到向陽工作地方。

「你就好啦，有女朋友牌曲奇。」有男同事調侃道。

「哈哈，現在還不是呢。」

在人聲沸騰的空間裡，好像有一種不明不白的感覺在兩人的心裡蔓延。

和曦陽相處的每個瞬間，向陽的思緒都會變得異常混亂，心跳不能自已。他知道他這次要把握時機。

曦陽回來香港差不多有一個月，正好她生日也快到了，於是向陽做了一個重要的決定。

他給她發了一條訊息：明天七時尖沙咀「吉地士」見，請你吃大餐。

「吉地士」是一間高級的西餐廳，柔和的鋼琴聲充溢整個環境。向陽剛坐下沒多久，曦陽便到達了。

她身穿黑色露肩禮服，那透亮的皮膚在夜晚的燈光下更顯動人。向陽愣愣地盯著她，漸漸出了神。兩人對望的瞬間，他的心跳彷彿漏了半拍，隨後很快收起視線。

在等待主菜時，向陽拿出提前準備好的三十朵向日葵送給曦暘。

曦暘有點意外：「謝謝你，花很好看。」

向陽看著眼前的女孩說：「生日快樂，你更好看。」

餐廳的空氣瀰漫著曖昧的氣息，女孩的臉頰和耳尖頓時染上了紅暈。

向陽盯著她通紅的臉繼續說：「陳曦暘，你知道這束花的花語嗎？」

「不是代表勇敢和積極嗎？」

「還有代表沉默的愛。聽說三十朵向日葵代表送花者不想再保持沉默，決定勇敢表達愛意，希望收花者能夠接受。」

她很快便理解了他話裡的意思，臉越發通紅，心臟無法控制地跳動。

「陳曦暘，我一直都很喜歡你，我不想再錯過你了，我們在一起好嗎？」

她連忙點頭，兩人臉上都洋溢著燦爛的笑容。

八月有著湛藍的天空，明朗的向日葵在陽光下熱烈盛放，愛也在夏天裡肆意生長。

向陽和曦暘與一般的熱戀情侶無別，兩人形影不離，羨煞旁人。

有次，他們在吃飯時，曦暘突然乾嘔，嚇得向陽想把她送到急症室，反被她安慰只是小事，吃止嘔藥便好了。

「我好想永遠陪在她身邊照顧她。」向陽有著甜蜜的願望。

但是這個世界哪有什麼東西是永恆的呢？

這天，向陽如常上班，就在他準備去買咖啡時，李老闆的秘書走過來通知他稍後去老闆的辦公室。

向陽敲了敲門，進去後老闆說：「公司有個為期十個月到法國進行實習的機會，我們內部討論後決定推薦你去，你好好考慮下吧！」

向陽的臉上閃過一絲欣喜，畢竟這是千載難逢的機會，隨後眼神便黯淡起來。

難道這麼快就要和曦暘遠距離戀愛了嗎？

晚飯後，向陽和曦暘在公園散步。他尤其沉默，左手緊緊地牽著她的右手，顯得有些心神不寧。

曦暘看出他的異常，主動開口問：「你怎麼了？」

「我……我收到公司通知，老闆推薦我去一個為期十個月的實習，地點在法國。」向陽支支吾吾。

「這不是好的事嗎？」

「我……我不想離開你。」

「我也不捨得你，但我不想你錯失良機，我會等你的。」

曦暘的話讓向陽安心不少。他雖然糾結了許久，但最後還是決定珍惜這個機會。

向陽離開的那天，曦暘提前請假去機場送別。

「我愛你，好好照顧自己。」向陽深情地說。

「我也愛你，等你拍多點照片給我看啊！」

兩人在離境大堂前擁吻，隨後向陽的背影逐漸模糊，直到消失在曦暘的視線裡。

之後的日子向陽和曦暘都隔著屏幕聯繫，七個小時的時差導致他們偶爾才會視頻通話。

除了工作時間較忙碌，其餘時候兩人都會將日常生活和工作點滴分享給對方。即使兩人相隔超過九千公里，但愛或許能夠克服遙遠距離。

可是隨著日子一天天過去，向陽發現曦暘的態度和以前有點不同。她之前會主動和他說每天的行程，現在很少提及。當他想和她視頻通話時，她常說自己很忙然後便沒有繼續聊天。

她應該是遇到什麼事了吧？為什麼不和我說呢？向陽有點委屈，他好希望自己能夠擁有「任意門」，可以瞬間回到曦暘身處的地方。

距離向陽結束實習還有一個月，他很快便能完成手頭上的工作返回香港。他的心像是天上漂浮的雲朵，飄飄然的。因為想將這份心情傳達給她，他立刻傳信息：「我很快就回來了，好想你。」

三個小時，六個小時，十個小時，一天過去了，曦暘都沒有回覆信息。

向陽的手指無意識地接連敲打桌子，身體坐立難安，肉眼可見的焦慮。他每隔十分鐘便看一下手機，看到屏幕亮起就會反覆確認是誰發來的短信。發現不是曦暘時，他心裡會感到空盪盪。

他嘗試過打電話，也嘗試過在不同社交平台上發信息給曦暘，但都是不讀不回，甚至到最後手機號碼變成了空號。

向陽帶著苦澀的心情回到香港。他放好行李後馬上去到曦暘的家裡和公司。他沒預料到的是，她的家裡好像沒有人住一樣。去到她公司，她的同事疑惑地說：「曦暘她離職了，你不知道嗎？」

那一刻向陽只覺心裡刺痛，彷彿有無數細小的刀片從他的心臟划過。

向陽漫無目的地走在路上，不知不覺走到充滿和曦暘回憶的地方。他們曾經牽著手從中環碼頭走到添馬公園，一邊看海，一邊拿起手機紀錄對方的身影。向陽以為「咔嚓」一聲就能永遠將幸福定格在那瞬間，殊不知現在只有自己孑然一身面對這汪洋大海。

向陽一直都沒有停止發信息給曦暘，對於她突然的離開，且杳無音訊感到悲傷又無助。

然而有一天早上，向陽發現曦暘的頭像出現在社交平台的首頁上。她發了一則限時動態，他又驚又喜，立即點開頭像。

映入他眼前的是一隻看起來是初生嬰兒的手，白白嫩嫩的。他有點不明所以，準備打開對話框時發現曦暘已讀了他之前的信息。

他迫切地問：「曦暘，我終於聯繫到你了，你在哪裡？我好想見你。」

曦暘接下來的回覆讓向陽久久無法平靜。

「向陽，我沒有回覆你是因為我想你忘記我。你還好嗎？」

「為什麼這麼說？沒有你在我怎麼會好……」

「對不起……我有小朋友了，不久後會舉行婚禮。」

這消息對向陽而言是晴天霹靂的。

曦暘繼續說：「我後來去檢查才知道我和前男朋友分手沒多久後便懷孕了。醫生說我的身體狀況不適宜墮胎，否則很難再懷孕。家人知道後責怪了我許久，他們對於我未婚先孕感到羞愧，而且也不想孩子沒有親生父親，於是擅自幫我聯絡孩子的爸爸，要求他負責任。我無可奈何，且不想連累你，只能將小朋友生下。」

「對不起……其實我還非常愛你，這段時間也一直很掛念你。我很希望和你結為夫妻，可惜一切事與願違。」

「我這樣說可能很自私，但我希望你能出席婚禮，我想讓你看到我穿婚紗的模樣。」

向陽看完覺得世界在崩塌，淚水洶湧而出，感到撕心裂肺的痛苦。

曦暘婚禮當天，向陽身穿黑色西裝如約而至。

那是一個半露天的純白婚宴場地，萬紫千紅的鮮花擺滿整個空間。在接待處那裡，他看見了曦暘的婚紗照。她面帶微笑，手捧著向日葵花束，穿著一襲雪白抹胸一字肩婚紗，裙擺上有精緻的花朵刺繡。

向陽眼眶泛紅，淚水在眼眶裡打轉。他之前多次幻想過曦暘穿上婚紗嫁給他的模樣，如今物是人非。

向陽最終沒有勇氣停留在婚禮現場。他將一束自己親手包好的向日葵交給接待處的人，然後便轉身離開。

有朋友將花束交給獨自在休息室的曦暘。她接過花束，看到旁邊有一張字體熟悉的卡片：所愛隔山海，山海皆可平。向日葵會永遠跟隨太陽。

曦暘再也忍不住痛哭了起來。

向陽離開後去了赤柱。他和曦暘曾在那裡看到兩對新人拍婚紗照，四周幸福的氛圍滿佈。

「你有幻想過以後的婚禮會是怎樣的嗎？」

「我想穿上純白的婚紗，然後在海邊或者在遍佈向日葵的地方舉行婚禮。最重要的是，我希望我的另一半是你。」

或許在另一個平行時空裡，兩人會牽著手，在人群中慢慢走過，穿過一片又一片的向日葵花海。

快樂的終點　　　曾華恩

一、

同桌是個十足十的怪人，不過倒也不是個壞人，至少周想是這麼認為的。

同桌的成績已經不能用差來形容了，簡直就是離奇，反正只要有在試卷上寫字的話，也不致於會拿到那樣的分數。但很奇怪，他並非懶惰，相反，他勤力得有時候連年級前十的好學生也會自愧不如。早會時，別人都還在打瞌睡，他總會拿著詩詞集背誦；小休時，大家都在球場打球，他總是在溫習英語單字；就連午飯時間他也總是一個人留在課室裡，左手拿著麵包，右手在寫數學模擬卷。但是每次試卷發下來，分數卻從未超過二十。

其他同學也不太喜歡他，因為他對別人總是不理不睬的，也從不參與團體活動，每天只是捧著自己那幾本作業，卻也不見得成績有多好。他們會趁著他上廁所的時候，用油性筆畫花他掛在椅背的校服外套，再踩上幾腳，然後在他回來前，又裝作無事發生的樣子離開。然而他也不曾為此生過氣，只是拿起外套拍了拍，又繼續看書。有幾次很過火，我也有想過要阻止他們的行為，但是比起自己的良心，我更害怕會成為下一個被畫校服的他。

就這樣，欺負他好像就成為了一件理所當然的事。

周五只有下午的課。

這天同桌也是踩著點回到學校，不過幸好沒有遲到，不然又要在走廊站一整個下午了。

第一節是中文課，

「陳子亮，你來背一下＜進學解＞的第一段。」

中文老師總是特別喜歡點他的名字。

他站了起來，我側頭望向他，他好像不太敢望向黑板的方向，彷彿那前方有著無比的恐懼，有著要來跟他索命的魔鬼。我看見他的髮鬢開始流汗。

真是個奇怪的人。

他低下頭，開始背誦課文。

「國子先生晨入太學，招諸……諸……諸」

又是這樣，明明他一直都在背，可就是永遠也講不出來，他會不會是背錯範文了？

教室裡沉默了好一會兒，老師突然就在講台上笑了一聲，然後冠冕堂皇地說道，（：）

「陳子亮，課文每次也背不到就算了，校服背後的腳印筆痕還不能洗一洗嗎？不知道還以為班上有同學欺凌你呢。」

課室內傳來一陣陣笑聲，很細聲，但我還是聽到了。

「瞧你那窮酸樣，還是到外頭站吧，要不周圍同學的成績都要被你熏的下降了。」

底下的同學紛紛笑得前仰後合，就像對他們來說，這是個比唱雙簧黃還有趣的段子。

結果這個下午，同桌還是得站在走廊。

他一直站到了最後的化學課。沒有人提醒他要進來，也沒有人注意到他，就像這個人從未出現過。我想，或許點名冊裡也沒有陳子亮這個名字，我也不知道。

收拾書包的時候，夕陽的餘光透過走廊的窗口照了進來，殘陽划破了天穹，金光乍露，校舍的遠方有群山猙狞著，他就站在這一切之中，踏著滿地的碎金子，頭依舊是低著，背著光，又似乎是背著了整個世界。

很奇怪，有一剎那我居然以為，他就要和夕陽溶在一起了。

「喂，周想！」

「嗯……啊？」

「還啊？發什麼呆呢，不是說好了下課去唱歌？快走吧！」

「哦哦！快了！」

朋友的呼喚讓我猛地回過神來，趕緊把桌子上的書塞進包裡，跟著他們走了。

二、

陳子亮有一個祕密，他的身體裡住著一隻怪物。

回學校的路上會經過一個垃圾站，垃圾站的角落住著一隻三花貓，髒兮兮的，毛都打滿了結。陳子亮對小動物沒有特別喜歡，應該說他對一切事物都沒有特別喜歡才對，不過出奇的是，他竟對這隻三花露出了幾分好奇。

一開始他也會蹲下身子嘗試摸摸三花，但三花每次都像吃了驚一樣跑走，他以為三花只是認生、不親人，但後來發現也有別的路人會去逗它，三花卻會把人家賴上，不但不跑，還會主動把貓頭襯向人家的手心，也會翻出肚皮給人摸。

於是陳子亮更加確定了，是該死的怪物使他無時無刻都散發著腐爛的味道，不然怎麼會連垃圾站的貓都避開他？

今天也碰到了三花，為了不讓怪物的臭味熏到牠，陳子亮繞了路，幸好能趕在打鈴前的兩秒進了課室。

由於背不到範文，就跟往常一樣，下課後要留在課室抄十遍，＜進學解＞很長，他花了好久的時間才抄完。

回到家已是八點半，母親朱娣應該也是剛回來沒多久，泡麵還沒泡開。

「今天怎麼這麼晚啊？吃飯了沒？」

「嗯，吃了。」

說謊了，他才沒有吃，從下課開始就一直在抄＜進學解＞，沒時間吃，而且胃也一直痛著，吃不下飯。

「那就趕緊去讀書，不是快考試了？」

陳子亮洗了一下手，就回到房間，隨便把書包扔到地上，從櫃子裡拿出份還未寫完的生物試卷，就開始做了。

「顯微鏡中，A 的實際長度是？」

不會計。

「描述染色體組所呈現的異常情況。」

不知道。

「大腸癌那個階段具高擴散風險？」

忘記了。

總是這樣，明明都是一直在做的題，卻總是記不起來。怪物在他的腦袋裡裝了個計時炸彈，裡面的電路交錯凌亂，像被打了無數個結的毛線球般，每秒都在倒數著，說不定下一刻就會爆炸了。陳子亮努力攥緊腦子裡的它們，卻又總是會從他的指縫中流出來。

胃也一直抽痛，是從什麼時候開始痛的呢？好像是伴隨著怪物而來的，或許是幾個月前，又或許是幾年前，不太記得了。

「吃生果，特意買的富士蘋果，貴得很呢！」

房門被打開，朱娣拿著一碗已削好皮的蘋果進來。

「媽，我胃痛吃不下，你吃吧。」

「哈？又痛什麼？天天都在痛，醫生都給你看過好幾次了，都說沒問題！我看你就是不想讀書不想吃我的東西！」

「沒有……是真的痛……」

「痛痛痛！痛你就去吃藥啊！乾脆多吃幾粒死了算了！我上輩子是造了什麼孽嗎？遇上你爸，還生了個像你這樣的兒子！你能不能就體諒一下我？啊？能不能啊！」

朱娣像是被按下了什麼開關，嘴巴一直喋喋不休地咒罵著。她從前不是這樣的，她也曾溫柔的誇獎過他，也會安慰傷心的他。但不知從何時起，她就變得如此歇斯底里，遇上點小事也能罵個不停。

不過陳子亮認為朱娣也是個非常可憐的女人，十月懷胎生下了個這樣的異類，誰不會被逼出病來呢？

她一邊罵，一邊大力地拍他的桌子，木板被拍得框框作響。

陳子亮覺得很煩人，胃痛，現在耳朵也被吵得生痛，為什麼就不願意消停一會兒呢？他明明已經盡力扮演一個好孩子了。

他起身到客廳拿胃藥，隨便倒了兩三粒到手心，悶頭把熱水一口灌進喉嚨裡。吞下去的那一刻，一切的聲音都被隔絕，能感受到的只有苦澀和滾燙，但他竟在其中感到一瞬間的解脫。

又學了一會兒，再背了一下單詞，大概一點，陳子亮把燈關掉，準備睡覺。

閉上眼睛，明明身體已經十分疲倦，卻怎麼也睡不著。

他尤其討厭晚上，漆黑的夜裡似乎會把一切感官都放大，這是怪物最活躍的時候。他聽見煩人又惡心的呼吸聲，試圖把呼吸停止，又把身上的薄被蓋過頭頂，然後翻側身，把雙掌虛攏在耳邊，試圖隔絕世上一切的聲音，但顯然是沒有任何作用。房門沒有關緊，留了一道小縫，客廳神主枱的燈光透了進來，暗紅色的。陳子亮想，如果那是來自地獄的使者，能否順道把他帶走？

然而祈禱並沒有作用。他渴望入睡，這樣就能把一切的麻煩還有糟糕的念頭忘掉，可是他依舊睡不著。

為什麼呢？

為什麼會睡不著覺呢？

為什麼就不能讓他睡著呢？

陳子亮突然又想起了許多，跑走的貓、校服上的筆跡、同學的視線、老師的嘲諷，像幻燈片一樣閃過，消失，閃過，消失……

腦袋又沉又痛，他懷疑自己腦殼裡裝的不是腦漿，而是被人換成了幾千噸的水泥，他把頭埋進枕頭裡，頭似乎是不痛了，可是呼吸卻像是被死死扼住，讓他感到窒息，身體不自覺地往下沉，只剩下殘薄的空氣，怪物又在他耳邊嘲諷地喘息著。

眼淚像往常一樣不自覺地流了下來，他就在許多的淚水和混亂之中淺淺入眠。

三、

周二的午休，異常炎熱。

陳子亮的座位在課室的最後，他特別討厭潮濕天，四周都充滿水氣，紙張也會變得皺皺的，筆一劃便破了，因此這天他沒有在寫卷子，只是安安靜靜地伏在桌上，把頭埋在雙臂間。

後面還有一塊小空地，外面在下著毛毛雨，一群男生便懶得去球場，只留在課室裡。

室內不能打球，他們就隨便買了瓶汽水當球踢。

「咚！」

陳子亮的背上一痛，回過頭來，那瓶汽水正好落地，滾到了他的椅子下。為什麼呢？為什麼總是要煩他呢？就因為他是個奇葩嗎？很煩、全都很煩，嘰嘰喳喳的，他明明只是想休息一下。

「別踢我！」

那群人頓了頓，似乎是沒想到他會出聲。

「喲，生氣了啊，平常也沒見你這麼大反應啊哈哈！」

他們又踢了幾下，這次是直接用腳踢的，陳子亮感覺很痛。

「都說了不要弄我！」

「哈，我就偏……」

他們突然就閉上了口，不再說話，安靜得十分詭異。陳子亮往窗外一看，原來是訓導主任在當值。

陳子亮剛伏回桌上，就聽到了瓶子蓋打開的聲音，然後一陣甜得讓人作嘔的味道傳到他的鼻子，是櫻桃味的。

他們撿起了瓶子，打開瓶蓋，然後撒到地下，紅色的液體瞬間流滿了一地，陳子亮的白鞋也被沾紅了一點。訓導主任走到門口了，

「李主任！陳子亮把我的汽水給撒了！」所有人也望了過來。

「唉，搞什麼啊，滿地都是了……陳子亮你下課後抹乾淨再走吧。」

「不是……我沒……」

「得得得，知道不是你了，記得弄乾淨再走啊！」

訓導主任就這樣離開了，那群男生笑得合不攏嘴，直到鐘聲響起，大家又回到各自的座位，拿起要用的教科書，彷彿剛才發生的只是場不值一提的鬧劇。

明明所有人也看見了，卻沒有人選擇幫助他。或許這就是對他的懲罰，因為他是個貪心的人，總是渴望能得到別人的善意。

他低下頭，地上還是一片紅色，他知道這是什麼，是那群男生弄的嗎？不，不是的，不只他們，還有訓導主任、有中文老師、有同學、有朱娣，他看到了，他們的牙齒上都長著跟怪物一樣的鋸子，一把把密密麻麻的，都是要過來把他咬住、殺死，這是他的血。他很害怕，淚水又流了下來，鹽味順著嘴角彌漫到整個口腔。

怪物又在嘲笑著他的軟弱。

耳邊彷彿又傳來了那群男生的笑聲，陳子亮也想笑，他已經許久沒笑過了。於是他第一次跟同桌搭話，同桌是個好人，成績也很好，應該能解答到他。

「喂，周想，你說怎樣才能笑呢。」

同桌被他嚇了一跳，但還是回答了，果然是個好人，即使發問者是個怪人。

「啊？呃……去做點會令自己快樂的事吧？」

陳子亮的腦袋一直也沉沉的，想不起很多事情，不過此刻似乎轉得特別快。快樂？他的心臟猛烈地抽搐起來，他想到了，傍晚的夕陽、苦澀的藥丸、神主枱的紅光，這是他最快樂的事。

他下了一個勇敢的決定，他要向怪物反擊一次。

陳子亮在眾人的目光下跑走了，這是他最自信的一次，他往天台跑去，他在笑，笑得很盡興，好久沒這麼笑過了，淚水使他的眼眶變得模糊，多巴胺的分泌使他感到全身放鬆。

他推開天台的防盜門，警報聲在全校的喇叭響起，吵得耳朵嗡嗡作響，他笑得更加盡興了，因為他聽得出來，這是眾人為他發出的歡呼聲，他跨過圍欄，飛去。

距離快樂，還有十米。

九、八、七、六、五、四、三、二、一，

「嘭！」

香閨誼

陸雪瑩

「龜茲國——覲見——」

「鄯善國——覲見——」

「尉犁國——覲見——」

當元日的第一縷晨曦灑落在未央宮的正殿，盛大的萬國朝貢徐徐拉開序幕。殿外，紅毯綿延，雲幡飄飛，文武百官整齊劃一地垂手而立，文官莊重嚴肅，武將威風凜凜，彰顯天國朝廷獨一無二之威嚴。殿內，軒窗四敞，金光浮躍，鐘鼓絲竹之聲繚繞於峻宇雕牆間。各國的使者身穿他們最體面的禮服，帶著他們最具誠意的賀禮，向大漢的皇帝舉著供奉、自稱臣僕。

作為大漢的小公主，我身穿雲彩霓裳，手戴銀鐲翡翠，金簪入烏髮，端坐於大殿之下。我年歲尚淺，不過十歲，卻也深知這樣嚴肅的場景不能高聲嬉笑，雖百無聊賴，也只能坐在大殿偏僻的角落位置，遠遠望著大殿裡一隊一隊的使者。能瞧見新奇的服飾，還有貢品裡不知名的奇珍異寶，算是唯一的慰藉。

「赤谷國——覲見——」宣使者的長音依然在貝闕珠宮間迴蕩。

「白狼國——覲見——」

怎會有外邦國家起如此奇怪的名字？我覺可笑，伸長脖頸，好奇張望，只見那使者竟穿著獸皮製成的馬甲，我更忍俊不住，噗嗤一聲笑出聲來。

「公主，小聲一點。」身邊的侍女小聲提醒我。我收斂了表情，撇撇嘴，低下頭。

朝賀之後的未央宮又歸於寧靜，我卸去公主的外衣，閒坐在閨閣的階梯上。暮色四合，晚霞普照，夕陽的餘暉肆意地渲染在晴空中遊蕩的白雲。落日熔金，一列列金色的雲彷彿在靜候太陽的落幕，如同臣民恭送他們至高無上的君主。丹霞似錦，餘霞成綺，如火的橙紅霞光又被灰藍色的暗沉雲靄侵佔，穹廬爛旖旎勝過世間的千萬衣裙。

天國的公主看似金枝玉葉，嬌貴無比，但我甚少感受到皇家的寵愛，我是罪臣之後，這四個字如同烙印一樣，從我出生那一刻起就如影隨形，儘管我從未見過我的那位被世人罵作叛國賊的外祖父。君恩何曾在，妾命在和親。「解憂」是我的名字，然而我自知我的命運必將是解帝王外交之憂，解大漢一時之憂，從未使我自己解憂歡愉，長樂未央。

正出神的時候，宮中的僕役送來一個侍女。「公主，阿昔染疾，不適宜再服侍公主了。這是新來的侍女，姓馮單名一個嫽字。」

眼前的女孩輕移蓮步，淡色宮裝微微飄動，削肩細腰，一縷青絲挽成墮馬髻式樣，膚如凝脂，螓首蛾眉，觀之十分可親。「阿嫽，見過公主陛下。」丹唇輕啟，音色空靈悅耳，眼神間又露出幾分怯色。

「好，你來陪陪我吧。」我拍拍身旁的地磚。

「公主為何坐在此處？」僕役退下，阿嫽緩步過來。

「我想去看看外面的天空。」

「外面的天空和宮裡的天空是一樣的嘛。」

「不，不一樣。我們頭頂的天空是藍色的，但是你看那片天，那片天是紅色的！還有橙色和黃色！還有紫色！我就想去那裡！」

「好，那我陪公主一起！一起去五彩的天邊！」

就這樣阿嫽成為了我的侍女，她長我兩歲，我們既是主僕，也是閨中密友。宮中歲月漫漫，阿嫽總能從寡淡的日子裡尋開心，我吃厭了宮裡味同嚼蠟的幾樣菜式，阿嫽出宮給我偷帶稻香坊的點心；我想放紙鳶，阿嫽學了做法，用宮裡的宣紙硬是糊出一只精巧的飛燕；我不曾見過阿嫽家鄉的朱鸞花，她想辦法調出那花香的香脂，清香幽幽，聞來心曠神怡。她是我見過最聰明的女子，清澈的眸底總蕩漾著一泓水色，安分嫻靜，寡言守拙。

太初四年，烏孫國使臣面見皇帝，細君公主病逝，烏孫想求娶大漢另選一位和親公主。他們何嘗是仰慕天朝的公主，他們是貪戀那名為「嫁妝」，實為安邦之本的萬兩錢財，驟馬車輛，還有無數的金銀器皿，綾羅綢緞。公主一朝嫁去，不通語言，不通事典，已是艱難，更不知相守一生的丈夫是何模樣何為人。烏孫國有收繼婚的習俗，丈夫去世，女子要嫁給夫家的其他男子，或叔伯，或侄子，甚至繼子。我曾問母親，這屈辱之事，如何使得！換來的卻是長歎一聲，女人只為傳宗接代，能平安出嫁已是幸事。

我已是豆蔻年華，朝中公主大多已經走上和親的險途，其餘的年歲尚小。我知道，這一次，輪到我了。我若逃，和親不成，大戰必起，我若去，遠嫁蠻荒，無依無靠。

和親之日，彩球綴宮柱，飛簷垂宮燈，九卿為這一日已忙碌數月。車外，十里紅妝，萬人空巷，長安百姓皆來一睹和親公主的芳容。車內，我頭頂同心髻，輕點朱唇，身披大紅舒繡夾襖喜服，此去經年，妾心何所斷，他日只可遙望長安。行至城門已是夕陽西下，我輕輕掀開車窗上的布幃，回望首善之地，五方雜厝，萬戶千門，這怕不是此生最後一次回望鄉土。

車隊駛向城外，天邊的火燒雲開始展示它熾烈的紅，又滲透幾分悠揚的紫色與鑲著金邊的橘。日光餘暉仿若太陽的求救，殘陽在無邊的天際中掙扎、申訴、痛哭、哀求，直至太陽跌落進遠方的彌山亙野。暗黑的夜色吞沒一切，大地上的一切歸於黑暗與平靜，唯有雪白的溲疏花成簇偷生，在石縫間開成線，開成片，開得驚心動魄。深夜的大地，車旁的阿嬤臉上滿是擔憂與悲戚。「天下賦稅，萬民徭役，錦衣玉食以供，黎民有黎民的苦難，皇族有皇族的代價。」我微微頷首，對阿嬤韆然而笑，她依然不語。我指著那晚霞「我要嫁去五彩的天邊咯。」阿嬤苦笑一聲，扶我下車，我握住她的手「既已踏上不歸路，我唯有謹言慎行，步步為營。」

天漢四年，轉眼已是我嫁到烏孫的第五年。我帶來的器具與布匹造福了一方烏孫子民，他們對我十分尊重。來到烏孫的這幾年，我開始教烏孫的百姓織布，教他們種下我帶來的種子，收穫新的莊稼糧食，教他們中原的文化。能夠讓一方百姓豐衣足食，自給自足，也算是我這個做公主的一點成功之處吧。我的第一任丈夫烏孫王軍須靡與我年齡差距甚大，他在我嫁來的次年便病逝了。我按烏孫又嫁給他的弟弟新一任的烏孫王翁歸靡。我們雖沒有舉案齊眉，也算相敬如賓，夫妻和睦，烏孫國的子民多以放牧為生，個個生性彪悍，驍勇善戰，皇帝希望烏孫子民能和大漢的軍隊團結一致，共抗匈奴。

八月十五，這一日是家鄉的元宵節，我為阿嬤准備了一個小禮物，這裡的人們從來不過家鄉的節日，但我心裡總還有這樣一份惦念，我在賣香脂的鋪子裡買了一盒小香脂，這裡的女人甚少用香脂，這裡的香脂也不如中原的清純。在牛羊遍地的草原上，這清香淡雅之物也總裹著一層油膩的味道。夜晚回到帳中，阿嬈神秘地走進來說：「公主，今日是正月十五元宵節，烏孫國不過中原的節日，就讓阿嬈送你一件禮物，聊表心意吧。」

「你也有禮物要送給我。」

「也？殿下也有禮物要送給阿嬈嗎？那殿下先？」

「不如我們一起吧？」

「好！三、二、一。」我攤開手掌，露出手上的香脂盒，眼見阿嬈也從身後把禮物拿了出來，竟也是一個裝脂粉的小盒子。

「是胭脂水粉嗎？」我問道。

「是香脂！」

「我給你準備的也是香脂！」，我們一時間竟不知該說什麼，都啞然失笑起來。

「公主，不如打開聞聞看？」我看著阿嬈明亮的眼睛，好奇地打開，盒蓋開啟的瞬間，一股熟悉的清香撲面而來，如山澗泉水般清冽，如初秋的露水般乾淨。

「這……是朱鸞花的香味！」

「對！我發現用草原上的一種野花，也能製出朱鸞花的香味！」

「真的好像！你太聰明啦！」

「公主謬讚。阿嬈知道殿下從沒有說過想回去，但總在身邊留著中原妝容的妝奩在閨房。阿嬈相信，殿下總有一日有機會回去的。」

「有那一日嗎？」

「一定有的！公主殿下，眼下匈奴常有使節來遊說烏孫王，大王也是左右舉棋不定。阿嫽知道有幾位烏孫將軍主張對抗匈奴，也算是親漢派，不如我們趁此機會聯合幾個將軍說服大王。」

「好！可是阿嫽，你如何得知這些？」

「阿嫽私下學習了烏孫語，從那些侍女護衛，販夫走卒間聽來的，他們都以為阿嫽聽不懂呢！」

「阿嫽，你真厲害，有你這條錦囊妙計，想必烏孫歸順大漢，共抗匈奴。」我看向阿嫽，她得意地笑著，眼神卻是堅毅的。

「從公主出嫁那日起，我便告訴自己輔佐公主，我便如雲雨如薄霧，聚散隨意，我可無名無德，無所頌，但公主殿下要千秋萬世，椒花頌聲。」

沒過幾日，阿嫽急匆匆的跑到我的帳中，「不好了，公主殿下，匈奴的使者又來了，他們這次提出要讓公主殿下成為烏孫國的和親公主嫁到匈奴去」

「什麼？」我震驚的瞪大了雙眼。

「匈奴真是艱險狡詐！他們攻不下烏孫就派使節來游說，如今看您將大漢的文明帶到烏孫，烏孫漸漸富饒安定起來，便說出這樣的計謀。真是惡心！那翁歸靡現在竟然舉棋不定，召集幾位烏孫的親信大臣正商議此事，算什麼國王？」我心中頓時慌亂起來，眼見阿嫽也是萬分焦灼，她雙拳緊握，低聲怒吼「這有什麼可商議的？如此羞辱之事，當然不可行！」我自然知道絕不可以嫁給匈奴，這不光是我個人的榮辱，更關係到大漢的威嚴，天朝的公主怎可嫁給匈奴？

可眼下我又沒有什麼能夠說服烏孫王的辦法，阿嫽不顧我的阻攔，要衝進大王的帳中舌戰一番。我要跟去，她卻推開我說：「公主，你不可跟來，若是大王遷怒，便由我一人承擔，與公主殿下絕無關係！」

那天我站在大王的帳外，聽見阿嫽在裡面舌戰眾人，她烏孫語說得流利，頗有大將之風，再加上，我們多日來多方聯絡各個將軍，已經和不少將軍達成共識，帳內支持者若干。她朗聲說道：「難道把解憂公主殿下嫁給匈奴，匈奴就會罷休了嗎？匈奴人的性情大王難道不知道嗎？匈奴的話斷斷不可信！即便將公主嫁去了，難道匈奴就能真的按照承諾不再攻打烏孫了嗎？如果彼時匈奴再來攻打，烏孫又有多少兵力能對抗？彼時大王又該當如何呢？」一番話說得眾人啞口無言。

我站在帳外看到天空中的看到天空中霞光萬丈，紅爈生輝，神秘而深邃。一道艷麗無比的霞光自落日西下之處噴射而出，流雲環繞，天空似五色的錦緞，又似一位巾幗，正吐露著激勵人心的壯志豪言。直至夜幕降臨，我的心底升騰出一股漁舟唱晚的靜謐與安寧。眼見阿嫽昂首走出大帳，我就知道這一仗，她替我打贏了。

甘露三年，我已到古稀之年。翁歸靡早已駕鶴西去，我的兩個兒子也先我而去，還好有小兒子大樂和女兒素光陪在我身側。多年來，阿嫽常常替我遊走於西域各國之間，諸王尊稱她為馮夫人。她早已精通五種語言，騎馬的英姿也比我亮眼。烏孫周邊諸國都已歸順，大漢的新皇帝顧念我年老思鄉，恩准我還朝。

大漢建國以來，我是第一個能再回到故土的和親公主。我和阿嫽輾轉數日終於回到長安城，坐在馬車裡，我輕輕先掀開布幃，萬頃琉璃下各色衣裝的人們攘往熙來，有紅妝佳麗眉心點著西域妝容，還有買牛羊肉的販夫走卒叫賣聲聲，車馬駢闐，川流不息，人流不絕，商賈雲集。

又是一年萬國來朝，九鼎八方，群衣薈萃。大殿之下，我坐在上座。皇帝奉我和阿嫽是大漢的功臣，為兩族人民的融合作出傑出貢獻。我知道這份榮耀背後的不得已，不知不覺束縛了我的一生。看著一隊一隊的使者覲見，遠遠地我看見大殿角落一個小公主雖百無聊賴又努力正襟危坐著。

我瞇起眼睛，定睛一看，那是九歲的自己。

黃龍元年，我躺在庭院中，眼見夕陽落下，火燒雲依然熾熱地燃燒，金光傾瀉大地，宮裡的地磚變成了金色，房屋瓦舍變成了金色，街上跑的孩童的頭髮變成了金色，花草樹木變成了金色。我拉起阿嫽的手，兩個老嫗又坐在那熟悉的階梯上，我們輕輕攤開，一小片金色的餘暉便落在我們手裡。

世事如聞風裡風，浮生暫寄夢中夢。沐浴著溫暖的陽光，我輕靠在阿嫽的肩頭，慢慢閉上了眼睛，塵事化羽，唯那屢香依然縈繞在我的心頭。

盈盈清香間，我隱隱約約聽聞稚童的聲音……

「我想去看看外面的天空。」

「外面的天空和宮裡的天空是一樣的嘛。」

「不，不一樣。我們頭頂的天空是藍色的，但是你看那片天，那片天是紅色的！還有橙色和黃色！還有紫色！我就想去那裡！」

「好，那我陪公主一起！一起去五色的天邊！」

兩千多年後，人們翻閱史書，見到如下記載：

「劉解憂，西漢下嫁西域烏孫國的和親公主，天漢元年，奉命遠嫁烏孫昆彌軍須靡。軍須靡死，其從兄弟肥王翁歸靡繼位，她依烏孫俗改嫁，生三男二女。本始三年，漢軍大敗匈奴，解救烏孫。元康二年，翁歸靡死，軍須靡與匈奴夫人所生子泥靡嗣位，她又嫁之。生一子，名鴟靡。甘露三年，被迎歸漢。她將大漢的文化傳播到西域，為西域和平，民族團結融合而貢獻畢生。病逝於黃龍元年，以公主之儀下葬，享年七十一歲。」

「馮嫽，西漢女外交家。太初四年，隨公主劉解憂遠嫁烏孫國。在漢朝和西域諸國之間的友好關係作出極大貢獻，被西域各國臣民尊稱為『馮夫人』。黃龍二年，再次出使西域。」

俠客行

張凱翹

「燕趙古稱多感慨悲歌之士」。(出自韓愈《送董邵南遊河北序》)自古以來,燕趙之地從不乏慷慨悲壯的豪傑俠士,他們輕生死,重情義,赴死只為了一句話、一個承諾、或是一個信念。

易水北岸,站滿了一列列的白衣人。眾人垂淚涕泣,著喪服為生者送行。因為誰都知道,二人此去不可能回來了。起風了,揚起的髮絲紛擾著荊軻的視線,眼前變得模糊,天地間彷彿只有白茫茫一片……

在一片冰天雪地中,家家戶戶都關上門戶,只有一個小黑點在樹林中躍動,手裡彷彿揮舞著甚麼。走近一看,原來是一個小孩,他手裡揮動著樹枝,以枝作劍,笨拙地練習著一招一式。漆黑的天上獨有一彎月高懸,一縷縷月光零零散散地灑在光禿禿的枝椏上,白茫茫的雪地上,和小孩凍得紅撲撲的臉上。只見他仍專心致志地練習,全然不覺一股危險的氣息正在悄然逼近。銀灰的皮毛和鋒利的爪牙在月光下閃閃生輝,牠一步步向獵物靠近,蹲下身子伺機而動,作出準備進攻的姿勢。在毫無預兆之時,一聲「有狼,小心!」刺破了黑夜的寧靜。伴隨著的,是一把短劍,飛速地從小孩的臉旁劃過。回頭一看,一隻左前腿受了傷的狼正在痛苦地嚎叫,而傷牠的正是那把飛過來的短劍。這隻受了傷的狼看似仍不甘心,眼中閃爍著狡黠的光,牠眼見前來相助的人也不過比小孩高一點,於是便不打算離開找同伴幫手,並立即發起新一輪進攻。小孩只看見在牠撲過來的一刻,那個少年擋在了他的身前,雙手握一根鐵棍抵住狼牙,在即將支持不下之際,他大喊:「來幫忙呀!」小孩如夢初醒,急忙跑過來,卻不知從何幫起。在慌亂中,他看到仍插在狼前腿上的短劍，他迅速地拔起來，再瞄準狼的胸口用力插下去。「嗷！」狼吃痛叫道，並狼狽地逃走了。「快走 ！」少年拖起小孩的手便跑。兩個剛從狼口脫險的孩子沒命似地跑，直至筋疲力竭。個子小一點的那個氣喘吁吁地開口說道：「謝謝…你…出手相助，否則…我就…沒命了。救命恩人，我叫荊軻，你叫甚麼名字？」「我叫蓋聶。」

自此，兩個少年以兄弟相稱，整天待在一起，十分投契。荊軻十分崇拜蓋聶當初英勇打狼的氣概，更得知蓋聶是名劍客的徒弟，便要蓋聶教他劍術。「為甚麼要學劍？你長大想做俠客嗎？」蓋聶問道。荊軻認真地回答：「對，我不單要做個俠客，還要成為一個受人敬仰的大俠。你難道不想嗎？」「受人敬仰對我來說太高遠了，我只想做個救急扶弱的遊俠，用自己的劍術幫助比我弱小的人。」「唉，想不到蓋大劍客一身才華，竟如此‘沒有大志’，可惜可惜！」「哈哈！算了，說了你也不明白。你不是要學劍嗎？還想不想學？」「想！」

在日復一日的練劍聲與打鬧聲中，又是一個寒暑。歡快的少年時光總是不知不覺地溜走，到了該道別的時候了。「我師父來接我了，我過幾天便要走。只是，不知道我們何時才能再見。」蓋聶悲傷地把這個消息告訴好朋友，又說：「你不要懈於練劍，我等著你成為大俠的一天 ！」「放心吧！我一定會成為比你更有名的大俠！」荊軻目送蓋聶離開，山高水遠，他不捨摯友就此別去，音訊全無，便忍不住大喊：「十年後河邊大樹見，不見不散 ！」「不見不散 ！」

一年又一年，在天下間從不間斷的戰爭中，兩個少年逐漸長大了。二人皆沒有違背年少的理想，成為了頗有名氣的遊俠。眨眼間，十年之約已到，荊軻從燕國動身，決定到趙國看看這位朋友。到了約定的樹下，樹下正有一人，看似早已等候多時，他果然沒忘記！多年未見，首要之事當然是好好砌磋一番。未及那人身前，荊軻突然躍起，手中劍已出鞘，正直直地刺向那人的背影。那人似是背後長眼睛似的，察覺到有劍氣逼近，連亡側身一閃，躲過這致命一擊，笑道：「十年未見，一見面便兵刃相向，就這麼想打敗我？」荊軻並沒有停下手上的攻勢，答道：「沒錯，我既然敢來，必是有充足準備，蓋兄小心了 ！」橫著又是一劍劈來，蓋聶彎下腰躲避，同時把劍向荊軻揮去，荊軻急亡收招，擋住蓋聶這劍，二人頓時纏鬥在一起。只見在沙沙聲響中，樹葉如落英飛散，樹影婆娑間，有兩個人影在跳動。幾十招過後，仍是難分難解。直至蓋聶不願再糾纏下去，終於提出：「不如這次比劍就此結束，你我打和。」

「哈哈哈哈 ！好一次酣暢淋漓的切磋 ！」二人滿身大汗，相視而笑，彷彿回到了年少打鬧比試的時候。兩人並肩走到酒館坐下，開始談及這些年各自的經歷。荊軻周遊列國，結識了不少遊俠豪傑，與他們切磋，故劍術日益精進；也曾游說君王，但卻不為所用。蓋聶則留在趙國，他不求能以一己之力改變君主的決策，只想憑藉自己的力量幫助在戰亂中身不由己的弱小百姓，以路見不平，拔刀相助的義氣聞名。「荊兄弟，你現在已然是一位出色的俠客了，接下來有甚麼打算？」蓋聶喝了一口酒問道。「我想建立功業，做一番成就出來。我有一個朋友請我到燕國去，他會把我引薦給燕太子，我想我很快便會得到重用了 ！」「是嗎？」蓋聶聽到後，卻沒有一點替荊軻高興的樣子。他淡淡地說道：「原來你口中的‘俠’，便是為上位者之利刃，替他們立下功勞，使自己揚名立萬。」「我不求黃金萬兩，只求俠客重信義的風骨能以彰顯。」「你這不正是不求利，求名嗎？」「那蓋聶你口中的‘俠’呢？只窩在鄉野間行俠仗義，天下間有那麼多可憐的人，你一個人又能幫多少？倒不如為國君做一件改變天下的大事來得痛快。」「看來你並不了解我，如此，我們便沒有必要再談下去了 ！」蓋聶怒目而視道。荊軻亦拍桌提劍，頭也不回地走了。本應是一場相見甚歡的會面，最後卻不歡而散。兩個以「俠」為理想的少年，因著對俠義的不同理解，只好分道揚鑣。

秦自攻下韓國後，又出兵趙、楚，唇亡齒寒，趙滅後便是燕了。殿上，燕太子丹正因為田光的推辭急得團團轉，秦兵已兵臨燕國邊境，他很快便是階下囚了。田光道：「太子莫急，我有一人可薦，此人勇猛無比，定能助太子成大事。」太子丹問：「何人？」答：「荊軻。」

荊軻被召上殿來，心裡既期待又沉重，太子召我必是有大任相托，我荊軻之才終得以被賞識，定能建功立業，有一番作為，只是不知太子所托何事呢？上殿安坐後，太子丹將現今局勢道來，言語間盡是情況之危急與對燕國存亡之擔憂。接著，太子丹把自己的計謀引出：「若然秦王被殺，秦國無主，必定內亂，屆時諸候合縱，便能打敗秦國。請荊卿助我成事。」荊軻臉色微變，心裡卻已泛起波濤巨浪。雖已料到太子丹所托絕非易事，但卻沒想到竟是行刺秦王此等即使拼上性命也不一定能成功之事，一向勇猛的荊軻此時也不得不稍作思慮。荊軻一直以為自己已生死拋卻，是一個真正的大俠了，今天看來卻似乎不是這回事。刺秦對六國皆有利，若能成功，便是當世英雄，流名千古，但若失敗……看見荊軻想了很久仍未有答覆，太子丹焦慮地輕喚了聲：「荊卿 ！」荊軻此時回過神來，仍未下決心，答道：「此乃國家大事，我恐難以勝任。」太子丹已視荊軻為救命稻草，自然不會就此放棄，當下便向荊軻磕頭：「荊卿是唯一能成此事的人，我願意付出任何東西作為報答，請你不要推辭。”看著太子丹誠懇的態度，荊軻開始動搖。他想起自己說過要做一位比蓋聶更有名的俠客，俠之風範是重義輕生，即使失敗也不過身死，不失俠客氣概。荊軻抬頭望向太子丹，似是下定決心，終於說出了：「好。」

太子丹為了留住荊軻這根救命稻草，先尊荊軻為上卿，再以最好的房子、金銀珠寶、珍饈佳餚供給他。荊軻說千里馬肝好吃，太子丹便把馬殺了取肝給荊軻奉上；荊軻說彈琴的美人手美，便斬下美人的手奉給荊軻。只要是荊軻有興趣的，未開口太子丹已送到面前。看著如此求賢若渴的太子丹，荊軻心裡裡不禁有千里馬遇伯樂之喜。他想了想，最後還是決定把這個好消息寫信告訴蓋聶。信寄後三日，蓋聶竟不遠千里，從趙國到燕國來見荊軻。

「蓋兄！想不到你竟然會來找我，實在是太好了 ！你看我現在，要甚麼有甚麼，太子丹確是一個愛才之人，我即將要成為一個天下皆知的大俠了！」荊軻興奮地說道。蓋聶不為所動，嚴肅地問道：「你真的想清楚了嗎？”荊軻以為蓋聶當他是貪生怕死之徒，不悅道：「當然了！我說過要當一個的大俠，怎會因為留戀性命而推辭，更何況此時退縮，便是背信棄義，如何對得起太子對我的賞識？我又如何成為一位俠客？」

蓋聶搖頭：「我不是懷疑你的勇氣，而是你有想過刺秦真的是件好事嗎？

「刺秦有何不好？秦王若死，便不會再攻打各國了，人們也能如以前一樣繼續生活在自己的國度，不好嗎？如今戰亂不斷，皆因秦侵略的野心沒有邊際，若秦亡，其他國家便不會遭到侵略，戰爭減少，百姓便不用再受戰亂之苦了，這不也是你為俠最大的期望嗎？」「秦王死真的能讓戰爭減少？難道不是增多嗎？各國的諸侯與秦王有何不同？天下哪個諸侯不想擴張國土？若秦亡後，他們變得強大，侵略的野心絕不會比現在的秦小。如此，天下的戰爭便不會有休止的一日。如今秦國統一六國已差不多成定局，各國再作掙扎只會讓戰爭延長，讓更多百姓犧牲。」「為俠者一諾千金，言必行，行必果。你既知道我已答應了太子丹，便絕不可能反悔。若蓋兄願助我一臂之力，七日後於易水相見。」

帶著樊於期的頭顱和藏有匕首的燕國地圖，荊軻仍在等待。看著身邊自大散漫的秦舞陽，那只不過是一個仗著將軍祖父蔭護而為非作歹的豎子。他只有五成把握，他心裡多希望蓋聶能夠出現。秋風蕭瑟，風吹動著易水水面的波紋，兩岸的楊樹，眾人的衣袍，唯獨荊軻依舊屹立不動。見荊軻仍不起行，太子丹一催再催，唯恐荊軻此時反悔。易水依舊奔流不息，逝者如斯夫，確實該起行了。荊軻決定最後一次回頭。仍是空無一人，眼神由失落轉向決絕。他昂首闊步，走向他心中的「俠」道。伴著高漸離的擊筑聲，荊軻唱道：「風蕭蕭兮易水寒，壯士一去兮不復還。」

易水之畔，暗中目送荊軻離去的蓋聶黯然神傷。他不認同荊軻的想法，因此他決定不露面；但作為朋友，他必須去見他最後一面，為他送行。看著決絕離去的荊軻，蓋聶不禁想，「俠」究竟是甚麼呢？重信義輕生死？鋤強扶弱？濟世救民？保家衛國？以信義為行事原則，但沒有以百姓為己任的能被稱為「俠」嗎？蓋聶也有些迷茫了。也許他錯怪了荊軻，但荊軻最終仍能為心中的俠道而死，應是無憾了。日下西山，薄暮冥冥，蓋聶望著蒼茫暮色，思考著他的為俠之道。

戀舊

董浩楊

「今夜的街道格外冷呢。」

幾縷微風掠過顧柳君的耳畔。他隱約感覺到有人在呼喊他的名字，於是他不自覺地回首望去。可惜風過處只有數輛汽車疾馳而往，他只好繼續向前走去。興許是風沙入眼，他竟莫名留下一滴淚來。顧柳君趕忙拭去，嘴裡喃喃道：「真是不該，這是一個值得紀念的夜晚，怎能留下淚來？」

今晚是一個重要的夜晚，因為他將要向傾慕已久的大學好友陳曼雪表白。顧柳君緊緊攢著兜裡的兩張電影票，心裡幻想著早已重演多次的美好情節：待到電影播放結束後，他會與曼雪在最好的四季飯店吃飯，然後在月光下向曼雪坦白心意。想到這，他便禁不住地整了整衣冠，向約定好的地點快步走去。

轉過一個街口，鋪天蓋地的光污染向他襲來。顧柳君只得厭惡地擺擺手，垂頭側身從人群中穿過。那映著當紅男團的大燈牌在眾多燈箱廣告中格外顯眼，流行曲連串的鼓點不停在他耳膜振動，他只得拿出隨身聽暫避這場劫難。

「風繼續吹 不忍遠離
心裡極渴望 希望留下伴著妳……」

張國榮的《風繼續吹》散去喧鬧，顧柳君緊湊的眉頭終於舒展開來。他覺得這個時代的品味簡直糟透了，自己就像那「乾坤一腐儒」的杜甫，只得與天地間的沙鷗為伴。不對，還有曼雪。雖然這個時代容不下自己，自己也容不下這個時代，但曼雪就像萬般淤泥中不染的青蓮，與自己頑固的靈魂相契。曼雪是少數與自己一般眷戀舊事物的人。鍾愛菲林相機拍照的慢，迷戀到二手書店淘書的閒，就連這場精心挑選的電影也是最近重映的《花樣年華》。雖然已經看過數遍，但經典又怎會讓人膩煩呢？顧柳君哼著歌，步伐也變得輕快起來，不一會便抵達電影院。

電影院的門口聚集了很多人，當中大多是情侶。顧柳君站在一隅，顯得有些侷促不安。他尋找曼雪的蹤影未果，心裡空落落的。

「今晚是一個重要的夜晚。」顧柳君望著來來去去的人群，默唸著。

「不好意思，我來遲了。」一道柔聲從後方傳來。

「不要緊。等你，在風中。」

「討厭，不要拿余光中的詩來打趣我啦。我們快入場吧，不然要來不及啦。」

陳曼雪穿著一襲銀白的長裙翩翩走來，像一彎迤邐而皎潔的月河。顧柳君望著她一時出神，竟就這麼呆呆地佇立在原地。還未反應過來，一陣溫潤的觸感便從手心傳來，她主動牽起了他的手。顧柳君的心劇烈地跳著，連呼吸也變得緊促起來。他強壓下內心洶湧的情緒，只敢小口地呼氣，覺得那一刻彷彿打破了某種界線似的。

顧柳君愈發堅定自己要向陳曼雪告白的想法。

入場就座後，銀幕緩緩開始放映《花樣年華》。在一片漆黑下，顧柳君偷偷斜過頭，看向一旁正看得專注的陳曼雪。陳曼雪微翹的睫毛下目不轉睛地看著電影，長髮傳來一陣好聞的香味，顧柳君覺得她比電影還好看。

曼雪的側臉真好看。他想。

音樂隨著蒙太奇鏡頭漸漸在戲院裡催化出一種曖昧的氛圍，那電影中的周慕雲與蘇麗珍彷彿演繹著顧柳君自己無處訴說的孤獨。

曼雪是唯一懂他的人。他想。

「是我。如果有多一張船票，你會不會跟我一起走？」周慕雲還是自己一個離開了。顧柳君感覺到，曼雪握著他的手好像變緊了。

電影隨著周慕雲在吳哥窟的寺廟裡對著柱子上的空洞傾訴他的秘密而結束。

「你說，他們如果在一起了會更好嗎？」二人在電影院中的走廊默默前行，顧柳君突然發問。

「倘若真的在一起了，那樣童話式的結尾未必就是美滿的呢。有時候，遺憾才讓人銘記在心，不是嗎？」曼雪認真地注視著他，望得他有些尷尬，趕忙點頭表示同意。

待到電影播放結束後，他會與曼雪在最好的四季飯店吃飯，然後在月光下向曼雪坦白心意。一切都如顧柳君所想般順利進行著，但他的內心突然萌生出一種讓他驚慌不已的想法：

「自己也會在將來的某天像周慕雲一樣在那個柱子上的空洞訴說今晚的經歷嗎？」

顧柳君搖搖頭，不再去想。他向曼雪藉口上洗手間，洗了把臉，在全身鏡前整理起自己的衣領。眼前的男子看起來精神奕奕，臉上十分光潔，一點鬍渣也沒有。「這是理所當然的。」顧柳君滿意地心想。他要在曼雪面前留下一個好印象，尤其是在這一個最重要的夜晚。

二人不一會便來到飯店了。金碧輝煌的廳堂裡放著悠揚的古典音樂，隨侍應的帶領下，二人穿過一排大理石柱，來到桌前坐下。

「請問兩位想喝點甚麼？我們這裡有一款產自法國勃艮第的紅酒很出名，推薦給兩位喔。」

「溫水就好了，謝謝。」

顧柳君與陳曼雪異口同聲地回答。待到適應離開，二人不約而同地笑了出來。

「也就我們兩個喝不了酒的人才會來這樣高級的餐廳吃飯吧。還有，那瓶酒得多貴呀！嚇得我大氣都不敢喘。你才剛出來工作就請我吃這麼高級的大餐，這樣也太破費了。其實，吃茶記也很好呀。」

「沒關係，人生需要偶爾奢侈才有意義。」

顧柳君的內心一陣感動。

曼雪真是一個好女孩，遇見她實在是自己的幸運。他想。

菜很快就上齊了，兩人享用著美味佳餚，暢所欲言。

在曼雪面前，自己不需要遮遮掩掩，總是感到很安心。柳君心想。

「對了，畢業後妳打算去哪裡工作？」柳君問道。曼雪是比自己晚一屆的同系學生，最近也將畢業了。

「我……應該會去法國繼續進修吧。」

「真羨慕妳啊！成績這麼好，家裡又這麼有錢。」

顧柳君笑著打趣，心裡卻有一點莫名的失落。

美好的時光總是過得很快。

「今晚的飯很好吃，謝謝大佬請客。」

飯後的兩人在月光下的湖邊散步。曼雪看了一眼手錶，突然說要回家了。這一下打亂了顧柳君的計劃，本來準備在湖中央的亭子裡告白的。

「看你沉默那麼久，是不是有甚麼話要對我說呀？」曼雪突然走在前面，轉身對柳君說。

柳君剛想張口，卻不知怎的沒能說出話來，半天只憋出一句話。

「我送你吧。」

「不用啦，我們都不順路，就在這裡道別吧，我自己坐車回去就好。」

顧柳君看著陳曼雪在月光下的街道漸漸遠去，就像午夜的灰姑娘一樣乘著南瓜馬車離開，眼前突然變得一片漆黑。

* * * * * *

「今夜的街道格外冷呢。」

幾縷微風掠過顧柳君的耳畔。他隱約感覺到有人在呼喊他的名字，於是他不自覺地回首望去。可惜風過處只有數輛汽車疾馳而往，他只好繼續向前走去。興許是風沙入眼，他竟莫名留下一滴淚來。顧柳君趕忙拭去，嘴裡喃喃道：「真是不該，這是一個值得紀念的夜晚，怎能留下淚來？」

今晚是一個重要的夜晚，因為他將要向傾慕已久的大學好友陳曼雪表白。顧柳君緊緊攢著兜裡的兩張電影票，心裡幻想著早已重演多次的美好情節：待到電影播放結束後，他會與曼雪在最好的四季飯店吃飯，然後在月光下向曼雪坦白心意。

今夜的月光特別明亮。顧柳君轉過一個街口，側身從吵鬧的人群穿行。隨身聽中播放著張國榮的《風繼續吹》，他哼著歌來到電影院前等候曼雪。電影院擠滿了情侶，站在一隅的顧柳君有點尷尬，抬頭不斷尋找陳曼雪的蹤影。

曼雪今天穿了一襲豔紅的長裙，像是盛開的玫瑰般奪目動人。顧柳君眨了眨眼，不知自己是否認錯了人。他第一次見曼雪這樣的打扮，對她感到有點陌生。

「走吧！電影就快開始了。你今天的打扮怎麼這麼老土？」

柳君尷尬地撓了撓頭。

看電影時，顧柳君悄悄地斜望著曼雪的側臉，她正無聊地打起了瞌睡。

看完電影後，二人來到飯店。

「請問兩位想喝點甚麼？我們這裡有一款產自法國勃艮第的紅酒很出名，推薦給兩位喔。」裡

「就要這一款紅酒吧，謝謝。」

陳曼雪的回答讓顧柳君有點震驚。

「你不是對酒精過敏嗎？」

「沒關係，偶爾喝一點也沒甚麼。」

「給我也倒一杯吧。」

今天的曼雪似乎格外冷漠，對他的話題也一臉不耐煩地敷衍著，柳君只好識趣地閉上了嘴巴。

這還是自己認識的曼雪嗎？顧柳君心想。

飯後，二人並行在湖邊，一路無言。柳君終於耐不住地說道：

「你今天好奇怪，像變了一個人似的。」

「其實我不過是你夢中幻化出來的人。你的記憶不停複製著這一個時刻，這個夜晚你已經在夢中重複了無數次。我算是獨立於你夢中時空的人，這晚我已經經歷過很多次了。」

「所以，你今天是故意變得與平時不同來喚醒我的嗎？」柳君看著曼雪漲紅的臉，只當她是喝醉了，於是順著她的話回應道。

曼雪沒有作聲，只是緊緊抓住柳君的手，讓他看向湖面。湖上映著無數個「今晚」的片段，每次都隨著曼雪的離開而結束。

顧柳君憶起那些相似的情境，終於意識到自己早已經歷過這一

切了。他突然想起電影裡的周慕雲與蘇麗珍，以及那個在吳哥窟的洞。

「夢醒之後，我會記得『今晚』嗎？」

「你會忘記我，也會忘記這個時刻的自己。」

顧柳君還想追問下去，但曼雪摀著他的嘴，輕聲道：

「夢該醒了。」

他迷茫地看著她，眼眶早已被沁濕。

「曼雪，祝你我前程似錦。」柳君拭去淚水，努力擠出一個比哭還難看的微笑。

風拂過倒映月光的湖，淺草輕晃，二人站在湖邊相擁。紛紛細雪無故從天空飄落，顧柳君閉上了雙眼，一幕幕回憶如跑馬燈般在腦海飛速流走。

今宵過後我會忘記你。顧柳君心想。

* * * * * *

再睜開眼，顧柳君發現自己躺在病床上。

「我好像做了一場很長的夢。」顧柳君喃喃道。

「你終於醒了。」一旁的護士激動地說。

「自從上個月的那場車禍後，你就一直昏迷不醒，成了植物人。」

「這樣嗎？我做了一個夢，但是不記得發生甚麼了，只記得反反覆覆的夢境，事情好像真的發生了一般真實。」

「這個夢是好還是壞？」

「我想，應該是美夢吧。」

十二月的聖誕夜裡，顧柳君走在大街上。今晚是聖誕夜，顧柳君與大學裡曾經最要好的朋友約好到其中一位朋友家慶祝。

「今天的街道格外冷呢。」顧柳君打了個冷顫。

街上遊人如織，厚厚的雪鋪了滿地，他只得小心翼翼地艱難前進。幾縷微風掠過顧柳君的耳畔，他隱約感覺到有人在呼喊他的名字，於是他不自覺地回首望去。可惜風過處只有數輛汽車疾馳而往，他只好繼續向前走去。興許是風沙入眼，他竟莫名留下一滴淚來。顧柳君趕忙拭去，嘴裡喃喃道：「真是不該，這可是一個值得紀念的夜晚，怎能留下淚來？」說罷，他便匆匆繼續往前走。

朋友家裡很是熱鬧，大家正聊得不亦樂乎，見到柳君後紛紛向他的狀況表示關心。顧柳君望向窗外漫天紛飛的雪，腦中不知怎的響起《春夏秋冬》裡的這句歌詞，他開始哼唱起來。

「冬天該很好，你若尚在場。」

「柳君，你怎麼這麼喜歡張國榮的歌。」朋友都打趣道。

「沒辦法，我這個人比較戀舊嘛。」

「欸，曼雪怎麼沒來？」有一個朋友問道。

「人家早就去法國深造了。」另一位女生答。

「柳君，你大學的時候不是和曼雪關係最好嗎？那時候人人都以為你們會在一起呢。」那位朋友笑著問。

顧柳君搖搖頭，沒有說話，只是一直看著窗外的雪落下。

藍瞳

江詠茵

我從低頭加班的人群中抬眸望向窗外，暮色四合的天空似是要淌出墨汁來，容不得我再遲疑一秒，手腳便先一步急匆匆地收拾起來。

前腳剛和焦頭爛額的同事道別，後腳已經踏上了地狹人稠的車廂。

左手提著裱花蛋糕，右手握著康乃馨花束，我滿懷期待地推開家門，映入眼簾的是在玄關處擺弄綠植的父親。他見到我，臉上盡是止不住的笑意，順手往餐桌的方向一指：「菜都要涼了。」話雖如此，我仍覺桌上佳餚香味四溢。

一番安頓後，餐桌上終於久違地拉開了三張椅子。

好久沒有好好端詳母親了，此刻她就坐在我的對面，笑眼彎彎地看著我，眼角處的皺褶紋路似乎又深了些，再往上看，卻已是朝如青絲暮成雪了。

「祝今天的主人公生辰快樂，越發年輕！」我心中翻湧的愧疚摻雜著疼惜，捧起準備好的花束跟禮物遞到她懷裡。

她吃吃地笑，像討到了糖果的孩子：「要那做甚麼？還不如換你多幾天回來吃飯。」

眼前人的笑容珍若瑰寶，忽地覺得以前毫不猶豫地選擇身居高位是我人生中做過最愚蠢的決定。

吃畢蛋糕後，我正張羅著要去洗碗，卻被母親一把拉住：「凝兒……要不今晚不要回去？」我微笑著搖搖頭，反握她的手:「放心，今晚不加班，洗完就來陪你們。」

那時的我權當這只是纏綿繾綣的不捨之情，全然沒發現她吞吐下的欲言又止。

我半開玩笑地道：「怎麼啦？兩個人竊竊私語的，是有甚麼驚天大秘密瞞著我嗎？」擦乾雙手後，我徑直走進主臥，愜意地靠在床沿，對即將到來的暴風雨渾然不知。

母親的眼神微不可察地閃爍了一下，倒是父親先開口：「凝兒，你現在事業也算是平步青雲，和璟灝的婚期也將近了。」他頓了頓，繼續道：「璟灝是個值得託付的孩子，如此，我們也沒有後顧之憂了。」

一股不安的預感從心下湧起，來不及消化他嘴裡的「後顧之憂」是甚麼意思，父親已經從保險箱裡取出一個牛皮紙公文袋，徐徐走到我身旁。

我本能地退後了一步，對那個公文袋裡的內容莫名感到抗拒和恐懼。

良久，我深吸了一口氣，鬼使神差地接過了褐色的紙質文件，不知怎的拿在手裡竟有千斤重。

我緩緩抽出夾在裡層的報告，「親子鑑定」四個大字赫然躍入眼簾，握紙的手不由得顫抖起來，我強忍著震驚，繼續把目光往下移，掃過駭人的字句，最後定格於那句「不存在親子血緣關係」。

「嗡」的一聲，大腦彷彿被重物狠狠一記撞擊，腦內思緒被攪作一片混沌。一切來得猝不及防，我一時竟不知該作何反應。

絲毫不給我反應的機會，母親一字一頓道：「凝兒，這不是玩笑，是千真萬確的事實。」這話生生把我到了嘴邊的明知故問吞了回去。

一瞬間，往昔歲月在腦海快速飛掠：我喚了三十年的爸媽，竟非我的血淌至親？

我不敢置信地盯著眼前養育了我多年的夫妻，疑惑與不解排山倒海襲來，忽覺一陣暈厥，忙扶著床沿喘氣。

房間裡一片針落可聞的死寂，彷彿連時間也在等待我的回應。

半晌，我才怔怔地回過神來：「這到底是怎麼回事？」

聞言他們對視了一眼，最終還是父親艱澀地開了口：「你三歲那年，我們從一個朋友處把你抱了回來。」

我滿腹狐疑：「平白無故怎會如此？」父親的目光剛好對上我質疑的眼神，我毫不避諱地問道：「真是抱回來的嗎？」我觀察著他們的神情，繼續道：「還是花了錢的？」

母親臉色一變，聲音裡卻是帶了幾分哭腔：「當年我生第一胎時早產，昏迷了許久，甚至婆婆也跟醫生說了要保孩子。」她怨恨地盯了一眼父親。「幸得最後母女平安，雖說是跨過了鬼門關，但也被醫生告知我無法再懷孕了。」

「這個孩子得來不易，所以我們格外小心翼翼，但沒想到，意外還是……還是發生了。」她開始止不住地啜泣。我心下一軟，走近輕撫著她的背，又以指腹替她拭乾眼角淚水。

父親見狀接道：「那時凌兒才兩個月大，我只顧著為工作奔波，帶孩子的苦活全落到了你母手上。」他語帶歉疚：「本來一切也算安好，但你外婆突然病重無人照料，農村又沒有醫療設備可言，那天晚上她只能硬著頭皮背著凌兒跋涉。」

去外婆家？我想起了那條陰冷潮濕的小巷，不由得一個寒顫。

身旁的母親似乎看穿了我的想法：「那條小巷平日根本無人穿梭，我是斷斷沒有料到人販子竟猖狂至此！」素來溫和的母親忿恨地拍了拍床沿，咬牙切齒道：「那無恥之徒來搶我懷裡的凌兒，我護得再緊也敵不過他的蠻力，他還一把將我推倒在碎石地上，我只能眼睜睜看著他和孩子消失在巷子盡頭。」

「後來我們用盡所有辦法，尋遍東西南北，也沒能尋得凌兒的下落。」

我心下一揪，握著母親肩膀的手下意識地一緊，但還是問出了那個問題：「因為不可能再懷孩子，所以選擇了跟你們口中的無恥之徒把我買回來嗎？」這種法子，我實在無法苟同。

喪子之痛，明明他們比誰都明瞭。

母親驚惶失措地直搖頭：「不是的凝兒，當初是我的一個朋友在溪邊撿到了你，她知道我們對孩子的事情上心，瞅著孩子可憐，便說送予我們。」

「說來巧合，你與凌兒都是藍瞳，抱來的時候我和你父親皆是大吃一驚。也許因為這個原因，第一次看到襁褓中的你就特別合眼緣，總覺著凌兒輾轉又回到了我們身邊。我無比感恩，這才給了點答謝費。」

我心想：「對啊，竟是這樣巧。被親生父母遺棄，轉頭就成了他人的替身，真是無巧不成書。」

這些年的寵愛有加，原來是在那位素未謀面姐姐的庇蔭下。

我苦澀一笑，嘴角的酸楚蔓延到喉嚨，這股酸澀猶如針扎般刺痛，讓我幾次想張嘴卻說不出話來。

意識到自己話裡的失態，母親忙解釋道：「凝兒，你莫要多想，我和你父親是打從心底裡喜歡你，才一直將你視如己出。」

我氣若游絲地道了句「沒關係」，此刻的我疲憊至極，無力去糾纏是非對錯，只想摸清當年的真相——

因為我隱隱覺得還缺一塊拼圖，一塊被塵封在最角落的拼圖。

「那位抱我回來的阿姨叫甚麼，我想親自向她道謝。」

「曼姐——」

「董淑媛！住口！」

此時此刻，有兩個驚愕失色的人面面相覷。一個是我，我從未聽過父親大聲呼喝母親，更別說直呼其名了。一個是母親，她臉色煞白，似乎對剛才不假思索的衝口而出感到懊悔至極。

他們這般反應再次肯定了我心中的想法。

父親有些窘迫：「凝兒，不要追究了，之所以跟你坦白，是因為我們想通了，這件事你有絕對的知情權。瞞了你這麼多年，不過是怕與你生了嫌隙。」

母親接下父親的話茬：「選擇這個時候告知，也是因為你無論事業還是感情都步入正軌了。」

「往後的日子只會更加聚少離多，說句不吉利的，萬一有天出了甚麼差池，這個秘密就只能隨著我們入棺了。」

「無論你是不是我們親生，我們都會一如既往地疼愛你。所以凝兒，過去的事就莫要糾結了，好嗎？」

母親的懇求裡帶了幾分情真意切，我只有點點頭笑著應允了。

第二天我請了假，但還是換上襯衣提起公事包，一貫地走到玄關處與父母告別。待他們一前一後地相繼出門，便火急火燎地趕回家翻箱倒櫃起來。

印象中，主臥室的衣櫃底下有三個木製抽屜，都是放了些小本子。

我蹲下身，逐本仔細地翻頁，卻聽得「啪嗒」一聲，一疊殘破不堪的紙從本子裡掉落出來，灑了一地。

我定睛一看，這哪是甚麼一疊紙，分明是散了骨頭的電話簿。

我不禁心中暗喜，沒想到得來全不費工夫。

我連忙一張一張地翻閱，雖然墨水已經褪色到難以辨認，幸而母親字跡秀麗，我還是一眼認出了右下角不起眼的「曼姐」二字。

我匆匆忙忙地打了車，循著電話薄上的地址揚長而去。

彷彿感覺到真相正向我揮手，我恨不得策馬揚鞭。

我抬手按了下去，屋內傳來急促的門鈴聲，來應門的卻是一名青春靚麗的女子。

雖然我早就想過時隔多年或許早已物是人非，但還是禁不住地失落。

「你是？」她溫柔甜美的聲音把我從思緒中拉出來。

我剛想開口，卻聽得裡頭響起一把洪亮的女聲：「是誰來了？怎麼在外面擾攘這麼久也不進來？」

我猛地一抬頭，熱切的目光對上女孩清澈的眼眸。

「我來找曼姐。」

曼姐踩著人字拖，嘴裡叼了根菸，上下打量了我幾回，才開口道：「我不認識你。」

我也不惱，微笑著回應：「曼姐，你忘了嗎？我是你一位故人的孩子。」

我毫不畏怯，直直地與她對視，直到她注意到我的瞳孔。

她臉色如蠟，氣急敗壞地趕我走，我卻如早就料到一般，冷靜淡然道：「我若是要來尋你的麻煩，何必隻身前來，只怕你抽菸的這雙手早就被銬上了。」見她臉色稍霽，才接道：「我不是甚麼大義凜然的人，但若你不願如實告知，那我就只能充當一回良好市民了。」

不出意外地，那位貌美的女孩去了替曼姐買菸，屋子裡只剩下我和她。

「你都知道了些甚麼？」曼姐嘆了口氣。

我也不拐彎抹角，直接把心中的猜測問了出來：「當年是你把我拐走，然後賣給淑媛的對嗎？」

「我哪有拐孩子的本事，充其量就是個中介人，淑媛算是我最早的客人。當年她拿了一筆不菲的金額給我，求我給她帶一個藍瞳的孩子。」

「恰好那批還沒被買走的孩子裡就有一個，三年來無人問津，就因為當時農村裡迷信，覺得只要不是黑瞳的孩子都會帶來不幸。」她不屑地挑了挑眉，似乎對這種說法不置可否。

我從容地聽著，沒有一絲不悅，一切與我的猜想都吻合，唯獨曼姐提到的三年……

怎會如此巧合？

「我被你們拐走的時候尚在襁褓中嗎？」

「應該是吧，那時候我還沒入行，是後來聽老大提起——欸？你去哪？」

我懷著忐忑不安的心情搭上了計程車，撥給了一位醫生朋友。

「親子鑑定的 DNA 報告有可能會出錯嗎？」

對方被我突如其來的提問嚇了一跳，但還是耐心道：「在正常情況下是非常準確的，但也不排除樣本質量受損等情況。你若是真的懷疑，我建議你再做一次。」

回到家後我直接衝到浴室，拿起三支牙刷便往外跑。

「請問可以加急嗎？我想今天內拿到。」連我自己也沒發現，素來以耐性自矜的我這次居然連一天也等不了。

聞言護士為難地看了看手錶：「可以是可以，但起碼也要晚上十一點後才有結果。」

「沒有問題，我就在這裡等。」

等候的時光是漫長的，我嘗試整理這兩天紛亂的思緒。

原以為一直苦苦追尋的真相會化作一條巨蟒將我吞噬，至少昨晚打開報告時，我的世界在一瞬間分崩離析。

但後來轉念一想，我對父母的孝念並非單純的血濃於水。就算沒有血緣關係又如何，他們依舊是我最愛的至親。

真正讓人哀傷的是他們一而再再而三的欺騙。

也許是怕我發火，怕我離開，怕失去我吧？畢竟我那麼抵觸孩童拐賣。

愛就是如此，雖然明知不對，還是忍不住想要找理由袒護。

父母垂垂老矣，怎忍心與其計較？

所以我也想通了，即便最後發現一切只是譜寫好的天緣巧合，恰恰就有兩個藍瞳前後進了家門，我也任由父母眼裡從我身上生出他人的影子了。

但如果不是……

同樣的牛皮紙袋，卻不同於上次的顫顫巍巍，我爽快地抽出文件——

原來千迴百轉，我還是回到了他們身邊。

果真是緣分兜了一個圈，我釋懷般笑了，撥通了通訊錄的置頂號碼。

「媽，我準備了更大的生日禮物。」

中元節

諸名翰

熊熊火焰，在我臉龐上灑上一抹暈染的橙紅。影影綽綽的，是我瀲灩的眸子，掛著盈溢的兩行淚。病來如山倒，女友那時因體寒陽虛而久臥病榻，油盡燈枯那日至今也半年有餘。眼下舊事重演，換母親病重了。恰逢中元節，我便求地官普渡泉下女友，亦要為母親積福。她二十年裡要隻手撫養我成人，積勞成疾，都拜我父親所賜。我從未見過我父親，母親說他早已歸黃泉，每次提起更是淚眼婆娑，我亦不敢再過問。

執起身旁的紙紮衣裳，這是我女友生前最喜愛的款式。我用手將其丟進化寶盆中，盆中火竄起，但平息的那瞬，我頓時瞠目。映入眼簾的是那熟悉的身影，頎長的身影更是穿上了剛燒盡了的紙紮衣裳，唯雙目無彩，但我仍認出了她，是我亡故的女友。

我連滾帶爬的起來，叫道：「劉姺！」她回首與我四目交接，莞爾一笑後又轉了身，徑直走進暗巷。我拔腿就跑，緊隨其後，毫不猶豫就拐進巷裡。我四處顧盼，嘗試尋找那蹤跡杳然的身影，可惜無果。明明前方就是個死胡同，她還能走到哪？

一股寒流拂臉，我登時記起今日農曆七月半鬼門開，怯意油然而生。而我打消了尋找小姺的念頭，轉身離開時稍覺蹊蹺。細看盡處，隱約見到粼粼波光，身後卻依然是那死胡同。我屏息踏前數步，頓時豁然開朗。

眼底盡是一片茫茫汪洋，數十荷花燈浮盪著。閃爍的燭光於花中搖曳舞動，映出一片姹紫嫣紅，花團錦簇。悠悠長夜與幽幽光影中，有一放燈人在岸邊彎腰低頭，把花燈逐一送走。

那人或察覺到我，不徐不疾的抬頭，我這才看清了他的臉。皮膚蒼白無血色，臉頰凹陷，形銷骨立，看上去根本不像人形。他看我一臉疑惑則道:「中元夜放花燈，普渡野鬼孤魂，懷緬已故親人。」說畢，那人就端起了一盞花燈並遞至我眼前。我接過花燈，心中映著小姚的臉龐。我蹲在水前，把承載我一片丹心的花燈緩緩置予水面。那微弱燭光在水裡只映出我懷思的容貌，卻陡然不見了那放燈人。

然而，一股力量猝然從後而至，把我推前。我一個趔趄，重重掉進水中。水裡的我眼睛半張的在尋找水面，才發現眼前變得一片紅紅黑黑的，根本看不見任何東西。

突然我感覺右腿像是被什麼掣肘著。我拼命的掙扎，嘗試擺脫束縛，卻無補於事。霎時連我左腿也被纏住了。我弓著身子，順著方向企圖把雙腿掙脫，卻在右腳踝處摸到了幾條異物。我拼著最后幾口氣欲拉斷它，則發現那幾條繩只有數寸長，卻把我腳踝牢牢的拴住。再細想，那幾條物體長短有致，摸上去柔中帶硬，末端更是又細又尖。我登時醍醐灌頂，那是一隻手。

我魂魄一瞬似是飛散了，臨界竭斯底里邊緣的我長呼了一聲。黑紅液體湧進，腹腔嘴裡灌滿血腥。我雙手拽著那手臂，左腳一踹，硬生生撕開了那緊抓的手。

不過幾秒，我渾身上下已經再使不出一點勁。然而後衣領像是被拉扯著，整個身體一時被抽出水面，迷離的咽了幾口氣。

睜眼凝神一看，黑雲蔽天，綠霧縈繞，遠處點點紅燈，身側翻滾著滔滔血河，寸草不生。想到剛才誤喝了的幾口血水，再定睛細看眼前黑紅長河，一股噁心衝上腦門。我不由自主的把肚中一切盡吐河中，嘔得一個清光。

「你最好一滴不漏的吐出來。」

身後傳來一把溫柔的女聲。我轉頭一看，一個滿頭華髮，佝僂龍鍾的婆婆微微蹙眉。

「我在哪兒？」我問道。

「忘川河。」她答道：「看樣子你不像屬於這裡的。」

我臉色煞白。

「你要活命就一定要把河水吐光。血色波濤中盡是孤魂野鬼，而河水經年累月吸盡鬼魂的祟氣。喝一口，陰氣運行，形同鬼魂，喝一杯，陰毒纏身，頭昏易暈，喝一碗，萬劫不復，魂飛魄散。」她道。

「等等，你是？」我訥訥的道。

「我是孟婆。」她臉上擠出了一道和悅的笑容，直指數丈以外的黑影穿梭處：「我駐守那邊的奈何橋。你若想離開這裡，就要穿過前面鬼市、望鄉台，再經黃泉路到鬼門關則可。正好你身裡應該還殘餘一點陰氣未吐盡，你走出去，一般的鬼魂應該不能看出你的異端。走吧。」

前方紅燈攢簇處，別於奈何橋的陰陽怪氣，煌煌燈火把剛才河畔沉沉綠霧照得消散，紅色亭樓林立，一陣吵雜的喧嚷聲亦從遠而至。康莊大道上遊魂絡繹不絕，身在街頭卻見不了巷尾，兩側排滿了阡陌交錯的攤檔，攤檔後人叫賣著，好不熱鬧。

「快來看看我們研發的神活丹，一粒能令你一年神氣活現，陽氣滿滿。連閻王手下也喜愛我們的秘方，頻頻入貨呢！」

「隔壁老張，你又在犯渾了，都不知幾百歲了，還愛誆騙別人。命喪黃泉的鬼有誰在意陽不陽氣。」

「我看你就是嫉妒我受閻王垂青罷了！」

看來鬼界這裡也活得精彩，似乎不用太擔心小姺了。相思情懷才下我眉頭，心頭又驟然一緊。在眾小檔後方燈火闌珊處，又冒出了那個我尋覓百千的身影。

我推開擋在前方的鬼魂，撒腿追了上去。猛追好一段路，突然撞上什麼東西，我這才定睛前路。一雙熾熱的眼睛盯著我看，肩上負著一雕工細緻的木樑。抬頭一看，他擔著的並非木樑，而是整整一座金光奪目的步輦。

「什麼東西斗膽擋本王去路？」

回過神來，我才發現身邊燈紅酒綠的光景早已被拋在身後，身旁只剩一座黑漆漆的大殿，匾額用金漆刻著「閻王殿」三字，心中大駭。素聞閻王負責判決陰曹死靈的去留，這次我可是地獄無門闖進來。 正當我還七上八下時，兩腳陡然一空，兩個身形魁梧的大漢挾住我肩膀，生生把我提了起來，惹得我亂叫亂喊的：「等一下！聽我解釋！」「有什麼誤會就留著當面跟閻王解釋！」話音剛落，我就被扔進殿裡。

殿內與外牆一樣，裝潢盡是黑壓壓的，有數點幽幽綠火懸浮屋樑上，成了整座寶殿的照明。唯支柱上有金飾作點綴，使陰森的殿內增添了幾分莊重。

見閻王早已登上寶座，我立馬抱著頭跪地道：「小、小鬼無意阻擋大王華輦的去路，我乃等閒之輩，根本不值得大王耗費心神懲治，請開恩赦罪！」只見雙腿又一個踩空，本以為那倆護法又把我提了起來。環顧左右，才發現我並非被提起來，而是直接在半空中懸浮了。我身後一陣寒流把我推前，頃刻，我已被推至閻王跟前。看著這髮紅膚黑，頭長戟角的東西，四肢百骸都在顫抖得不能自勝。

「我聽聞『中元時節，地官赦罪』乃凡人對本王的美談。」他眼神凜冽的道。我正在思索其弦外之音時，他一把攥過我手腕：「你不僅闖進了本王的去路，還從人界闖進陰間。以為喝口忘川水，潑一身血就能令本王認不出你？你覺得這些矇騙一般鬼魂的伎倆對本王奏效嗎？如此膽大包天，恣意亂人鬼界平衡，本王作為陰曹判官豈能對萬惡不赦的你袖手旁觀？」他說話的同時更用他黑且長的指甲劃破我衣袖，露出了我的手臂，在我臂上用他指甲狠狠劃行，留下了一道道血痕。我疼得掙扎求饒，可我就是動彈不得，根本掙脫不了那無形的力量，只能仰天長嘯。半响，我的痛感已麻木，亦放棄了掙扎，才冉冉落地。被摧殘的手臂血流如注，劃痕累累。突然我又被一人從上拉著，而我無力的躺在地上，任由他把我拖行到另一處。那裡伸手不見五指，後背感覺到地面從瓊琚白玉，變成了粗糙石土，把我背脊蹭掉了不知幾層皮。最後一甩，我整個人癱倒了，然候傳來一聲卡嚓，我是被鎖進牢獄了。

我絕望的臥著，眼睜睜的望著無盡的黑暗。

突然，眼角處冒出一抹綠光。正當我以為又要受一番蹂躪時，發現冒出的竟是在大殿屋樑上繚繞的綠色鬼火。它漫漫的飄到我臉旁掉下了一顆圓潤的東西，那不就是鬼市裡那販夫叫賣的神活丹嗎？想不到閻王的人真的購入這玩意。腦中閃過其妙用，不假思索的把那丹藥囫圇吞下了。不費片刻，我就 感到全身暖流運行，臂上血漿亦漸漸褪去了，只留下那些鮮紅的劃痕。那劃痕縱橫有序，曲直有致，根本不像一般嚴刑虐待的手法。

朦朧中，瞥見了旁邊有數個同樣癱倒地上的身影。我心中登時發毛，但亦鼓起了勇氣，屏著呼吸，躡手躡腳的走了過去。搖曳綠光下，是數具乾癟的身軀，雙目圓睜且空洞，呼吸亦似乎早已停止了，手臂上更有著跟我一樣的劃痕。我轉頭問那鬼火：「他們是誰？」

鬼火飄至其中一具身軀上，火光暴漲。「是你？」我問道。它就上下顫動，似乎表示肯定。我仍然不明所以，只知道我一定要逃離這裡。

小鬼火盪到鐵鎖前，一下子把鎖熔了。我急忙逃出牢籠，靠身旁的微弱綠光，勉強能看清去向。眼見要跑出大殿的霎那，我重重的摔在地上了。一直穩步如飛的我已經知道誰在作祟。「小鬼火，你策反？」身後頓時響起一把渾厚洪亮的嗓音。眼下我可是在他刀俎上的魚肉，唯有負隅頑抗。我一個激靈，轉頭道:「你到底想怎樣？我知道你根本是借我擋你路之名囚禁我。你幹什麼非得要困住我？我尚有病重的母親要照顧，哪像你半個子嗣也沒有！」

閻王冷冷的道：「高芳病重？嗤，看來我沒送她靈丹就變得弱不禁風了。」

我赫然失色，隨即故作冷靜的問：「你怎麼知道我母親的名字？」

閻王又道：「一個不孕之婦用邪術求子，不惜與我珠胎暗結，立下誓約，待子及冠就歸我，最終搞得滿身陰毒，要本王定期給她送藥補氣血。原來這女人才一年沒服丹藥就重病纏身，本王還想去施捨靈丹給她，怎料好像有人把碩果僅存的給吃了。對吧，兒子。」

我一時接不上話來，只惦掛著要逃離這鬼地方，轉身欲逃。

「走嗎？半人半鬼的你陰氣纏身，害得女友香消玉殞，不想補償嗎？你心裡放得下她的話就不會被我設的圈套引到這裡來吧。」他道。

「依我看，你就照我說的辦吧。」他提起我受傷的手臂道:「我一向嚮往人間自由的生活，地府這裡使我太鬱悶了。我已幫你在臂上畫上換命的符咒，你一句應允，我就會繼承你的陽壽，而你就能成為地府裡至高無上的王，那時候再娶劉姚作地府女主人也不差。」我不願再聽他胡言，退後了幾步。閻王見狀，伸出手爪，而身後侍從急忙道：「大王萬萬不可，換命之術可是要雙方自願才能成功的。若他心存怯意，就只會落得如牢獄裡……」眼見我正處上風，就忙不迭奔出閻王殿。

我深知他一定不會放棄追逮我，所以在這節骨眼上我更要盡快返回人間。眼見前方就是望鄉台，我卻在此時又摔了一跤，低頭看，一團殘弱的藍色鬼火在涕泣。我連忙道歉，那鬼火嗚咽道：「我兒子不、不見了。其他鬼火說在望鄉台上寫下想見的人的名字，就可以在化形投胎之前看他最後一眼，但我、我找不到他了。」看著這可憐的鬼火，不禁令我有一絲同情，但我解釋道：「呃，不好意思，但閻王正追著我要我跟他換命，此地不能久留。」藍鬼火神色驟緊的道：「對付那傢伙我有辦法。」我還未問她有什麼辦法，她便已飄得老遠，我亦無奈地急起直追了起來。

我們奔至奈何橋邊，不出所料，閻王等人亦追趕至此。未等閻王開口，那藍鬼火便篤定的道：「用我的命吧，你無非是缺一個屬於人間的魂體才被陰曹羈絆著。把我吞噬了，你不就能投胎了嗎？反正我對人間已毫無留戀，要我煙消雲散也罷了，但你就別打小孩的主意了。」閻王囁嚅道：「你？」可能閻王知道必須捨難取易，亦趕快應允。只見閻王挑著鬼火張開血盆大口，將鬼火塞進口中，令我鬆了一口氣，但心裡卻莫名的戚戚然。唯我認為閻王為人狡黠的本性難移，即使投胎成人也會繼續為禍人間，於是我在他們忙於法事之際，記起孟婆最初跟我說的話，徵用了她的湯碗，到河邊盛了滿滿的一碗忘川水，又趕快回到奈何橋上。眼見閻王已成功獲得投胎的權利，孟婆端上了那碗特製的孟婆湯。閻王把湯喝完，就消失不見。他的隨從見他能一圓投胎夢皆手舞足蹈，但我心知這東西不會再於兩界作惡了。

事情告一段落，我亦起行趕回鬼門關。途經望鄉台，想起那藍鬼火剛才肝腸寸斷的聲音，使我心生憐憫，亦深深為她感到不忿。是什麼人才能如此鐵石心腸，人家都撒手人寰了還要躲避她，故此我逕自登上望鄉台欲覽這廝的大名。雕欄之下有一卷軸，上面寫著若干個名字。只見末端有三個字，寫完又刪，刪完又寫，反覆了好幾遍，而愈後的字筆跡則愈顯顫抖。細看最後唯一沒刪掉的一組字，亂得像鬼畫符似的，卻無比熟悉。我提筆順著微涸的墨水臨摹，驀然發現，這是我的名字……

一年後同一天，我特地預備了兩個化寶盆。一邊的火燒得生龍活虎的，每每把祭品倏然吞沒。另一邊的火卻在苟延殘喘，祭品丟進盆裡壓根兒就是燒不著。我知道在那火另一頭的人，早已被世界遺忘，但她永遠會在我心頭留香。

與神明結怨

濮嘉如

第一章

傍晚，紅霞筆直地射進寺廟裡，包裹著鋥亮的紅木。我從餘暉來，走過縱橫交錯的木樑，走進陰涼的一隅，走近香爐，緩緩點上一炷香。孤煙升騰，萬籟俱寂，莊嚴巍峨的觀音像屹立在眼前，她雙手合十，金容靜默，低眉悲憫著眾生。不知為何，我心生恐懼，連忙學著網絡上的教程，用力闔上眼皮，裝模作樣地跪在蒲團上，念念有詞：「求神拜佛，求祢保佑我……」

香火捏緊我的鼻翼，我一時喘不過氣，「咳咳」兩聲，中斷了虔誠的祈求。

「你想求什麼？」一個消瘦的年輕和尚身披咖啡色海青，從我左後方竄了出來。他不算高，頂多一米七，但相貌堂堂，眉眼深邃，下顎線鋒利得像刀鋒，神態透露著一絲疲憊和頹唐，為本就黝黑的皮膚抹上了一層褐灰色。

「不知道。」跪著的腿向左挪了挪，我仰首，注視著高深莫測的雙眸，莞爾一笑。

他瞥過我泛著透明碎屑的唇瓣，與那根尚未燃燒殆盡的煙香，便把目光轉移到渙散的瞳孔上。隔著輕紗般淩空去、隨風還的裊裊白煙，我們靜靜凝視了半晌。他彎起嘴角，勾破嚴肅的神色，仁慈地笑道：「要我教你上香嗎？」我頓了頓，答：「好。」

「取三枝煙香，握著紅色的尾端，我來幫你點火。」寬大的身軀閒步向前，柔軟的衣袖撫過我手臂，輕語順勢鑽進耳內，酥麻著我的後頸。待我回過神來，他早已站在神靈和芸芸眾生狹長的縫隙間，背向觀音像的石台，面向擱著香爐的長桌。須臾，他行雲流水地從桌底抽出一瓶水，放在桌面，再從木抽屜裡拿出三枝香，遞向我。

神明俯視著祂的信徒，斜陽也識趣地照耀兩人，一圈圈光暈綻放出黃金般的光芒，讓我分辨不清眼前人。男人憨笑著，臉上麥色的皺摺襯得小小的虎牙更為白皙，我一把奪過香，暗忖：「免費的香不要白不要。」他彎起嘴角，從袖袋掏出打火機，一邊扶著我微顫的手，一邊點上了香。

不得不說，他手上的青筋蠻好看的。

「向著觀音拜三拜，插香，然後許願。」不知何時，他又走到我背後，雙手搭上我聳起的肩膀。

四柱香挺立在香爐中，幾點暗紅彷似夏夜的螢火蟲，幽幽地向下降落。我靜候時機，等待灼熱的煙灰落在手上，等待火焰融化煙香尾端的紅，等待肌膚染上黑紅的污漬。

「要跟我吃個晚飯嗎？」我屏息靜氣，抬頭望向他。

第二章

我抬頭，看著寺廟附近櫛次鱗比的高樓大廈，陷入沉思。

香港人是覺得，下班後像逛星巴克般在寺廟裡逛一圈、坐一會兒，神明就會保佑你嗎？

「想吃什麼？」男人保持著紳士禮儀，配合我懶洋洋的步調，在行人道上靠近車流的一側緩步而行。川流不息的汽車在由瀝青鋪成的流水線上行駛，我遙望四方八面的金屬冷光，彷彿被高聳大樓所編織的鐵網困住了，害怕得拼命地朝著那小小的藍天探頭，大張著嘴吸入氧氣，延續我危在旦夕的性命。

「吃肉。」我漫不經心地答。

「你知道和尚不能吃肉的吧。」

「偶爾也要換換新口味。」我調皮地眨了眨右眼，指尖輕點和尚的臉頰，隨即像個靈巧的小精靈般，在錯落有致的摩天大樓間穿梭，蹦蹦跳跳的，暫時把人間的無情拋諸腦後。

第三章

煙火繚繞，幾串豬肉「滋滋」地在小型烤架上忍受著酷刑，冒出如淚般的肥油。我手足無措地轉動著銀串，直到肉香撲鼻，金黃色的肉片彷彿生鏽的鐵般，冒出了斑駁的褐焦，才匆忙將它們拿起，平分在我與男人的碟上。

「阿彌陀佛！呀啊薩，薩瑪哈……」男人放任眼前的八珍玉食不管，雙手合十，緊閉雙眼，逕自唸起了經。

真是暴殄天物呢。我邊嚼著口中的油香四溢，邊盯著對面男人開開合合的豔紅唇瓣。

「你不覺得不能吃肉使人生損失了很多樂趣嗎？」我吞下肉與唾沫，含糊著開口。

「這是戒律。」只見他驀地拿起一瓶啤酒，咕嚕咕嚕的往口裡灌，喉結一升一降，似是一條蠕動的小蛇，在他的粗脖上蜿蜒。我挑起眉，冷笑一聲，慵懶的視線便變成筆，細細勾勒著眼前人崎嶇的側面輪廓。

嗯。鼻樑真高，眼睫毛也太長了吧，還有那後頸的線條……我的老天爺！

「想什麼？」

「想你。」我打量著男人濕潤的唇，他直視著我，眼神懾人得像是地獄裡的餓鬼。見他欲言又止，我便開口道：「我在想，其實戒律真的有很多奇怪之處。」

「何出此言？」

「你看，酒是小麥做的，為什麼不能喝？」我斜瞥他把玩著的酒瓶，手心的溫暖和酒瓶的冷漠讓我倆的倒影起霧了，冒出一股水珠，化開早幾個小時前落到他手上的煙灰。

手弄髒了。

「宗教不止是一條規矩那麼簡單，是我這類人的人生信條。」他的手指輕浮地捻著瓶口，指尖不時溫柔地插入小洞，帶出淺黃的酒液。

「你的生活真簡單呢……那你有質疑過戒律嗎？」我托著腮，問：「如果你遇到喜歡的人怎麼辦？」

「我會教他們上香，與他們聊天，再和他們吃一頓晚飯。」

「如果你遇到愛的人呢？」我握上他的手。

他頓了頓，低眉斂目，低語著：「我們不會做愛的。」

我們應該會做愛的，最少也會接吻。

空氣迎來了一陣沉默，如打坐禪修般難熬。「你知道這件海青怎麼來的嗎？」我搖首，他繼續說：「用我的人生換來的。」

隨後，男人又說了很多話。他滔滔不絕地說著佛經，訴說著自己多年後成為住持的願景。他雙腿叉開，絲滑的海青如潺潺河水般在他胯間傾瀉下來，衣服覆蓋著他身上每一寸肌膚，嚴嚴實實，稍低的衣領卻隱隱約約展露出結實的胸膛。

實話實說，我根本沒在聽他在說什麼，只是在想像他裸體的肌膚是否跟那咖啡色的衣裳一樣，顏色深沉。

「那你叫什麼名字？」我凝視他緋紅的臉頰，舌頭滑過紅潤的唇，柔聲問。

「我姓沈。」

第四章

夜幕低垂，萬家燈火像一盞盞酥油燈般，點亮紅塵世俗。我們吃飽喝足，在繁華的街頭徜徉著，這香港，到處都是燈紅酒綠的突兀招牌，新舊交疊的商鋪林立，裝著觥籌交錯的人影，熱鬧非常。可是，我總感覺這堆砌出的繁華，像昂貴的樂高積木城市般，冷冰冰的，很是令人恐懼。

「你為甚麼要來拜佛？」溫熱靠近著我問。

我淡淡地開口：「覺得生活不如意唄，我在短短一年被好幾任男朋友甩了，工作也準備丟了……」我裝作不經意地用手臂擦過他的衣袖，深吸一口氣，又繼續說：「還有，我雙親最近去世了，想來拜個佛，保佑我父母在泉下過得好。」

「你沒有朋友嗎？」他扭頭望我。

「很多。」我沒有看他。

我沒有朋友，應該說沒有人想和失去父母、沒有自律能力、沒有經濟能力、沉迷性愛、冷漠自私的陰暗人類交朋友。

香港七百萬人，我內心的情愛卻無處安放。

「怎麼？想取笑我嗎？」我苦笑。

只見他搖了搖首，隨即挽起我的手臂，讓濕潤的氣息滲入我的耳朵：「要再拜一次觀音嗎？只要誠心祈求，祂就會聆聽你所有煩惱。」

第五章

我們從黑暗來，走到被枝葉扶疏遮蓋的廟門前。飛檐翹角和彎月互相遠望，淡黃的燈光被窗櫺淡化，穿透樹杈，在地上疏影橫斜。邁過台階，踏入煙火繚繞的寺廟，我瞟見浮動的暗香與灰塵，縈繞在燭光和綺麗的燈籠旁。那暖黃色的星塵閃閃發亮，灑落在供台上、香爐上、香油箱上，鋪在綺麗的花兒和水果上，讓我像是進入了如幻如夢的仙境一般。

眼前的寺廟泛出暖爐一般的光，溫暖得彷彿兒時那被母親捂熱的被窩，使我內心寧靜下來。也許我應該皈依佛門？不，想想好了，我還是適合膚淺地活著。

「你想求什麼？」男人在香爐上插了三枝香，火苗在風中微微搖晃，泛出的黃光輕輕舔舐著男人和觀音像的側臉。

「我不知道……」我嘀咕，忍著哆嗦的雙腿，慢悠悠地跪下，閉上雙眼。

男人凝視著我飽滿的唇瓣，默不作聲。

我在黑暗中靜默，試圖逃出一片空白的腦海，整理那混亂的願望。須臾，我吞下那割破喉嚨的惶恐，使呼吸頓時急促得像哮喘，終於，我鼓起勇氣開口道：「不，我很怕。」

「怕什麼？」他撫摸著我的肩問。

「害怕父母離去，害怕前男友憎恨我，害怕沒有朋友。」

害怕愛我的人離開我，害怕幸福因為孤獨而離去。

「我不知道——」

「不知道想求什麼？」他打斷我道。

「不……不……我知道自己想求什麼。」我瘋狂地搖著頭，顫聲說著：「我想求祂告訴我，明天應該吃什麼，要穿什麼，要去什麼地方，要祈求什麼，要怎樣上香、念佛咒，要相信什麼，要怎樣去愛人，要怎麼樣被愛……」

我一直把人生過得一團糟，我想祂告訴我怎樣生活。

「你不明白我，我不知道怎樣生活！」我一把推開男人，竭力地嘶吼著，讓神明聽見我破碎的聲音：「你跟我不一樣，祂會告訴你怎樣生活，繼續生活下去有什麼好！」

我激動地粗喘著氣，雙手緊攥著蒲團，彷彿野獸般，用力地把獵物抓出幾個血孔，汨汨地淌著血。那痛不欲生令眼眶泛起了淚，我摀著不成人形的紅腫眼眸，酸澀的鼻子一抽一抽，嚶嚀聲止不住地迴盪在寺廟中。

我一直不相信神明，無論我多麼虔誠，都改變不了我面對的現實。我只知道我很害怕，害怕面對這痛苦的人生。

「神啊，求求你，請告訴我怎麼做。」

「張開雙眼。」男人輕撫著我的臉頰，隱忍而溫柔地低語著。

我依舊跪著，張開雙眼，抬頭仰望他。

「唔……嗯！」

猛烈的親吻如暴雨侵襲，男人強迫我抬頭，強壯的臂彎環扣著我的後頸，好讓他能放肆地深吻。他像是野獸般，兇悍地撬開唇齒，吸啜著飽滿的唇珠與舌尖，撕咬著我的唇肉，掠奪著氧氣，懲罰我的罪過。他又像是神明般，用仁慈的目光俯視著我，連嘴角黏黏糊糊的津液也被小心翼翼地吞舔。

軟糯而熾熱的身體覆蓋著我，我貪婪地嗅著男人身上的檀香味，頭暈目眩地看向發出琥珀光輝的觀音像，瞬間心跳如雷，渾身無力，大腦好一陣酥麻。

「砰！嘭！」香爐驀地掉落，發出巨大聲響，嚇得我跟男人都軟掉了身子。

看來香灰弄髒了寺廟。

第六章

空氣中氤氳著淫靡的味道，情慾彷彿微弱的燭光一般，在廟內流轉疾走，在淋漓的四肢間泅泳。

「我喜歡你。」我坐在寺廟的石階上，思索片刻，看著他的側臉說。未等他回答，歪了歪頭，又問：「你剛才是想著觀音，還是想著我？」

只見他沉默不語，抿著唇，少頃，才用清泉般的眼睛看向我，拋出一句話：「不，這不是喜歡，你只是將愛暫時放在我身上而已。」

我冷笑，挑了挑眉，又說：「不，我真的喜歡你，沈先生。」

也許，我就是太會愛人了，才會覺得人生過於痛苦。我從來都覺得人類天生就會愛，但愛需要勇氣，需要勇氣分辨合適的人選，需要勇氣來承擔愛的逝去，需要勇氣把愛放回自己身上，面對混亂的生活。

有人說過，我可以愛著自己裡破碎的人生，和癒合的過程，甚至，那無望的人生也能愛。

愛從來都是勇敢者的遊戲。

我只是暫時丟失了勇氣。

沈先生眸光幽暗了幾分，目光瞥過我櫻桃般的唇，說：「會過去的。」

佛信徒

羅頌婷

城市舊改還沒全面落實。

舊改是掩人耳目用的。學校後門連著這樣一條窄巷子，陰陰的、暗暗的，兩邊是殘舊的唐樓。地上的磚這兒缺一下那兒翹一下，磚縫和路面上還淌著深色的髒水。有血肉的學生和家長經過都不約而同地屏住呼吸加快步伐，見過一些臭味瀰漫的流浪貓在這駐足後，便都默認這裡不能是人住的。

窮人生活在一線城市就是這麼尷尬。陳觀南看了眼大鐵門前的那尊佛像。他的母親說佛像放在屋外能鎮樓。母親這麼說，他就這麼聽了十多年。

母親說她是覺得生活太苦才拜師學佛的。六字大明咒一天要念一百零八遍，去寺廟要給菩薩佛祖一口氣磕 108 個長頭；初一十五不得吃肉，其他日子裡他母親很喜歡吃魚，尤其是魚眼睛。可聽說這窮家庭籌錢生下他這第一個男娃的時候，想買條魚給她補身子的錢都沒有。產房裡外母親哭啊，父親哭啊，剛出生的他也只好跟著哭。

因此陳觀南從小便戴著一串佛珠手鏈。他問母親信佛做什麼，她說算命的算到佛選中了他，說這孩子有慧根，好好供奉佛祖菩薩便能保佑他成大器。

今天是派期中考成績的日子，母親為了慶祝特地蒸了兩個肉饅頭，嘴裡還不斷念叨“好事成雙，好事成雙”。陳觀南不耐煩地順走一個，摔門而出的瞬間整個房子都在抖，唐樓隔音差，他聽到母親在屋內大罵“趕著投胎嗎？”。

他不是趕著去上學，他也想趕著投胎，要是現在能重新投胎他簡直求之不得。

他攥緊手裡那塊還冒著熱氣的肉饅頭。又是饅頭，他想起兒時吃饅頭吃吐了被母親打得嗷嗷大哭。窮人就是這樣，吃吐了也還是得往嘴裡塞，不然就餓著。想到打，他又想起兒時不懂事愛畫畫，結果考不到全班第一又被母親一頓毒打。

她說望子成龍是一個貧窮家庭家長很合乎情理的心態。

母親應該算不上是一名特別虔誠的佛信徒。她抽菸、打小孩。

他又看到生鏽的窗飄出一縷白煙。

窮不能窮教育，孩子已經苦了，教育是不能落下。陳觀南家寧願省吃儉用繳貴一倍的費用讓他去上一週兩次的英語和奧數班，也不願培養他與生俱來的藝術天賦。

因為藝術是不能讓他這個貧窮家庭翻身的。

“不懂事”這三字就像蒸籠裡爭先恐後冒出的蒸汽和煙頭飄出的白煙般在陳觀南的腦子裡繾綣多年。後來陳觀南學會了懂事，他知道自己是窮人家的孩子，他必須要做個乖孩子，他必須要讓家裡幸福。

舊改還是沒輪到這條臭巷子。他順利考上市重點高中，家人知道後興奮地就差開香檳，夠送他去學素描的錢忽然就像聚寶盆般噴湧而出。陳觀南反而不覺得多開心，他偷偷在附近的文具店買了最便宜的速寫本，夜裡臨摹網上的手繪，他忽然覺得自己幸福得可笑。

高中好多人選擇藝考，但他好像不渴望學藝術了。市重點高中是不一樣的，他發現原來世界上真的有不用好好學習和改變命運的人，他發現好像別人不用委屈求全犧牲自我才能換來想要的未來，他們才是真正幸福的人，而他要做好孩子乖孩子，他才是不正常的。

他感覺他的精神在不斷扭曲，撕碎，雜糅，連同著一股怪異綿軟的泡沫感把他變成不可回收的有害垃圾。

就像他出生在那條沒舊改的後巷，渾身霉味，他才是被這座城市拋棄的人。

他和蔣十方是高二開學餵貓認識的。

後門常有巷裡來的流浪貓。那天陳觀南瞥到有隻站著都發抖的排骨貓看著自己遲遲不願離去。他笑盈盈地盯著它，笑這個世界的荒誕，他發現自己也能被求著施捨什麼的那刻，他覺得那貓連他都不如。

有時他覺得自己不配做佛的孩子，他清楚自己沒有善根。

陳觀南注意到有人遞出一根貓條，手腕戴著與自己相似的佛珠，在陽光下發著光，亮亮的。他收起笑容，沿著貓條看向蔣十方。

蔣十方記得他，永遠都是一個人的他，是班裡少數衣服上長年沾著菸味的人。

"施捨點吧，當積德。"蔣十方拿著貓條的手又往他身子懟了懟。

這句話讓今日的陳觀南仍感到火大，但他還是接下了貓條，小心翼翼地撕開後蹲下慢慢湊到貓前。

那隻排骨貓先是膽怯地嗅，隨後從輕拭慢慢變成了貪婪的吸吮。陳觀南看著這隻排骨貓，又笑了，笑得齜牙咧嘴。

自那天後班上唯一的邊緣人有了朋友，他開始和蔣十方社交，他好依賴他，依賴到錯把蔣十方當成靈魂之交，直到今年剛升高二時他看到自己的畫稿。

"好厲害，你學過畫畫嗎？"蔣十方翻看著陳觀南買的垃圾速寫本。

“沒有。”

“我也想畫這麼好。”

“叫妳媽送你去學啊。”

陳觀南至今都在後悔他開了這個玩笑。半年前，他得到諾基亞作為高二期末考全級第一的獎勵，他剛有自己的電話蔣十方就打了電話給他。

他說，他準備藝考了。

陳觀南驟地有種虛無感，腦子裡好像走馬燈一樣，想起了魚，想起了饅頭，想起了白煙。

他再次變成了孤獨的小丑。

第二天蔣十方的座位空了，陳觀南卻在巷子裡遇到了站在佛像前的他。他一開始就知道結局的，家境優越家長開明，無憂無慮，不用回家趕作業，閒得四處發放他氾濫的同情心。對啊，他是在同情自己吧。

忽然陳觀南覺得他所有的不解都解開了，隨後感到一陣反胃。

“你信佛嗎？”陳觀南問。

蔣十方先是一怔，隨即笑了：“信啊。我媽說佛選中了我，供奉佛祖菩薩能保佑我衣食無憂成大器。”

陳觀南聽後愣住了。

原來他才是信佛的人，他才是佛真正的孩子。陽光能讓蔣十方的佛珠發光，但陽光只能不斷刺死他。

蔣十方好像還想說什麼，但陳觀南已經撞過他摔上大鐵門上了樓，留下他一人矗立在閃爍的燈下。

陳觀南又被扔下了。那刻他差點發瘋，但又能怎樣呢？蔣十方的球鞋是潔白的，衣褲沒有半點褶皺。他呢？窮得只剩那點該死的自尊心。儘管花掉存了很久的零花錢，買二手熨斗捋平了皺痕，飄走的熱氣卻帶不走那股滲入骨髓的臭。

他們永遠不會是同路人。

上樓時陳觀南又哭又笑。

蔣十方才是十全十美又幸福的人，我觀是閻浮眾生，舉心動念無非是罪[7]，他實在是沒資格做被佛選中的孩子。

他用挑筋扒骨的力氣扯斷珠鏈，佛珠崩潰地在每個角落彈跳，灑滿地。

忽然他聽到母親的尖叫。她抽泣著深吸一口氣搖頭顫顫道："你不信佛了，你小時候是很信佛的，你現在不信了所以有心魔了。佛不會放棄你的，你為什麼不念六字大明咒呢？"

那剎那陳觀南覺得心裡有什麼東西令他僅存的信仰和希望徹底裂開了，他忽然意識到自己像小丑一樣的行為是多麼可笑又可悲，他忽然覺得自己的人生比卓別林還幽默。

就像母親聲稱自己是佛信徒卻愛吃魚眼睛周圍的肉一樣。

"幸福。"陳觀南默念著這個詞。

幸福。

幸福。

幸福。

陳觀南嚎啕大哭同時開懷大笑，母親哭著打他。"幸福、幸福、幸福"，被打時他只想著"幸福"。母親破口大罵，說他變了，不懂事了，可他滿腦子只有幸福，他好像要學會如何做一個空心的人了。

那樣是不是會幸福了？

之後半年蔣十方像人間蒸發一樣，沒再出現也沒聯繫過陳觀南。

---

[7]《地藏經》：爾時，地藏菩薩摩訶薩白佛言：世尊！我觀是閻浮眾生，舉心動念無非是罪，脫獲善利，多退初心，若遇惡緣念念增益。

看完成績後就可以回家了，然後明天又到寒假了，又一年了。回家的路上，陳觀南接到了蔣十方的電話。

“嗨。”電話那頭的聲音抖抖的，陳觀南沒應。

他噓寒問暖了一陣，問了陳觀南成績，他回就那樣。蔣十方顯得有些驚訝。

“你當年怎麼不藝考？”他追問。

陳觀南聽到他後槽牙摩擦的聲音。

他說，不藝考也好，他受夠每天畫十幾個小時和挖煤工刷牆工一樣的日子了，他今年不打算參加高考了，準備出國了。

陳觀南在巷子裡放聲尖叫起來。

蔣十方嚇壞了，焦急地問他怎麼了。

陳觀南哭號著：“你還敢問我怎麼了？你唾棄的鄙夷的踩在腳下的東西我連看一眼的資格都沒有，沒有！”

他搜腸刮肚想找最惡劣、最難聽、最狠毒的詞，但他發現加上鼻音和哭泣一切是那麼無力。他說：“你怎麼會懂，你根本不可能理解，你可以去世界上任何一個角落、伸手摘下天上的星星，就因為你想，你可以！我求求你遠離我，不要再出現了！我永遠永遠恨你！”

“我以為你無所謂……”蔣十方感到莫名其妙。

“那你覺得殘疾人為什麼不多上街？殘疾人連過正常生活都有人懷疑他們是不是真的殘疾啊！你非要讓所有不幸的人都陰鬱自卑你才會相信嗎？我憑什麼把我的傷口扒開來供你欣賞？啊？”

“你們都這樣，你們根本不考慮我的感受。我還能怎樣？你被打過嗎？你被虛偽的愛支配過嗎？你經歷過本子被撕掉筆被折斷飯被摔掉嗎？你經歷過父母對你說不想窮下去就要往死裡學嗎？你當然沒有。你甚至想哭都可以放聲大哭啊先生！”

他突然在電話那頭哭出來。可你信佛啊，佛能保佑你啊，他說。

陳觀南呆了一下，鼻涕流到嘴裡，一陣惡寒之後他不可置信地大笑起來，他笑得喉嚨嘶啞、血壓飆升、額頭生疼，臉上的肌肉發酸。他說：“你憑什麼覺得我會被庇佑？庇佑你的不是佛啊，是錢，是你泛濫到用來喂死貓的同情錢啊！窮人配得到佛的庇佑嗎？你憑什麼覺得那種虛幻的東西能支撐我活下去啊？”

蔣十方沉默，然後說，他要去日本了。

顧左右而言他。

日本，日本，陳觀南感覺到有什麼即將爆炸，淚水又一次湧了出來。

他說：“你永遠是我的朋友。”

陳觀南尖叫著掛斷電話把手機摔在地上，把書包打開將十年寒窗苦讀期間畫過的所有東西撕碎，他毀滅線條，粉碎顏色，他屠殺他的靈魂，他親手殺死了他自己。他手抖得不足以發力撕毀所有，他從書包底拿出打火機，罔顧法規，點火焚燒一段過往和青春夢想。他看著紙張發黑捲曲像清明時節被焚燒的屍體，然後瘋了般用腳踩滅火苗，筋疲力盡。他忽然覺得他的夢自由了，無拘無束。

幸福。陳觀南凝視卡在磚縫的髒水盡頭消失在城市的燈火餘暉中。

“我慢自矜高，諂曲心不實，於千萬億劫，不聞佛名字，亦不聞正法，如是人難度[8]。”

陳觀南撿起手機，默默把廢紙收好扔到垃圾桶，背上書包。手機很堅強，屏幕雖然碎成蜘蛛網但基礎功能依舊健在。他帶著他的行囊出走，骨子裡的泡沫在不斷生長。

[8]《法華經》：我慢自矜高，諂曲心不實，於千萬億劫，不聞佛名字，亦不聞正法，如是人難度。

他走了一個長夜。

家人給他打電話，他索性關機，一路坐公交車到城郊，隨便把手機丟了。

公交站的老人問他去哪。

他輕輕回答，要回家。

怎麼不坐車呢？

車是飛不起來的。他平靜道。

這或許是他去過最遠的地方。他沿著鐵軌反方向逃離。有時候他遇到火車就沉默地站在鐵軌旁，巨大的動力使空氣把他的頭髮捲起來，他又走了一整天。

聽說那巷子要舊改了，上週去時文具店的阿姨送了他好多筆和本子。

他已經是一個好學生了，好學生考上好大學，他的任務是讓家人幸福，這樣一來他所有的任務都完成了。大家都已經幸福了，不幸的只有他，可他已經是好學生了，對啊，為什麼會覺得不幸福呢？他問自己。

我有家人，有朋友，有光明的未來……我是多麼的幸福啊，他想。他感到整個人被泡沫填充，幸福彷彿充斥在他體內。天啊，這就是幸福啊！我居然這麼幸福！為什麼我以前會覺得不幸福呢？他想。遠方的巨龍呼嘯著疾馳而來。

他看著明亮的燈光照在他身上，塵土飛揚。

他看到了光，看到了佛，看到了他將要幸福的人生。

他想起了魚的眼睛。

樂　　王雅誼

九月十九日

八點十分，距離去室內運動場玩的時間還有二十分鐘。

作業早就寫完了，只好無所事事。看管自習的老師，是以前畢業的舊生。穿著白色的連衣裙，腳踩皮鞋，走起路來長髮飄飄，好是溫柔；還戴著一副眼鏡，一看就博學多聞。看著她在講台上檢查同學的作業，我好生羨慕！我以後會不會也有機會坐在講台上呢？給學生簽字、檢查作業的模樣也好酷！

還有二十分鐘下課，我該做點什麼打發時間呢？自習室這麼安靜，不能和朋友聊天。一轉頭，便「面壁思過」。磚塊與磚塊之間的縫隙好像藏了很多秘密：有某人的名字縮寫；有數學公式；還有……我突發奇想，想到一個冷笑話，便拿起桌子上的圓珠筆，在縫隙寫道：「咖啡落咩先甜 —— 「落糖（堂）。」

寫完的同時，忍不住偷笑，不知道會不會有其他同學看到呢？應該也懂我的意思吧？

我雙手放在椅子邊上，又弓起我的腳，前後搖擺著。正值冬天，這扇門一開，風便張牙舞爪地襲擊我的膝蓋。一扭頭，看到大家的桌上都放著一張格仔紙。便左翻右翻，想檢查一下作文。看到第一句是：「燕子去了，有再來的時候……」我撥開袖口，看了看手錶，距離下課還有好一會兒。此刻的我，才不管時間會被誰偷走，不，最好時間被偷走，我想快點去運動場打羽毛球、和朋友躲在牆角暢所欲言、或者吃點小零食，有點餓了。

我沉浸在忘我的世界，頻密的小動作引來了鄰座的「仇視」與

「警告」。我向鄰座擠眉弄眼，以為能和他道個歉，沒想到弄巧成拙，他直接轉頭不理我了。老師又神不知鬼不覺地走到了我的面前，輕輕地在我的桌子上敲了兩下，輕聲說：「王同學，請你專心一點，不要做太多小動作影響其他同學。」這一連串的驚險，弄得我心跳加速，派考試卷都不會這樣呢！

「好的，老師。請問我能去廁所嗎？」我靈機一動，不如出去透一口氣消磨時間。

「去吧。」

我如釋重負般踏出教室，一走出去，就聽到兩邊樓梯傳來的背書聲，卻不算吵鬧，寒風也變得有趣起來，似乎在半空中飛舞呢！

走到廁所附近，見到一位在走廊背書的朋友。「冷戰的定義是……」「哎呀，好巧！」也許是她感受到我熾熱的目光，在我盯著她不久後也扭頭看我，且用著只有我們能聽到的聲音在向我表達她的驚喜。

「對呀！我好無聊，怎麼還沒下課啊，好想去運動場玩啊！」我終於能夠把心裡憋的話說出口了。

「我倒是希望不要這麼快下課，世界歷史的內容太多啦，背不完，明天就要測驗了。」

我笑了笑，敷衍過去了。心裡想：早點下課不好嗎？去運動場可比在自習室待著有意思。居然還不想下課，唉，「道不同，不相為謀」！

百無聊賴的我走到洗手間裡研究洗手步驟：打開水龍水、弄濕雙手、再擠點梘液……我鉅細無遺地搓了手心、手背、手指縫隙……最後才不捨地用水沖洗，用抹手紙擦乾雙手，關水。又看了一下我的手錶，怎麼還有五分鐘才下課啊？

我將腿部動作逐幀放慢。反正 A 班教室在走廊盡頭，我走得慢一些，老師也不會覺得奇怪吧？只是散步到 C 班門口時，看到同學們都在排隊等待舍監檢查功課、簽名，才驚覺自己雖然完成了作業，卻沒有給老師檢查簽字。沒有簽字可不能去玩啊！

我一下著急起來，腳踩風火輪，十步併作兩步走，敲了門，鑽進教室，避免冷風吹起我的衣服，鼓鼓囊囊的全是刺骨的冷風。又小心抓起桌子上的學生手冊、中文作文，一個箭步跨到了講台。

「老師，麻煩您幫我檢查一下作業。」

只見老師扶了一下眼鏡，逐項檢查我的作業、簽名。但她在做完一系列的動作後，沒有把手冊還給我，而是拿起了一枚貼紙，貼在了手冊的空白處。不一會兒，一個大拇指的圖案就這樣出現在了我的眼前。

她笑著對我說：「王同學，你的作業完成度很高，也做得很好。集齊九張貼紙就來找我換禮物吧。」

我又驚又喜的，連連道謝。此刻，我的眼睛一定是亮晶晶的。畢竟我的嘴角在看到貼紙後就一直是上揚的。沒想到今天被「警告」了，還能收到貼紙，這是什麼幸運日啊！一會兒還能去運動場玩，太好了！

「這樣就開心啦？」老師笑著問。

「當然！」我美滋滋地拿著學生手冊走回座位，想著一會兒一定要和朋友們炫耀一下，哎喲！想想就高興。

不一會兒，下課的鈴聲響起了。我們都如同脫韁的野馬般衝去了運動場，興高采烈地。

出了課室，看到彎彎的月亮，可真美啊！希望每天都這麼幸運！

九月十九日

八點十分，距離這節自習課下課還有二十分鐘。未曾想，畢業後還有機會回到這間熟悉的教室。從前是坐在講台下的學生，如今是坐在講台上的老師，時間過得真快。

以前是學生時，總是以為開小差是不會被發現的。（悄悄的，怎麼會被發現呢）如今換一個視角，才發現站在講台上，台下的小動作都看得一清二楚。（真是失策）我決定巡視一下，看看大家都在做什麼。

我看著一雙雙手在作文紙上奮筆疾書，瞥了幾位同學的作文。有趣的是，好幾位同學的作文開頭都和我寫的一樣：「燕子去了，有再來的時候……」

想當年，中文老師在我們寫這篇文章之前，苦口婆心地說：「時間過得很快，中學是你們最應該珍惜的時光。也許現在覺得學業不順是最大的煩惱，但在之後的人生來看，這並不算什麼。只有在這個階段，快樂才是最純粹的，最簡單的。」

以前的我並不理解老師的意思：明明寫作文是那麼繁冗；數學題是那麼枯燥……若發現認真寫的作業上發現老師寫了一個「好」，或蓋了一枚印章，貼了一張貼紙，確實能換來一天的好心情。如今，經歷多了幾個春夏秋冬，已然明白老師的意思。煩惱早已不侷限於學業，有些快樂是讀書時的限定。

不知道現在的他們能不能明白呢？畢業後，我總是羨慕懵懂的他們，他們的快樂似乎簡單一些。（The bird wishes it were the cloud, the cloud wishes it were the bird.）

我看向當年坐的位置。這個位置在冬天較擾人。開門關門，都有冷風襲過。這個位置的同學穿著宿舍派發的外套，扎著馬尾辮，戴著一副眼鏡，看起來還挺斯文的。

倏地，她拿起一支黑色的圓珠筆，偷偷地在牆壁上寫點什麼。我本想走過去制止她，而後想起當年的自己也曾偷偷在牆壁縫隙寫些有的沒的，也就作罷。

寫畢，她盯著牆壁上的字跡欣賞，不時還捂嘴偷笑。

快樂是這樣容易的嗎？

她似乎感受到了我的目光，安分了一些。想起自己還是中學生時，畫個小小的火柴人，也足夠快樂了。

唉唉，真是羨慕從前這樣單純的快樂。

過了一會兒，她開始翻找書包裡的東西，這樣頻密的小動作，引起鄰座同學的注視。我趕忙走到她身邊，提醒她安分一些。

我在她的桌子上敲了兩下，她又提出去廁所的請求。我會心一笑，點了點頭。（這小把戲，我幾年前已經玩過了）

教室的大門中間正好有透明玻璃的部分，她小心翼翼地走出教室後，便手舞足蹈了起來。我想，此刻的她一定是笑容滿面的。

快樂是這樣容易的嗎？（I have my stars in the sky, but oh for my little lamp unlit in my house.）

教室裡的每一個都是曾經的我 —— 會在牆壁上偷偷寫字，會因為能出去透口氣而感到高興……唉唉，這只是在時間長河裡的刻舟求劍罷了。

坐回講台上，一個個學生正排隊等待我解答疑惑、檢查作業、簽字，心裡忽然有些高興 —— 終於實現了兒時的夢想。

我打開一位同學的作文來看，東歪西倒的字與鬼畫符無異。我扶著眼鏡吃力地看，才勉強看出一些。

給他提了一些修改作文的建議後，作為新手老師的我還有些忐忑——唉唉，我的建議真的好嗎？學生會不會不理解？

「原來是這樣！謝謝老師！」

看到這位同學眉頭舒展、茅塞頓開的模樣，我也安心了些。小時候在夢裡預演了無數次的場景今日終於成真了。

只是幫排隊的同學解答完疑惑後，看向靠門的位置，座位依然是空著的。正打算出去看看，頃刻，她便回來了，也將作業拿來檢查了。

我逐頁翻看她的功課薄，又選了一張貼紙給她。

「王同學，你的作業完成度和準確率很高，希望你能再接再厲，也希望你在自習課時能夠遵守紀律，留意自己的言行舉止。」

她本緊皺的眉頭一下鬆開了，眼睛一下湧入了無數星星，標誌性的八顆牙齒整齊地露了出來，又小心翼翼地撫摸著這張貼紙，是那樣珍惜。

快樂是這樣容易的嗎？一張貼紙換來了這實在的快樂。

長大後，煩惱早已不侷限於學業了。已經是大人了，要讓自己吃飽飯、讓自己有一份穩定的工作、面對逢年過節時親戚的催婚。這些成為了畢業後快樂的標準，所以我才那麼羨慕中學時無憂無慮的自己。（If you shed tears when you miss the sun, you also miss the stars.）

看著她的模樣，我不禁問道：「這樣就開心啦？」

她看著我，肯定地說：「當然！」

「那就好啊，繼續加油吧。」

忽然看到了她眼睛裡倒影的我，才驚覺，看到她高興的我，也是那樣開心。

從前的我也會因為貼紙高興，如今的我也會。只是不為貼紙，而為自己能夠帶給別人快樂而快樂，成為小時候夢想中的自己而快樂。

她的眼睛一刻也不捨得離開這張貼紙。看著這樣的她，希望這份快樂能延續得久一些。我彷彿在她身上看到了曾經的自己，看到測驗卷上有老師寫的「好」字，都能開心許久。（What you are you do not see, what you see is your shadow.）

如今自己成為了那個給別人寫「好」的人，其實也很高興。

「鈴鈴鈴……」下課鈴聲響起。

學生拿起早已收拾好的書包，以迅雷不及掩耳的速度衝刺。每個人的臉上都洋溢著笑容。門一開，即使寒風迎面吹來，關於運動場的討論卻依舊熱烈。

我看著講台上的貼紙。來這裡之前，我總羨慕曾經的自己 —— 做學生多好，單純快樂，長大後的快樂哪有那麼容易？

只是我忘了自己在看到學生快樂的同時、為他們解答疑難時、在講台上簽字時，也是高興的模樣。（How far are you from me, o fruit? I am hidden in your heart, o flower.）

趁空無一人，我走到王同學的位置，看看她在牆壁上寫了什麼。

「咖啡落咩先甜？」

雖然還沒看到答案，但我的腦海已浮現出兩個字：落糖（堂）。

記得以前中文課時，老師與我們分享學姐們說的這一則「冷笑話」。當時的我一聽到，也捂著嘴偷笑，如王同學一般。

做了老師以後才知道，有時候想多用點時間給學生講多點知識，希望他們學到東西，倒沒在意時間。若能看到學生茅塞頓開的表情，心裡才是真正的樂。而以前做學生的時候，快樂便是能按時下課。

我瞥見抽屜裡落下的作文，第一句話依舊是「燕子去了，有再來的時候……」

燕子去了，的確還會再回來，只是它不再是那隻燕子。我還是我，也不是我。幼年燕子有專屬於它的樂，成年燕子有專屬於它的樂。也不必拘泥於過去的樂是如何，羨慕他人的樂如何簡單。

我簡單收拾東西後，四處張望檢查。又想起學生明白解題思路後茅塞頓開的模樣，是那樣喜悅；王同學得到貼紙後，是那樣高興，我也得到了一份快樂與滿足。

關上這間教室的燈，今晚的月亮真美，風也是那樣輕柔。

香港大學二十篇作品短評

賴慶芳

香港大學二十篇作品乃於近百名作品之中選出，皆有獨特之處，題目各不同，題材亦各異，作品結合不同程度的虛構元素及寫實成分—作者之所見所聞或所感，發放不同異彩。

一、 倪顥銘《帝劍玄風》，創作神話故事甚精彩，富有浪漫想像，讓人走進神話世界。

二、 葉采琳《神佑村謎案》，述寫偵查失蹤人口及死亡事件，結構精密而曲折，結局出乎意料，亦有警世作用。

三、 柯蓓怡《菩薩子》，描述家姑為兒子媳婦求子，富有詭異色彩，是對迷信的辛辣諷刺。

四、 馮日朗《仇煞》是一篇富有詩意的武俠描述，閱讀之時仿若走進古人世界。

五、 黃樂澄 《困》以咖啡為主線，寫一個精神上受困者的故事，能入木三分。

六、 梁卓謙《氣泡咖啡謀殺案》乃懸疑的偵探案件，結局似乎已緝拿兇徒，卻出人意表。

七、 楊悅瑤《食肉》乃一則驚慄故事，小說無血腥描述，但氣氛及對話白的塑造卻讓人不寒而慄，令人讀之難忘。

八、 江佩珊《交換日記》，以日記敘述方式寫一倫常慘劇，交代故事的發展及預示結局，別開生面。

九、 李向陽：《星海中的邀約》寫一個似夢非夢的故事，走進理想鄉的世界。

十、 蕭曜徽：《岸邊落雪》，以大學校園為背景，寫青春男女的戀愛故事，文筆優秀，文采斐然。

十一、 潘夢茵《向日葵》記述相愛相分而錯過的愛情。男主角由海外回來，意中人已為人母。愛而不得，為責任而婚嫁。

十二、 曾華恩 《快樂的終點》述校園欺凌事件，少年選擇以自盡尋找「快樂」，悲劇的結局令人反思。

十三、 陸雪瑩《香閨誼》以解憂公主的角度，述寫在侍婢陪同下出塞和番的經歷，故事據歷史事實創造，甚出色。

十四、 張凱翹《俠客行》寫荊軻歷史事跡。荊軻為刺秦始皇而作準備，卻感秦一統天下而和平，反思行刺之必要性。

十五、 董浩楊《戀舊》，寫主角在夢中與意中人的兩次相同約會，因夢而了解，因夢而不愛。

十六、 江詠茵《藍瞳》，寫拐賣兒童之事。父母告訴女兒彼此無血緣關係，女兒開始查探己之身世，發現父母再三被拐子欺騙。小說故事曲折巧妙，值得欣賞。

十七、諸名翰《中元節》，寫亡者與閻王，述奈何橋與忘川水，富趣味性，頗以生死為主題的電影元素。

十八、 濮嘉如《與神明結怨》，寫主角在寺廟裡與佛門中人的對話及親熱，在迷惘之中探查生命意義。

十九、 羅頌婷《佛信徒》：信佛徒的母親有著非佛徒的種種行徑，主角作為眼中人的好學生卻又感覺不到一點快樂。

二十、 王雅誼《樂》，分別以學生及教師的身份，寫出兩篇不同的開學日記，富有創意。

小說之題皆作者自定，讓其自由發揮、盡情想像；各篇小說皆有吸引人之處，希望讀者仔細閱覽。

中外小說評論

攝影｜枝頭錄了　蘇曼靈

是誰站在你的書架上

蘇曼靈

大家是否有留意：在藝術領域，無論繪畫，雕塑，音樂，文學，電影……創作者以男性居多。經筆者數年觀察，本地各種規模的讀書會，探討書目也以男性作者數量居高。

我看看自己的書架，除了珍・奧斯汀，維珍尼亞・伍爾夫，路易莎・梅・奧爾科特，西蒙・德・波伏娃等寥寥數位女作者和女性系列著作，其它作品九成以上的作者是男性，並以男性為主要人物展開敘述，眾所周知的有：《基督山伯爵》《老人與海》《樹上的男爵》《異鄉人》《福爾摩斯》《哈姆雷特》《小王子》《齊瓦哥醫生》《阿 Q 正傳》，以及中國四大名著…故事中出現的男性，不是位高權重，就是英雄、浪子或救世主，這些人物形象，無論是高大上或反派或卑微，都具備獨當一面的能力，可以獨自出現在故事中，甚至獨立構成一個故事；再看看女性經典形象，除了讚美母親，其他的角色，以蕩婦，情人，或者綠茶，白蓮花最為突出。並且，這些角色出現的前提和條件，需要有其他人物輔助，需要有依附，有營造和烘托。就好像，女性不懂醫術，不會釣魚，不懂孤獨，沒有求生本能，對破案無能為力，對生命沒有體悟，對生活沒有訴求。

市面上可見的哲學、心靈勵志、文學等著作，無論寫什麼時代，七、八成以上作者是男性。我們被男性的故事包圍，被男性的思維影響、牽引。而諸多普世名著中的女性角色，她們的塑造者也都是男性。某種程度上，是男性在描述世界，描述人性，描述女性。

身為一名創作者，我們對人事物的敘述如何拿捏才較為公平、準確？從個體還是宏觀出發？以男性還是女性視覺？格局的大小如何設定才恰到好處？往往，細節就是重點，透過作者對細節部分的描寫，就能看出寫作者的 Gender 立場是否公平。

不久前，看了一集 2016 年攝製的 TED[9]，演講者 Jude Kelly 是一位英國女導演，Topic 是「Why women should tell the stories of humanity」，這個主題正好是我一直以來思考的問題。一開場，Judy 就指出一個極具爭議的問題：為什麼我們認為，由男性寫的故事具有普世價值，而女性所寫的故事則被認為僅僅關於女人。

Jude 說：她曾經帶兩名兒女去看科幻片《E.T. 外星人》，劇中，幾個男孩救了外星人。外星人離開地球時，與男孩依依不捨告別。到劇終，Jude 的女兒哭著說，Why can’t I save E.T.,why cant I come?

一個小女孩簡單的訴求，引發我們思考：是啊，為什麼不讓女孩也做英雄！

To be or not to be,that is the question

這是莎士比亞劇著《哈姆雷特》中的名句。為父報仇的王子哈姆雷特，說下此話，在現實中竟流傳了四百多年。

《哈姆雷特》是 Jude 演講中所舉的另一個例子。她說，這是個很棒的故事，但這故事僅是關於男性矛盾，男性困境和男性掙扎的故事。

一直以來，不同界別人士相繼研究此劇，認為，劇中兩位女性角色，奧菲利婭（Ophelia）和葛楚（Gertrude），被邊緣化，被忽略，莎士比亞沒有給機會讓她們說出自己的感受；並有女性學家指出，這些女性角色在劇中遭到作者不公平對待。

Jude 的演講，是否揭示了一個古老的問題：女性被壓抑的時代仍如魔魅般陰魂不散？

---

[9]TED 是一個由私營、非牟利組織舉辦的全球性演講平台

筆者關注藝術創作與性別（Art Creation & Gender）這一議題很久了，直到今年有幸參加澳門文學節，並擔任其中一個主題：

「從女性寫作到自我肯定

From women’s writing to self-affirmation」

的主講嘉賓之一，這才著手對此議題較為認真地去探究。

身為一名女性，是否仍被社會遺忘或被邊緣化，又或者，女性藝術家的觸覺與創作力果真不及男性？聲稱男女平權的二十一世紀的社會，和百年前甚至千年前相比，在藝術創作領域，尚保留性別意識（Gender Awareness）？對現代女性來說，進行創作的最大阻礙是什麼？寫女性角色時，你是以男性視覺還是女性視覺？寫生命觀，世界觀，價值觀，不論創作者是男性還是女性，你/你們的創作，是去性別意識的宏觀思維，還是以帶有性別意識的立場為基點……

文末，有緣讀到此文的你或妳，可否寫下自己熟悉的故事中的角色和作者名，並請思考，在你的成長中，會不會偏重於受男性作者、男性思維方式、男性觀點啟蒙和影響；假如你們有志趣寫作，或從事藝術創作，你是否覺得，應該讓世界聽到和看到更多女性對人性的看法，對世界的思考，對價值和生命的點評。

筆者在此推薦四部作品予讀者，閱讀這四本書的同時，留意本文意旨，看看《哈姆雷特》劇中的人物，是否具有 Jude 在演講中提出的問題；作者 伍爾夫和 波伏娃，作為二十世紀的女性主義先鋒，以及美國近代作家 喬安娜 · 拉斯，她們的觀念，對於我們的時代，能夠產生多少共鳴與反思。

推薦書目：

《哈姆雷特》

作者：[法] 威廉 · 莎士比亞 William Shakespeare

譯者：梁實秋

出版：遠東圖書

ISBN: 9789865878986

《自己的房間》

作者：[英] 維珍尼亞 · 伍爾夫 Virginia Woolf

譯者：于是

出版：時報文化出版社

ISBN: 9789571390994

《第二性》

作者：[法] 西蒙 · 德 · 波娃 Simone de Beauvoir

譯者：邱瑞鑾

出版：時報文化出版社

ISBN: 9789862621752

《如何抑止女性寫作》How to Suppress Women’s Writing

作者：[美] 喬安娜 · 拉斯

譯者：章艷

出版：南京大學出版社

ISBN: 9787305237300

（2024.05.28）

無名之虎──我看秀實小說《遇虎記》

Justin

1）

「你們知道嗎？香港不僅有野豬，也有老虎，如假包換的華南虎，地址在金山郊野公園（新界沙田區），野生的。發現人：秀實；時間……」「等等，你不會認真的吧？香港野豬是有的，甚至一度多到成群結隊傷人，要出動警隊獵殺，甚至導致警員受傷，但是──老虎？華南虎？」「這實在超越了我的想像力，香港是個文化駁雜的城市，古今中外、異色萬端，老虎？你是在說一個象徵吧？這不會是真的。」

「好吧！你們對了。」說話的人就是秀實，他深深的陷落於沙發深處，像一枚 couch potato，他抬頭，他小說裡寫過的那只有著華南虎姿態、魂魄的名為 Bella 的女性（他的小說裡說「女性」而不說是「雌性」）英國短毛貓正站在高高的櫃子上用研判的目光望著他，他苦笑，像幽困於海底的烏賊般深深的籲一口氣，氣息回蕩、悠悠不絕，客廳外邊的人如同洋流裹挾的珊瑚蟲們甩過頭，望向這邊，大概會以為這裡多了一團被烏賊吐出的墨團瞬間圍困。

2）

這是筆者讀過秀實《遇虎記》之後腦中自動迸出的一幕幕。

是這樣，要看一位真誠的詩人寫出的小說往往是這樣──詩人的智商和求真意志不容許他只用幻美、高蹈的文辭編織另一個世界的異域之真，僅僅樸實無華地寫出事物、話語之真及其折射的精神現象，已經是詩意安居了，犯不著越界到小說家那裡，表達另一番虛構外殼的詩意敘述。

一句話，有風險！這風險就是詩人的求真意志會占上風，於是在虛構上缺少了小說家那種豁出去的勇氣。儘管豁出去了也可以寫出另一種真實，《遇虎記》卻還是內斂、高貴的，只是虛構一頭不存在的老虎，華南虎，大概也就到了詩人秀實虛構的極限了，談不上豁出去。

在筆者理解裡，古今中外詩之為詩往往是一種無以名狀、道說之物，詩性精神則是文化根基之秘密源流。秀實基本是以詩人身份為人所知，他的小說《遇虎記》寫出的是原始生命力開疆辟土的一種異域經驗，文中與他兩位「植物性」的異性朋友互動，饒有趣味，與她們相聚於疫情期間，自帶一份「生死之交」的感覺（現在成為生死之交好像容易了，只需要不怕身邊隨時遇到的人是新冠陽性而熱情聚首，就仿佛「生死之交」），老虎、華南虎，這是秀實小說中相遇自我的一個化身，而那只 Bella 母貓則是一種喚醒的姿態、動勢、回聲、形象……「未多久，他從我側邊的地板走過，依舊是身軀橫著，頭 85 度的朝我。我驟然想到：那不是我在石梨貝水塘遇上的那只華南虎的姿態嗎？簡直一模一樣，沒半毫釐之差。」小說裡寫到的這一時間經驗無疑是顛倒的，現實中肯定是先看到了 Bella 才有了華南虎意象的喚起（我要說這是一種類似勃萊「深度意象派」路向詩意經驗的小說化敘述）。

小說中又寫，「在晚餐外賣送到前，它這樣的在我身旁招搖，至少有四五次之多，仿佛有什麼話要對我說，而終於我恍然大悟：Bella 就是那只我在石梨貝水塘遇上的華南虎，牠為了隱匿行蹤化為另一個角色而藏身於葵花家裡」秀實就像一個偵探般煞有介事地從感知的邏輯中重新看到華南虎的存在，續後還有許多，茲不細述。

總之，筆者不是認為《遇虎記》不好，相反，很好！因為感覺到詩人秀實的真誠而愈發感到此篇的另類之真，那是一種主體精神異化的生命之真的化身展示——華南虎！這展示是隱忍的，如小說中言，「華南虎是極度瀕危的物種，存活本身便懷有重大的使命，Bella 的眼神信任我，我會緊守這個秘密，讓他可以在這個人吃人的城市裡安然地活著。」

3）

筆者更覺得《遇虎記》很好的緣故有私人原因，譬如筆者也曾寫過人異化成獅子、老虎（真巧！說來自己也覺得神奇）的詩化小說，還有一篇拙作是講述卡夫卡式的人異化成甲蟲、生化甲蟲、聖甲蟲、老鼠、飛馬、半神……如此漫長身體 / 心靈變形記的小說，心靈的曲徑通幽處與人互通，會有豁然開朗之樂。

若說公共原因，那麼大概是《遇虎記》表達的人生存於世避免不了異化（異化成老虎是不是比起異化成甲蟲更好？這是個哲學問題，不便深入談）的一點悵惘，這是相當普世的經驗，且我們生存的外在經驗世界對於人的幽微精神生命與動物的連接是偽善或簡單、粗暴對待的，如剛剛上海和香港都通過了為了防範疫情而發的簡單滅除寵物的法律法規，無數寵物愛好者和主人們在無數群裡、融媒體叫苦連天著呢！這個時候看《遇虎記》，有種莫名的同契感。

4）

又回到秀實的作為詩人的寫作向小說家「越界」的問題，筆者更願意在一種詩性精神的總體認知中將詩、小說看成一回事，於是從秀實《遇虎記》，我們又能讀出一種在場 / 反在場形而上學的哲思。

譬如用拉康的物件 a 看，a 大概是形而上學自瀆的一個爆破性的概念，「華南虎」就是秀實小說中的 a，一個出離於西方語音中心論與東方象形表意之在場的概念，物件 a 作為心靈聚集式連線的聚合體，既非語音，也非形象，而是在二者之間，實在要說它是什麼，大概是一種與時間亙久同時性存在的歷史遺跡，類同阿房宮、金字塔這類廢墟與堅持存在的「精神廢墟」，只以它們固執的一點形式感存在，標識出歷史的虛無感，一如華南虎不是語音，然而小說中呼嘯聲綿長不息；華南虎不是形象，無論秀實寫得多麼煞有介事，這回事兒是不存在的，存在的只是他心中「荒野的呼喚」式詩性深度意象。

德里達也在談他自造的「延異」（diff é rance）這一「拼音文字中的象形文字」概念時闡述過 a，那是對於法語詞「difference」（意為差別、差異、除去……不同之外）的一種解構主義閱讀，a 嵌入、置換於「difference」，語言便不再是索緒爾式的一片樹葉的正反面式能指、所指的對應關係，而是鏡像式歷時發生的三元之物，由此避免黑格爾式傳統慣性邏輯，容易墮入絕對的主觀唯心主義的想像虛構之境。延異如虎，不可把捉、操控，是原始的語言經驗，超越了在場 / 不在場，而在時間歷史中分沿經驗，由此秀實可以理直氣壯的把時間顛倒，明明是感知在先的看見 Bella 後面寫，感知在後的「遇見」華南虎前面寫，就出現了詩人小說真幻交織的奇景。

儘管德里達沒有直接援引拉康，但是 a 蘊含的後結構、解構主義讀法的誘惑始終存在，譬如無論德里達還是拉康都曾談到的 a 代表「隱蔽的看見」，那是一種幽靈式的書寫場域中的關係，同時物件 a 的意義又是一種時間空間化的藝術，話語永遠是一種背後壓迫著表達主體的想像的、推遲的在場，是表達的同時回撤自身的無名之物，由此是反在場，構成種種與時代的隱喻深度的張力關係，秀實通過一頭臆想的華南虎，一頭根本上的「無名之虎」抵達了一種新的書寫場域，或者未來也會在小說世界裡開疆辟土，倒也未為可知。

最後我還要說，《遇虎記》是一個好小說與它表達的清晰、真實、硬朗有關，從開頭第一句，「我懷著一個秘密，一直不曾對人說。」表達就是堅實的，富於現實感的，如同卡夫卡《變形記》開頭那樣硬朗，這份硬朗、細節感充實（如前述的偵探式認真等，識者俯拾皆是）一直維持到結尾。

《遇虎記》的缺點也是明顯的，那是一個孤獨詩人苦澀、高傲內心的廣闊世界的問題，茲不細論。

再說一遍，無論秀實寫得多麼煞有其事，香港的這頭華南虎是不存在的，是一頭無名之虎，不過，我們還是要說的——讓我們重讀《遇虎記》結尾作為本文結尾吧！

「因為城市急促擴張，森林面積大幅減退，華南虎以另一種方式，懷著重大的使命在這個城市裡苟度餘生。// 並且我會多來看牠，因為我已然體會到牠那種王者的孤寂。」

倪匡與金庸小說“趣味對看”

王謝堂

1）從《冰天俠侶》和《白馬嘯西風》看理想女性

剛剛看完了倪匡的《冰天俠侶》短篇武俠，又看了金庸的《白馬嘯西風》，也是短篇。雖然對閱讀者來說，完全是巧合，但這兩篇小說居然有一個很共同的結構，即一開始都是一個小女孩父母被殺，然後小女孩要復仇的故事，牽動了整個劇情。

從作者創作的視角遐想一番他倆創作的異同和心境，或竟有與二位名作家憑空生並駕之感。因為金庸寫《白馬嘯西風》的時候正是明報草創時期，一切都還很艱難時的作品，而倪匡這本小說也是他很早期的作品，竟與前者有這樣的相似度，也說不定其創作正好跟金庸互相有所啟發，也難講呢。

《冰天俠侶》當中小女孩的形象塑造很容易就讓人想起倪匡以魏力為筆名寫的“木蘭花系列”小說創造的使人難忘的天使俠女安妮。相差者在於：安妮意外在南美叢林歷險時中了土族人的毒箭，反而因禍得福，治好了癱瘓的雙腿（隨便說一下，這種主角遭遇險之又險的絕境，而又忽然“負負得正”，危險＋危險＝轉危為安，是兩位作家都愛用的橋段），而《冰天俠侶》裡的小女孩最後為了救助男朋友，被凍死在冰田裡面，寫成了一個動人的悲劇。

當年讀木蘭花系列的時候，特別難忘的就是安妮跟木蘭花的互動，安妮如何在木蘭花的教育下不斷成長，就此一點而言，這個系列也就有了成長小說的況味。倪匡愛寫人物的浪漫傳奇，更像為浪漫而浪漫的純探險、傳奇；金庸則愛寫人物的成長成熟，更像歐洲浪漫派的成長小說。

掩卷沉思，在倪匡的這個短篇小說當中，如果一開始是有寫成長篇的可能性的話，那麼這個故事可以不用把女主角寫死，肯定會寫女主角怎樣治好了雙腿，然後跟男主角怎樣和解了恩怨，從此快意闖蕩，那是何等快意的事情！但這本是金庸最擅長的寫作風格路線，講述主角困境中的突破、堅韌，倪匡則不然，更愛寫大情大性的豪邁青春男女聯袂闖蕩江湖，稍微苦情一點的，他都不怎麼寫。而這是個短篇，苦情變成了永恆悲劇感，就開心寫了。

《白馬嘯西風》裡的小女孩父母是為了保護一張高昌古國迷宮的地圖而被仇家殺掉的。《冰天俠侶》裡的小女孩父母則是為了保住一柄從別人那裡偷來的寶劍而被仇家殺掉的。《白馬嘯西風》裡的小女孩身體沒有受到傷害，後來遇到的是收養她的師傅，學好了武功。《冰天俠侶》裡的小女孩怎樣學武功的過程沒有交代，但是一出江湖已有絕世武功，除了武功最高的仇人，幾乎已無敵於天下。

這一點上，金庸跟倪匡的處理是一樣的，都有一個特別強大的女主角。金庸寫的是心靈跟身體都健康的女主角，倪匡寫的是一個身體殘疾，心靈在仇恨中慢慢的穩步復蘇蘇的女主角。這兩個女性給人的感覺印象都是非常高貴的。第一個由於對男朋友的愛而放棄了占有欲，讓他獲得自己的幸福。金庸這裡寫的是一個理想的完美女性人格，對男性無比包容，甚至達到克服女性嫉妒心本能的程度。第二個由於故事內在敘述的動力需要而死去，從而打動讀者，但也寫出了另外一種理想女性人格，以其死亡成就了男主角的終生懷念。

比起金庸，倪匡的意識形態錨點更靈活，浪漫傾向更重，更喜歡寫江湖兒女的情義相伴、意氣風發、快快樂樂闖蕩江湖，如《冰天俠侶》裡面，讀來讀去，男角色個個像是白馬王子，都充滿愛心，男主角更慢慢的溫暖了內心充滿仇恨的女主角。按倪匡的一貫寫作風格來看，他的小說裡看到的更多是張揚人性的美好和豪邁一面，所以故事編得來經常是跌宕起伏，高潮不斷，許多使人目不暇接的幻想情景，紛至踏來。相較而言，金庸顯得更加世故和現實化一點，編織的故事也由此顯得更繁複，很多故事會使人感覺編造的痕跡反而更大，如果不細讀而只當“爽文”看，讀金庸反而沒有讀倪匡過癮。

就跳脫飛揚、想像奇幻的人性，寫出一個個活生生江湖人的超脫自在等，可以說倪匡還要更勝一籌；而寫陰謀詭計和人性的豐富度，大的歷史格局方面，金庸又更勝一籌。在愛情的處理上，兩位大作家的寫法則幾乎如出一轍：愛情至上，絕對是不變的主題。面對愛情不同的態度，推動著故事情節的發展。

就這兩個短篇看，女主角們最在意的愛情都是無意中得之，然後銷魂蝕魄，直到黯然銷魂情不能自已的。《白馬嘯西風》裡面的小女孩開始對小男孩有感覺的時候，是很小很小的時候。《冰天俠侶》裡面的小女孩開始對兩個男性都產生了朦朧憧憬的時候，這已經是快開始復仇的時候了，小女孩已成大女孩。

很有趣的一點是，包括金庸在內的武俠小說經常被人詬病說：老是讓一個大俠安排無數美女來喜歡，而他還好像這個也看不上，那個也看不上，最大的煩惱只是如何逃脫桃花運，而不是怎樣得到和維持戀情一樣。這讓一些人，尤其是女權分子詬病或腹誹。

但在這兩個寫小女孩做主角的小說裡，她們好像也是可以跟多個男性同時產生曖昧關係的。《白馬嘯西風》裡雖然只寫了一個男性。但暗中金庸也為女主角設定了一個她其實對自己的師傅有點曖昧的感覺，因為師傅對她的感覺最後是明確的，她也面對另一個愛的選擇。

倪匡這方面就比較直白。很明顯的，兩個男主角女主都喜歡。只不過是由於有事情推動，所以才造成女主角跟其中一個出去探險，治雙腳的殘疾，從而只跟其中一個談戀愛。

或曰：這麼說是不是太認真？但是以小見大，可以看出這兩位大作家對於小女孩這樣一種人格類型的理解：她們是理想女性人格的雛形，歸根結底都是容不得有什麼瑕疵的，二人胸中各有溝壑，金庸寫出了更深邃、博大的人性，而倪匡純靠想要的表達效果編造：寫一個雙腿殘疾的女郎如果來不及在短短的一個短篇小說裡把她的腿寫好的話，那就寫成悲劇算了。

金庸筆下的理想女性，不但可以是男性角色的最佳伴侶和情人，實在連劇情發展不下去的時候，都可以直接叫來救場。如《倚天屠龍記》裡面忽然無端端出現的黃衫女郎就是。高歌一曲，"終南山下，活死人墓，神雕俠侶，絕跡江湖。"寫得那麼奇幻，充滿了江湖悲歌的落寞之美，亦類同古希臘戲劇裡的"空中降神"，每當劇情的發展實在無法推進的時候，導演就會安排一個無法想象的充滿威力的大神，從天而降，收拾一切殘局。

在倪匡而言呢？他筆下的男主角們上天入地或者快快樂樂的探險，談戀愛也都是玩。而女性角色相對更有社會責任感，譬如木蘭花只一次一次的打敗超級犯罪分子，永遠遇不到外星人；白素呢？最後成為了非人協會的一員，頗有獨與蒼茫天地之間的該亞生命：水！融為一體的氣概，相當於獨與天地自然精神相往來了。倪匡筆下的女主角很多時候除了戀愛之外，就相當於是做國際警察、做城邦守衛者保衛精神價值，或者拯救地球什麼的了。

又想：理想的女性不都是從小女孩修成的嗎？從《白馬嘯西風》

和《冰天俠侶》的故事，或者也可以讓我們感悟到這兩位作家寫理想女性時的一些幽秘心緒。

2）倪匡兩個武俠背後的神秘前輩

1970年，倪匡35歲，基本是一口氣連續寫完了《大俠金旋風》與《新獨臂刀》。對照著看，格外有趣，因為一個是關於好前輩的故事，一個是關於壞前輩的故事，而背後的前輩是誰？

《大俠金旋風》用了一些暗場。譬如在小酒店裡面對付三個壞人，就是依次把他們打出去，從頭到尾金旋風連臉都沒有露出來。金旋風是有手下的，也有武器，武器是一個金光閃閃的金鬥篷。

劇情推動的主動力源自於一開始的小俠想跟大俠交朋友卻被拒絕。但是大俠並不是真的拒絕，而是不想在交朋友的時候，讓小俠陷入紛爭和危險。於是劇情的推動時時刻刻都在人物的尊嚴感互動中演進，揭示人要互相理解和關愛的樸素道理。小說中由此設置了諸如你救了我一次、我就一定要重新救你一次，從而扳回平等地位的橋段等，友誼在誤會和衝突中不斷深化，最終構成為人生幻美的整體生命背景。譬如小說結尾時候，金旋風看著他的小俠好朋友跟女朋友在一起快快樂樂，自己也不知道多麼開心，小說就結束了。

讀《大俠金旋風》總是讓人想起金庸，看起來格外有趣。於是想，金庸有這麼好嗎？

《新獨臂刀》故事講述的則是一位想一直維持武功天下第一的壞蛋前輩怎樣把一個少年有為的雙刀高手逼得自斷一臂，退出江湖，從此在一個小酒館裡面用一只手打雜。

小夥子身體和精神遭受重創，最後好不容易遇到了友情跟愛情的滋養。可他交上的好朋友為了主持江湖正義，卻被這個壞前輩給算計，這次竟是殺掉了。

千錯萬錯，殘疾小夥子一開始沒有跟好友說清楚壞前輩是怎樣的武功家數。這是不是跟他的心裡邊已然殘缺也有關係呢？信息的不對等和傳達不到位，與人的性格結合，成為重要的劇情推動的動力——這實際上也是倪匡寫武俠的一個經常的題中應有之義。

從《新獨臂刀》看出一個人精神的飽滿與殘缺跟現實人生的種種的關係。其實，他的其他武俠作品當中也有很多這一類的橋段。

倪匡寫壞人是寫不過金庸的，譬如這位壞前輩的壞寫不到多麼壞，引誘兩位少年俠客一一進入陷阱的故事都是通過語言設套，看起來也不算特別有匠心和壞啊！

故事的結尾是好哥們兒被壞前輩給暗算殺死了，雷力（殘疾小伙）一氣之下什麼都不顧了，跑上去一通打，直接把壞人砍死，多麼痛快。偏偏這故事還能寫得悲壯又好玩，武打描寫精彩，伏屍一片，最後一只手用三把刀，手刃了壞前輩。按倪匡的創作意念來說，這算是雷力在潛意識、無意識中為好朋友償了“兩只手玩不了三把刀”的夙恨，血海深仇跟屈辱感，一下子全都報銷回來，然後帶著女朋友退隱江湖，痛快痛快！

倪匡有一章，上刻“余有四好”，意思是最喜歡酒色財氣。不過這酒色財氣經過他一番“加持”，也就有了別樣的意義了，像他的武俠小說《俠義金粉》就是，寫了代表這四種人格的四位俠客如何行俠仗義，處處主持江湖道義等，還一起並肩保護一個小女孩，最後一個個戰死而不悔的故事。

忽然念及《新獨臂刀》裡最後那一幕：一個帶著心靈和武功上巨大創傷和失落感的少年高手絕地反擊了，盡情揮舞著女朋友給的一把好刀，揮刀狂砍，一口氣在橋頭殺幾十個人，三把刀起起落落，一把刀刀刀致命，畫面感十足，最終殺掉了壞前輩，為好朋友報了仇，劇情在極度的低潮下一下子大扭轉，最能體現酒色財氣中的那個氣吧！

那個壞前輩會不會是誰呢？我也不肯定。

散文

攝影｜靜物　蘇曼靈

弱蝶

陳傑強

大清早，我被妻子吵醒，原來妻子從天台取下來的毛蟲，蛹眠幾天之後，今天是它化蝶的日子。

我拿著照相機，靜心觀察這可憐的傢伙。

乾癟的身和肚，吃力地拖著一對皺巴巴、蜷縮成一團的翅膀，那翅膀曲折得畸形，上面亂七八糟地似是塗有些顏色。幼小如毛髮的腿顫巍巍地，掙扎著要支撐起身體。

我心想：「離了大自然的枝葉，被妻置於膠桶之中，實在是先天不足，連維持生命都有困難，它能否振翅高飛，實在不樂觀。」

我上了一次廁所，它紋風不動。刷過牙後，它還在靜靜地伏著。

但不知不覺間，小傢伙的肚皮已脹起來，翅膀也挺了。翅膀底下，原來是一圈圈粉橙色的圖案，像大眼睛，又像花球。

不過，除此之外，它仍然寂然不動。

良久，良久，它動了，卻只是觸鬚一舒一卷。

好一會，它突然將雙翅平放。原來翅背是純黑而有光澤的，襯著下方燕子尾似的裝飾，好像披了一襲晚裝，雍容華貴，委實炫目。

翅膀顫抖了幾下，陡然間充滿生命的氣息。

正當我想走近去看時，它突然一躍而起，飛越我的頭頂，嚇得我把頭一縮。

我想不到它飛得那麼快，好像逃鳥一般。 還未看清楚，它晃了幾晃，已游身於露台外。 陽光映照，它再拍動幾下華美的翅膀，便掠過屋角，一瞬之間，消失不見，新生命已奔進它的新天地。

我呆了半晌。我內心有一片遼闊的理想國度，每天都想逃離原來狹小的規範，而這隻可憐而弱小的蝶蛹卻在瞬眼間辦到了。

世上只有媽媽好

月紅

母親節在即，隨即花點時間回想媽媽過去與我生活的點滴！

還是小孩時，有個晚上，姐姐陪媽媽到官塘探訪一個親戚，我在家不舒服，那時我是睡在帆布牀上，媽媽回來便很擔心，隨即走來跟我說：「我的寶貝女兒怎麼了？」她這一句親暱的話，一直到今天，我仍想著和甜在心頭呢！

每每我讀書時，媽媽會跟我說：「每日讀一字，十天就有十個字啦！」今天我仍愛看書，也愛抄寫（因爸爸小時候常要我們抄報紙）。

媽媽很勤力，以前她每天清晨 4 時多就去晨運，她愛說：「早起三緩，遲起三趕！」媽媽的身教已傳承到她每個兒女了！

當兒女進入青春期時，有時在教導兒女上，真感到乏力和沮喪，媽媽會跟我說：「他們當妳是草，我卻看妳是寶啊！」多窩心！

今天兒女都長大了，他們都很愛婆婆，也常常打電話給婆婆！媽媽又說：「看！你們可安心，兒女都乖呀！」媽媽愛說鼓勵的話！

當媽媽住在大圍時，有半年多時間，每個星期二傍晚我都去和她住，與其說陪陪她，不如說是我可充電，而且又使我重享與媽媽一起生活！

今天我也踏入長者行列，誰跟我講說話最多？就是我 103 歲的老媽！她成為我的最好聽衆，我會跟她講聖經的故事，她會眼仔碌碌留心聽，也會答問題。感恩！

面對媽媽的病痛，或在醫院陪伴她，還有次她確診硬要送她隔離時，我都担憂，害怕和無助。我便邀請媽媽與我一起祈禱，她願意，有時還跟著我一句一句地祈禱！

有誰會像媽媽？無論晴天或雨天，她都會陪伴女兒和支持女兒！

媽媽真的老了，我便幫她洗澡，她都會連聲謝謝！我說：「從少到大，妳為我做了很多年，與妳相比，我還欠妳很多哦！」媽媽和我跟著就笑起來！

世上只有媽媽好！

我很感恩，因為我有個好媽媽！

媽媽，我愛妳！

那個年代的故事

劉玉清

我們在客旅人生相識超過三十年，共同渡過很多重要的時刻。關係上我們是婆媳，稱呼上我跟外子稱呼她為阿媽。當初認識這位阿媽時，她正值壯年，勤奮愛家。我的孩子出生後，她經常長途跋涉來探望我們。有次落巴士匆忙中跌倒在地，她強忍瘀痛一瘸一拐地走來，我當日竟沒有察覺，過了多年她才偶然提起。阿媽愛孫愛兒媳情切，我們銘記心中。光陰流逝，阿媽已步入晚年又不良於行，但這無損她對人的熱誠和關懷。在我父母身體軟弱那段日子，她坐輪椅也堅持去探訪他們。孩子長大後，我們坐下聊天的時間多了，她也樂意分享她的人生和感受。認識她數拾年後，我才知道更多她的往事和感受。

有金是她的名字，人如其名，她確實是含著金匙出生於越南一個米商家庭，但父親受騙家財盡失。落難千金坐船返中國，日戰爆發再坐船回越南，兄弟姊妹在大海的驚濤駭浪中不停嘔吐，那段日子充滿擔驚受怕。從未下廚的她在工廠為三四十人做飯，又努力學織布，希望賺到錢便可以晚上讀書。政局風雲萬變，上學夢想從未實現。16 歲來港就要拼命工作，然後結婚生子，一邊工作一邊養兒育女，洗衫煮飯清潔家居照顧家人，整天不停勞勞碌碌捱過無數的日子。阿媽對我說：「生活好苦，幸好先苦後甜。」在好苦的生活中，她不忘記在鄉間有更困苦的親人，節衣縮食也要按時匯款給他們供書教學。她沒有什麼學識卻明白讀書的重要。

阿媽晚年身體衰弱病患纏身，有段時間不良於行，她沒有怨天尤人，反而感謝上帝的看顧，讓她可以拿著枴杖站起來行走幾步。

她的皮膚有嚴重敏感，非常痛楚痕癢，信奉基督教後，每星期返教會的主日崇拜聚會。我問她，為什麼在崇拜時沒有痕癢？她說：「怎會沒有！敬拜上帝時我忍住痕和痛。」她看重初自己的信仰，就輕看病患，以致忘卻痕癢痛楚，每天她總會為兒孫們懇切禱告，這份慈愛和信心，給我們留下美好的榜樣。

「養兒一百歲，長憂九十九」阿媽的子女已經長大，自有目的家 庭，但她總是記掛各人湯水不足，經常煲湯煮飯預留給我們，看到我 們飲食她做的健康湯水餸菜就心滿意足。她經常叮囑我們如何做人處 事，還跟我講述她對兒孫的擔憂和期望。我可以做的，不是評論是非 對錯，而是耐心聆聽，希望她說了就可以安心。婆媳關係縱橫交錯， 直接牽連三個家庭：夫家、娘家和我家，再延伸到幾代以及更多的家 族親友。這些關係環環相扣，我和阿媽在人生很多大小事情、重要節日，都在這些關係網中共同經歷。

這位阿媽和我的父母都在他們那個充滿艱苦和困難的年代成長， 他們為生存、為養家活兒，曾經放下心中一個又一個的夢想，以辛勤 努力建立家庭，用堅韌淳樸的生命寫下了無數的勵志故事，深信這些 故事已永存天家。甚願我們天家再會，一齊再看往日情懷。

期待小說浴火重生—感悟人生際遇的小說

楊興安

今天全香港只得幾份日報，對今日青年來說，他們會難以想像六七十年代的香港，會有近二三十份報紙在市面暢銷。更難以想像報紙上刊載著大大小小的連載小說。

報章流行刊載小說的當日

當日的報章，頭版多刊港聞，後來才漸漸多刊國際新聞。而令報章廣為銷路的，主要靠報章的副刊。副刊有雜文、奇聞怪談、漫畫，小說。而小說又五花八門，有愛情小說，章回小說、武俠小說、偵探小說，科幻小說，江湖小說、社會奇情小說，甚而有尺度不同的色情小說。當時產生一大批賴以謀生的小說作家。

因為那個時代，電視尚未流行，大眾的精神娛樂靠報章，一般市民便以小說作為精神食糧。八十年代末，筆者已在明報任職。除了幾篇專欄連載小說外，副刊每天刊出一篇由不同作家撰寫的短篇小說，還有五六百字的極短篇。踏入九十年代，有一天，報章副刊小說全部下架。筆者甚感奇怪，便問相關同事。他說，據讀者調查，現在沒有人看小說了，也沒有耐性看長文，專欄也要變得短而精了。後來，有些作家鼓吹同道寫嚴肅文學小說以救亡。不久，一位名作家在一個講座上宣佈小說已死亡。小說真的毫無價值嗎？

中國小說成熟既晚　不受重視

小說一詞，古已有之。班固在《漢書藝文志》中說「小說家者流，蓋出於稗官、街談巷語、道聽塗（途）說者之所造也。」稗是小的意思、稗官是小官。小說指專採納給官府的民間風俗、社會狀況的小事，不受重視理所當然。唐代以前，除了簡單寓言外，可說無動人篇章。後來唐代讀書人為了考功名，吸引當道主考者注意，悉心創作，才出現華采燦然的唐代傳奇，但亦只是譽滿士人世界而已。

小說到了民國初年　才真正走入大眾市民的視野

一九一九 年「五四」文學運動，受歐洲文學影響，小說被推崇至文學殿堂。

梁啟超更認為小說可移風俗、開導民心。寫了著名的〈論小說與群治關係〉，從社會、人生、政治等各方面探討小說的重要。他認為好的小說，對社會人心的影響，遠勝四書五經的教訓。胡適認為「小說為文學之最上乘」，將小說推崇至史無前例之地位。

文學運動　奠定小說地位

民國初年五四運動和文學革命後，時下作家大量翻譯外國文學作品：包括英美俄國、日本、德國、挪威、印度等等著述，國人得以閱讀雨果、羅曼羅蘭、托爾斯泰、芥川龍之介、莎士比亞、歌德，易卜生、泰戈爾等外國名家的著作，市民因而吸收大量外國文學而得到滋養， 1919 至 1920 年中，出現白話文報刊多達 400 多種。社會上文學社團湧現，見到不少語體文小說作家和翻譯小說。

斯時陳獨秀寫〈文學革命論〉也闡述小說的功用和價值，其後蔣瑞藻著《小說考證》、魯迅撰《中國小說史略》都能鼓舞人心。學者如胡適、鄭振鐸、孫楷第等人對小說或精心整理，或詳密考證，再大量搜藏。風氣一開，中國文士輕視小說的態度，可說完全肅清了。

優秀小說對社會貢獻極大

對於小說，孔子說「雖小道，必有可觀焉」。紀昀說「廣見聞，資考證」的話，便是說小說可以拓展視野。小說既屬稗史，則皇皇大典所不載，可知內有更多人生縮影。一個人終其一生，所經歷時間和空間有限，多讀小說可從不同角度增加識見，瞭解世故人情、明白人與人之間關係的微妙，瞭解社會矛盾與人心欲望。

其實小說所述，都是人類生活的痕跡，即使有荒誕的故事，亦不脫離人生喜怒哀樂、得失窮通的描寫。優秀的小說，往往含有人生哲理，不過並非當頭棒喝的規則戒條，而是由讀者自行領悟其中的哲理。優秀小說所具備的啟迪作用，前人其實早已注意到；小說能擴闊讀者的人生體驗，拓展視野和抒洩感情。小說帶來的學識，和感悟人生的際遇，是自然科學、工程世界和金融財經領域的經驗，不能賦予我們的。所以我們應重視小說，追求美好小說所蘊藏的學問。

小說失去地位原因 需浴火重生

小說既然有這樣積極的作用，又何以日漸萎縮，甚而使人不聞不問呢？原因也複雜，其一是時代進步，社會精神享樂多元化，生活節奏繁雜而急促，讀者愛看聲影並茂的電視和手機，沒有耐心去追讀小說。其二是精彩的小說愈來愈少，優秀作品少而不能帶來動人追讀的元素。缺乏精采小說原因是創作者日稀，好作品便罕有。小說作者愈來愈少是缺乏創作舞台，寫了小說很難找到發表的地方，磨練出好作品更難。這樣作家對創作小說便興趣索然，可見這是互為因果影響的複雜現象。

另有原因是文化界沒有推崇小說，甚而教育界大都缺乏推介和鼓勵學子閱讀小說。小說只是一個概詞，古今中外四個領域都有偉大作品，即使說今日優秀小說難尋，古代、近代、和外國佳作仍然不少，長篇和短篇都有。名著有《西遊記》、《三國演義》、《水滸傳》、《紅樓夢》等等。近人如白先勇、張愛玲也有很好的著述。值得讀的外國作品也不少，如西方的《基度山恩仇記》、《浮士德與魔鬼》等等；日本芥川龍之介許多短篇都十分精采，松本清張的推理小說都很不錯。這些都是隨口說來，優秀的小說還有更多更多。社會未能造成閱讀的風氣，又是誰之過？

藉小說得到深思的感悟和啟發

今日社會重視科技的發展，培養閱讀小說與學習並不相悖相違，甚而可以互補長短。社會上只要有電視電影的存在，小說並不會死亡。因為許多電影電視的創作仍依賴小說及小說家的貢獻。君不見人說「劇本是電影的靈魂」，而劇本又多取材或改編自成功的小說。

今日小說需要浴火重生，使社會大眾在享受閱讀的樂趣時，對人生有更深思的感悟和啟發。

第二個人生之生活點滴　　杜薇

海棠回覆我的短訊說：「有機會經歷新環境下第二個人生，真好！」

好一個「第二個人生」！我帶著忐忑之心情，來到這陌生的地方：登頓（Denton），英國曼徹斯特市的一個小鎮，開始我的「第二個人生」；未知前景，一切隨緣。

這裡的生活，是一點一滴的慢活組合。

頭頂油光滑亮的房東阿祖對我們說：

「三十多年前我自意大利來到這裡，當時的經歷令我十分了解初來甫到者的心情，所以我一直都很樂意提供任何協助。」

入住時他特地送來一支紅酒道賀，之後，不論厠箱漏水、水喉滲水，或是屋頂滴水，都向他報告，英國幾十年的老房子出現問題本是常事，況且這是他的房子呀；沒嫌麻煩，數天內他便會帶隨師傅前來，觀察問題所在，再約時間維修，並笑嘻嘻說：

「只是很簡單的工程，慢慢來，不用急。」對的，不用急，他們一定會再來。

每次維修他們總需要進出房子好幾次：出去買材料、購零件、取工具、午膳……這是他們工作的習慣方式，我們只好留在家裡等候，替之開門、關門，不到一小時的修理工程卻花費了一整天的時間，覺得麻煩的不應是我們嗎？

乘公共汽車進城去。車站已站了多人，未有排隊；有點不習慣，害怕像多年前在香港乘車似的一擁而上。

車來了，車門停在人群中段，兩邊的乘客逐步移向車門，未有爭先恐後的現象，男的、年輕的自覺地讓身旁年長的、帶著小孩的先登車。

購票方式五花八門，年長的憑著「長者乘車証」免費刷卡，年輕的採用手機上的程式；有的掏出一大堆硬幣，慢慢逐一點算、找贖，待收銀機緩緩吐出收據後，交易方完成。

我心急地伸手從收銀機拿取收據，錯誤高估了吐出收據的速度，以致把收據扯斷了，手上拿著一半，一半卡在機器內，司機沉著氣清理碎紙；欲速不達，只好吐吐舌頭，講一聲「疏離」。

後面還有一條人龍等待購票，沒有人鼓噪、抱怨漫罵，可能等待是正常現象。司機每每會「熄匙」，關掉引擎，待所有乘客都辦妥購票後才重新啓動。

一切進行得很慢、很慢，人們習以為常，忍耐是美德。

到超級市場購物，付款處的收銀員邊清點貨品邊與顧客（通常是熟客）閒話家常，然後也是五花八門的付款方式，還加上顧客查核單據，收銀員解釋手機下載的各種優惠是否有效，休管後面排了長長的購物車龍。不過，排隊的多是長者，大家有的是時間呢！

年青的不需購物麼？不，他們懂得網購，懂得應付自助付款機，不去計較有沒有出錯，才不會與老人家擠在一起。

這是「慢城」的慢活方式，一切都緩慢地進行，「別急」、「慢慢來」、「不趕時間」、「反正沒事」、「有空呢」，這些話兒常掛在人們的嘴邊；如果你是退休人士，是「閒人」，你會享受這種悠閒恬靜的慢活。

曼城的足球員在球場上跑得那麼快，不知離開球場後，他們過的是否也是這種慢活？

慢活，有時是無奈的。

老伴在超市買了只平底鍋，但找不到鍋蓋。兒子在網上發現某名家品店有 6 只存貨，特地駕車前往。

可惜，兒子未能在相關貨架找到鍋蓋，他向服務員查詢。服務員慢條斯理地在貨架找了一遍，又查察電腦一遍。

「對的，」他肯定地回覆：「我們有 6 只鍋蓋存貨。」

「可否把它找出來，我們希望購買。」

服務員抓抓頭，向他的上司求救。

上司氣定神閑，也細心地巡視一次貨架，也複查電腦一次。

「對的，」亦是肯定的回覆：「我們的確有 6 只存貨。」他補充說：

「但不幸理貨員不知放到哪裡。」

兒子繼續要求：「我留下手機號碼，找到後可否聯絡我們？也許我先付款。」

「不須付款，理貨員離了職，我們也不知何時會找到，你還是到其他店鋪找找吧！」主任聳聳肩，陪著笑送客。

首項獲得的醫療服務是「復必泰」防疫注射，地點在小鎮社區中心。已完成 3 針的我當然經驗十足，但事實卻不是想像中的情況。

這裡沒有香港注射中心的排場，沒有義工協助登記工作，沒有專職講解，沒有等候區休息區的劃分，沒有注射室的安排，沒有很多很多站立一旁的各種人士；這裡只排了幾行椅子，兩位護士打扮的姑娘，其中一位較胖的拖住一部盛放著疫苗針筒的小拉車，另一位高個子姑娘捧著記錄牌、伴隨放有電腦的手推車，招呼我和老伴。

「甚麼名字？……哎，剛進來的請往右邊坐。……出生日期呢？……喂！瑪麗，那位老人家登記完了，可以打針。……完成第 3 針至今多久？……」

老天！高個子姑娘身兼多職，如果不是偶然臉朝著我，我真不知哪句話是向我發問的。

可以注射了，胖姑娘瑪麗抓住我的臂膀拿起針筒，我連忙移開手臂說：

「還未有消毒呢！」她呆了一下，皺著眉在口袋裡掏出一塊乾藥棉往我的手臂上擦了擦，不管我的眼睛瞪得多大，已完成注射。

沒有個人持有的注射紀錄（已由電腦記錄），也不用坐下休息觀察，便踏出了社區中心。

另一次在勞工俱樂部 (Denton Labor Club) 接受流感預防注射，便有數位熱心人士義務提供協助，過程順暢多了。

兒子在網上替我和老伴訂購了早上九時往愛丁堡 (Edinburgh) 的火車票，卻發現該班次被取消了，沒通知、也不會通知乘客。我們只好提早到售票處，查看有何其他途徑，最後被建議先乘車到普雷斯頓 (Preston)，再轉車到愛丁堡，這轉折的方法，對於乘火車的新丁老人家來說，是複雜的考驗。果然，所乘火車誤點，到達普雷斯頓時，往愛丁堡的班次已開走了，兩老卻錯誤地上了另一班車，待發現時竟不知身在何方，十分徬徨；有幸在多番查詢後，終於折返蘭開斯特 (Lancaster)，遇上與我們同樣遭遇的幾對「落難人」，互相照應下，最後上了正確開往愛丁堡的班次，到達時已是黃昏日落，誤了整天的行程。

罷工，事前會在互聯網通告，只是苦了我們這些不熟悉科技上網的老人，有時會感到身邊有個年輕人便好了。

如果出現罷工，生活往往是無奈的，我只得嘗試去理解，選擇去包容，學習如何去應對。

凡事總有第一次。

在亞熱帶香港土生土長，大半生從未嘗過下雪的滋味，初到曼城的時候，氣溫盤桓在 7、8 度，很冷，但仍未有條件下雪。

12 月上旬，晚上溫度降至負數，早上起床便可看見：屋外的樹木、草地、屋頂、汽車表面，都鋪上一層薄薄的白白的，閃著光，不是雪，是霜；地上的積水凝結成冰塊，也閃著光。太陽在 9 時許出現，不到一刻鐘，不管是霜或是冰，都溶化掉，不見了，我心中戚戚然。

這天早上，老伴忽然興奮地叫道：「喂！看呀，下雪啦！」

我連忙往窗外看，只見朵朵棉絮在風中紛飛，煞是好看，心底升起第一個念頭是往屋外跑，要迎接盼望好久的飄雪。

雪下得更大了，雪花掉在帽子上，落在肩膀上，在眼前飄蕩，在背後跳躍，最後躺臥在石板地上，躲藏在草叢中。大地驀然一片雪白，粉飾了寧靜早晨的舞臺；我伸出雙手，卻接不住、也捉不住飄忽的雪花，心靈彷彿融會進這迷人的秀中。

老伴拿起手機，拍下了衣著單薄忘形地站在屋外傻兮兮的我，然後把我拉回屋內，笑道：

「怎麼怕冷的人不覺得冷了？」

「第一次經歷降雪嘛，」我也笑著回應說：「任性一下總可以吧！」

真的，我十分享受這短暫的一刻。

萬聖節將到，超市已陳列了很多大大小小的南瓜，有的還雕了眼睛鼻子和展示著一對大板牙的嘴巴，甚是可愛，頗便宜。

有孩子的鄰居各顯心思，別出心裁的把房子佈置一番，黑蝙蝠、蜘蛛網、骷髏骨，還有血淋淋的破布，掛在窗邊，放在門庭前，教人不禁停下來觀賞，發出會心微笑。

老伴提議我們也入鄉隨俗，買些糖果送給晚上叩門的小朋友，於是，家裡的水果盤，盛了滿滿的各式糖果。

可是，當天等待至入夜，門外卻靜悄悄的，夜色中隱約看見有人走動，就是沒聽見叩門聲，頗感失望。

次天查問鄰居好友，回應說自黃昏開始，小朋友便陸續叩門，整盤糖果一下子便派光了。

「哎，為何孩子們不叩我的家門？」

「你家門外放置了南瓜嗎？否則孩子們不會打擾你。他們很乖，遵守遊戲規則呢！」

「但你的門前也沒有放置南瓜呀！」

「我們掛了寫上『Trick and Treat』的紙牌，表示屋主樂意參加遊戲。」

哦！原來如此！第一次參加不懂規則，輸了遊戲。

最後，我們把糖果重新包裝，送到家庭醫生診所(GP)，答謝長年服務大眾的醫護人員。

「哎！樓上倒了些甚麼下來？」出門時看見泊在門外的整部私用汽車佈滿污泥，我不期然地衝口而出。

「樓上？」老伴糾正說：「只有兩層的房子，『樓上』不就是你的家嗎？」他判斷說：「是沙塵，而且分佈均勻，看是從天上灑下來的。」

鄰近每家每戶的汽車，都遭遇同樣情況，即使放在屋旁的環保收集桶，也鋪滿沙塵。地面、草地、屋頂可能也有，但不顯眼。原來，整個登頓小鎮都如是。天空是灰蒙蒙一片，沒有雲層，不見太陽，好像孩子惡作劇把大地弄得一團糟後躲起來似的。

「沙塵雨」幸好在晚上落下，如果在白天活動時，被打得整身都是沙塵多狼狽，老天爺算是有分寸呀！

下午，老伴花了近兩小時，才把汽車沖洗乾淨；我奇怪為何只有我們才沖洗汽車，我們的鄰居都處之泰然？

友人傳來訊息解說：沙塵來自非洲撒哈拉沙漠，每當沙漠刮起風暴，又正值吹起南風，沙塵便會灑遍整個歐洲大陸，最遠吹至英國；這是正常的自然現象，每年可以有多次。

「哈哈！誰會像我們似的大驚小怪，又是告知親友，又是沖洗汽車，」我自嘲說：「老天爺自有打算，下幾天雨不就乾乾淨淨了嗎！」

「第一次嘛，」老伴也笑著說：「下次再遇見，我仍會沖洗汽車呢！」

具有香港特色的「快活」，悄悄地融進「慢活」中。

小鎮市政廳附近有所港式茶餐廳，由港人經營，中午開始營業時，門口已站著輪候的客人；內裡面積不大，食客擠滿了八張方形四座位的小桌子，有的圍坐了五、六位客人，有的小朋友更坐在成人膝上進食。餐具採用紙製的即棄用品，食物預先烹調好，盛起來端出去就是了。食物來得快，人們吃得也快，不想阻礙流程，吃完的客人忙著掏錢買單，嘴角的油漬還未抹掉，剛騰空的桌子很快又換上另一組食客。侍應姐姐忙得團團轉，水吧調製飲料兼收銀的老闆笑開顏。

菜牌以「碗仔翅」、「格仔餅」、「牛雜河」、「鴛鴦」等港式文化列出餐飲食品，咖喱牛腩飯是招牌菜，味道不錯；電視機播放著香港電視節目。光顧的客人多是從香港移居的，認識的、不認識的，都操著大家熟悉的廣東話，交換各自經歷的生活片斷……一切都洋溢住令人回味濃厚的香港情懷。

當對甘荀、馬鈴薯感到有點悶時，便不期然想起那碗熱騰騰的韮菜餃公仔麵。

一點一滴的生活，凝聚成我的第二個人生。

第二個人生之故里情

杜薇

海棠回覆我的短訊說：「有機會經歷新環境下第二個人生，真好！」

好一個「第二個人生」！我帶著忐忑之心情，來到這陌生的地方：登頓（Denton），英國曼徹斯特市的一個小鎮，開始我的「第二個人生」；未知前景，一切隨緣。

* * * * * *

大街上很多行人，拖著手拉喼，向著各人心目中的方向急步而行，直向的橫向的甚至斜的，不管是否攔在別人前面，或是手拉喼有否碰撞到其他人，反正都在趕路。我偶然停下來，便有人不耐煩地繞過我，或是未能「剎停」而碰到我。趕、趕、都在趕，追趕快要到站的公共巴士、衝進輕鐵將要關上閘門的車廂、橫過正眨著綠燈的斑馬線……，怎麼這年過慣了的慢活，忽然變了樣？

是的，我已回到土生土長的地方，竟一下子適應不了。

這裡是小島的西北區，一些有名氣的連鎖食肆進駐了大型新商場，正流行著電子落單和限時入座。顧客憑著所提供的二維碼，自行點菜，而每張桌子的客人只可以逗留90分鐘，時間到便須「交檯」離去。這些規矩使我們亂了陣腳，緊張得很，入座後二話沒說，友人便拿起手機，選菜落單；剛希望閒聊數句，互問近況，卻總會被提示長話短說，進食為先；很快的侍應會送上賬單，有時使用著的餐具亦會被收走。於是，吃飯不再是一種享受，反要承受頗大的壓力。老闆們害怕沒生意，想盡辦法招攬，一旦客人來了，為了應付站在門外的食客，又想辦法趕走原有客人，以致大家都說不會再來了，這不是本末倒置嗎？長遠來說，真的可以提高營業額嗎？

舊墟充斥著小型的食店，各式食品均齊全，食物質素則各有差異，有的也會帶來驚喜。不過，服務態度卻明顯的差勁，很多帶著不同口音的伙計，未有訓練便派上場，他們板著臉孔，跟客人沒有眼神接觸，沒有笑容，對未能完成電子落單的更不給好臉色看，端茶傳菜猶如機械人，例行公事似的放下便是，但若機械人被設計成如此嘴臉，設計者肯定不及格。

有一次，我向侍應小姐索取點菜的餐牌，它明顯地被放在櫃檯上，小姐卻翻起白眼，指住張貼在牆上的菜單沒好氣地說：

「冇餐牌嗝，自己睇啦！」教上門光顧的如何能嚥下這口氣！

到處存在著競爭者，若要留住客人，經營者真要在這方面多下功夫。

不同地域人口不斷移入，大家都會努力學習當地語言，以尋找工作，融入生活。不過，說話中帶著原居地的口音實所難免，這跟登頓 (Denton) 的情況一樣，我們到現時仍未能順暢地與操著濃濃地方口音的鄰人溝通，只能猜想他們說話的意思。在不同店舖中，接觸到不少操著地方口音的服務員，不禁會問，原有那些說地道廣府話的人哪裡去了？

小島在蛻變中，使我感到陌生。幸虧在往後停留的一段日子，與親友重聚談笑間，印下了一段段剎那感動難忘的片斷，我找到了渴望尋回的一種味，一種人情味。

* * * * * *

回來的其中一個心願是再嘗小島美食，特別是地道的、久未品嘗的。這段日子在居所一帶大快朶頤，崩沙腩、籠仔蒸飯、過橋米線、雞絲粉皮、柴魚花生粥……，還有久負盛名的 B 仔記涼粉，吃得不亦樂乎。

友好親朋不論喝茶飯聚，都刻意地選一些他們認為我們較少機會吃的菜式，例如燒鵝、長腳蟹和魚類瓜菜等等，很感謝大家的體貼，即使吃膩了仍然樂意享用，老伴的肚腩又現了出來。

除夕晚我們進了一所飯店，以「煲仔飯」招徠，門前以特大玻璃間隔，設計成廚房，廚司向著街道操作爐火燒飯；我們剛好坐在廚房旁邊，吸引的不是那些剛出爐香噴噴的「煲仔」，而是站在廚房前的一位伙計，猜想是老闆吧，宏亮的聲音：

「歡迎幫襯，幾多位……喂，埋便有冇三個位？擺多張細路櫈……想食乜？……哎，腊味雞煲加汁走青多飯……開嚟三號埋單……多謝晒，下次嚟過。」

頗大的聲量，沒有停過，叫喊聲營造了很多客人、生意興旺、工作很忙的氣氛；也許客人會覺得吵鬧，但我卻奇怪地感到親切，這是純正的地道廣府話，是從小慣聽但久違了的語言，我聽得入神，比吃那「煲仔飯」還覺享受。

老伴的舊同事、老朋友阿潘夫婦，特意邀我們到他們家，享用新購的蒸鍋；兩層的設計很別致，上層蒸食物，流出的液汁落到下層內，調出美味的粥飯。潘太買了很多食材：鱔蝦蟹扇貝豆苗……怎樣努力也吃不完。

飯後大家放開懷抱談心，知道我們在曼城生活愉快，夫婦二人甚感欣慰，當老伴答應其邀請，一起參加平安夜子夜彌撒，阿潘興奮的笑容，刻在我心坎裡，長久不忘。

參加了一位舊同事的安息禮。這位同事 60 多歲，算是年輕，多年前曾在學術理論上向他請教，他毫不吝嗇，傾囊相教，使我非常佩服。後來再沒有聯絡，想不到那次討論，竟是最後一次會面。錯過了的追不回，願去者一路好走。

可能年紀相若，與友好相聚，話題多圍繞健康等長者問題，各有苦處。常見的當然是膝蓋腰椎的痛楚，於是交換各自的抒緩方法，用藥打針物理治療，甚至做手術。

澳洲歸來的阿珍，有條不紊地敘述不斷向身體挑戰，堅強地從耳疾、新冠肺炎中熬過來，毅力使人動容。

阿新口腔內長了個一厘米大小的腫瘤，須手術摘除，因患處在薄薄的臉皮，布滿神經腺，又接近淋巴，牽涉的問題甚廣，即使手術費高昂，私人醫生也不肯接；最後公立醫院院方調派兩組醫生，一起做了 10 小時手術，在醫院躺了兩個多月。回復健康的阿新把治病經過詳盡道來，大家聽得驚心動魄。

另外，眼睛黃斑點病變、腦退化、情緒病、摔傷、中風……想不到這麼多舊友健康出了問題，大家都要保重！

眾多同事正享受著退休生活，各自找尋喜愛的樂趣：參加詩歌班、學習舞蹈、書法繪畫，各適其適；熱愛運動的日行萬步不覺倦，不怕勞累的往外地旅遊，當然不少做義工的更是忙個不了；相同的是，大家不時會在手機群組一呼百應，相會聚舊，喝茶灌水，甚麼身體病痛視作等閒，這才是養生之道！

學生年輕一輩正值壯年，各有事業家庭。被邀出席一個特別的聚餐宴會，一群畢業四十多年的同學籌辦了這次活動，七十多位同學十二位老師共聚一堂，確是難得。多年不見，被同學們圍著問寒問暖，熱情得令我有點飄飄然。當音樂老師帶領唱起校歌，往日片斷在腦際飄過，升起霎時的感動。

老伴教導阿簡這班女孩子時，她是班長。七、八個女孩子十分要好，不時共聚，這次阿簡一家三口從美國回來，我和老伴參加了她們的晚宴。雖然大家都成長了，但仍保留一貫嘻嘻哈哈的性格，摟著阿簡那因藥物副作用而長胖了，圓圓的臉蛋親了又親，又是送上鮮花又是輪流打卡，十分熱鬧。我被這歡樂氣氛感染，卻留意到靜靜地坐在阿簡旁邊的小女兒，她一言不發，目不斜視，很專心地用小叉子把蟹鉗和蟹爪內的肉一絲絲、一條條地挑出，盛在湯匙裡，慢慢地、細心地拆了十多分鐘，終於裝滿了整整一湯匙。

當小女兒把蟹肉遞給母親，阿簡張開嘴巴，一口便把女兒十多分鐘的努力吞掉了，兩人臉上都洋溢著一份幸福的滿足感，我來不及拍下這動人的一幕，只好將之儲存在記憶中。

阿卿也是老伴的學生，她帶我們四處遊覽，經過跳蚤市場，與我一起購買了一件風衣，沒有購物袋，便把風衣拿在手中。不論在紅樓吃豆腐花，或是在吉慶圍拍照，她一直拿著。我忍不住問：

「為甚麼不把風衣放入背囊，拿在手裡多不便。」她靦覥地解釋道：

「背囊內放了其他東西呢！」有點尷尬，我便不作多問。

臨別分手時，阿卿打開背囊，掏出一梭用舊報紙包住十多隻的香蕉，青澀的還未熟，她笑著說：「家裡種的，聽說把它與蘋果一起放，可以快些變熟呢！」

原來如此，她終於可以把風衣放進背囊了！

我站在東九龍半山屋苑會所餐廳外的小露台上，金風吹拂，倒不覺寒。東九龍晚上的閃爍燈火，在漆黑天空下，顯得寧靜，令人心裡平和舒暢。

「我就住在那邊，」站在身旁體形健碩的阿東，指著不遠處說：「又把父母遷到附近的居屋，便於照顧。」

提起父母，我便想起他年少時求學經歷的波折。雙親為了生活終日奔波，阿東得不到足夠照顧，下課後留連在球場上，荒廢了學業，被迫轉校，輾轉與我結下了不淺的師生緣。受了教訓，阿東奮發向上，一次又一次地重新站在起跑線上，記得他曾感慨地說：

「人家 21 歲便取得的資歷，我要到 28 歲才完成。」

我們的年紀相差三十多歲，剛才卻可以天南地北、話題一個接一個的傾談了兩個多小時。

「不早了，還要送我回家呢，走吧！」我建議道。

「好的，明天也要帶父母北上種牙呢！」

這位國際學校的教師，一對小兒女的父親，一直沒忘記父母養育的劬勞，我讚賞之餘，默默地送上祝福！

學生阿娣擁有魚排，知道老伴愛吃游水海魚，送來一尾馬友魚，呎多長；老伴高興不已，在居所找到只燒鍋，幸好也有鍋蓋，去市場買了醬油、蔬菜、薑蔥，又買了一盒叉燒飯，兩口子在家裡開了第一頓飯，滋味無窮。

這次回來，兩個忙於工作的兒子，除了在生活上細心照顧外，更抽空陪伴，閒話家常，我可以向大兒投訴電腦手寫板的費事，與小兒談東野圭吾的小說，十分開懷。

他倆住的地方面積細小，舉炊不易，故也是「無飯生」，看見馬友魚的照片羨慕非常，極之希望能再嘗一下老父的廚藝。摯友阿萍夫婦看在眼內，特地借出他們家的廚房，老伴開心地捲起衣袖，穿上圍裙，下廚一顯身手，弄了蒜茸蒸鱔、清湯浸瀨尿蝦、菜甫苦瓜煎蛋、雞油豆苗和沙薑雞，一家四口與阿萍夫婦，溫馨地吃了一頓「住家飯」，樂也融融。

對阿萍窩心的關懷，除了感激，還是感激，有朋如是，夫復何求！

* * * * * *

我坐在前往曼城的航班上，歌手齊秦的歌聲在耳邊迴響，曲中內容細訴了此刻心聲：

輕輕的我將離開你 請將眼角的淚拭去……雖然迎著風 雖然下著雨 我在風雨之中念著你。你問我何時歸故里 我也輕聲地問自己 不是在此時 不知在何時 我想大約會是在冬季。

載著滿滿的牽掛，希望在冬季，候鳥東南飛，再度歸故里。

期盼。

記一位親人—姊姊身上的棉襖

藍晴

又在近過年的時候，這晚在深圳的一條村的那間細小的屋裡，晚飯過後不久，父親又煲了紅棗雞蛋糖水，微弱的燈光下，我和父親在吃糖水，這味道我很熟悉，父親經常煲這糖水。通常吃過糖水便睡覺。但這夜我遲遲未睡。為的是等母親和姊姊回來過年。那些日子，母親帶著姊姊過了香港居住，父親告訴我。她們會在今天回來。

這一天我清早起來，梳洗後，頭上插上一朵粉紅色海棉蝴蝶，滿心歡喜，由早上，到中午，至黃昏，都在等待，到了晚間，時間一分一秒的過去，猜想著難道她們改變主意，不回來，或是明天才回？

此時我把頭上的蝴蝶都除下來，是準備睡覺了，但總是沒有倦意，眼睜睜的憧憬著和親人會面的一刻。大概到了深夜，咯、咯的敲門聲響，忙衝去開門。黑夜中依然見到兩個人影。是姊姊和媽媽，我撲向姊姊，擁抱著她，祇感到她身上穿著那件滑溜溜，軟綿綿的棉襖，那一陣冰涼涼，透徹我心。

原來是人潮太擁擠，在關口打了蛇餅，她們排隊排了很久，到了此刻才回得到來。那一年我大概是五歲，而姊姊也不過是七歲。如今已是六十年。而姊姊已離開人間有四年。她和卵巢癌博鬥了三年，終不敵癌魔。念起此生，與她共聚的時時間不多。我十三歲時，她年僅十五，已為人婦，後來移居加拿大。我們此生，一同去旅行的次數不多，可以數得出是姊小五時，我和她的同學去西貢井欄樹的那一次。又是個寒冬的早晨，我們跑往火車站，跳上那輪早班車的尾卡，若是現在。一定趕不上那約會。因為現今的設施。我們不可能上得到那列車。雖然相聚不多。但我和姊之明間仍有很多点滴可記之事情。惟最難忘是她身上棉襖給我的冰冷感覺。姊姊長得甜美可人，年紀輕輕已有多次人家來提親，都被母親和長兄拒絕，後來說是為了喜。才嫁給了比她年長六年，我的姊夫，又是二嫂的親弟，是一門名符其實的親上親。小時因為體弱多病，未完成小學課程就輟學了。雖然我比姊姊多讀幾年書，有很多事情我都慣於請教她，在少年十五時的婚後，便要擔起整頭家務，包括侍奉老爺及劏雞剎鴨，這一點她比我強，就是敢於宰雞，少女時代，曾經想學劏雞，始終不敢下手。到今天仍未剎過一隻雞。姊姊天生聰穎。學習能力總比我快。她彈得一手好古箏，後來還教人彈，和琴行六、四對分。有一次我向她學編鈎技巧。她教了很多次我也學不曉。使她憤怒不已。那以後給我改了個渾名「四方鴨蛋」。

得悉她患癌以來。多次提出要去探望她。都遭到拒 ☒。原因是我在醫院裡工作。會帶菌。所以遲遲未有行動。直至最近一次在街上和她通長途電話。內容提到她不會歸還那隻我送給她的藍寶石介子。她水說打算留給外孫仔。讓他將來送給女朋友。好像一一交代後事。收線後。我知道姊姊經過三年煎熬。已準備好面對死亡。想到將來再難見她一面。悲痛之情禁不住。就在街上。抱頭哭號。剛巧遇上了一位好友。她提醒了我。于是不顧一切。買了機票飛往加國和她相會。

這是我第二次到加探姊姊。一九九八年時。她的園裡種滿了盛開著深紫紅色的牡舟。一屋到處擺放著常春藤。今次到來。袛見園庭凋零。屋內仍有一對小鸚鵡在往返飛著。一星期後我返港。臨別姊送我一本臺灣作家寫的散文書。姊姊婚後不久和姊夫曾在臺灣住過幾年。故此對台灣別有印象。

回港後個多月，就在冬至那天，收到姊姊離世的消息。我傷痛之餘，把從加國摘回來的楓葉一片片的藏在那本散文書裡。永記姊妹情誼。

從胡辣湯到碗仔翅

王東岳

來香港工作已經半年了，想吃與之前在鄭州時一樣的飯，幾乎不可能。我最早認識胡辣湯，是二零一六年剛去鄭州時。那時與友人在亞星盛世開公司，社區西門旁有高老大和方中山兩家胡辣湯店，我起初以為是餄餎條，因覺得河南方言中，二者發音相似，我姥姥是新鄉獲嘉縣人，她在世時，我每次去看她，在縣長途汽車站下車後，都去附近的攤位買一碗餄餎條吃，十幾年前只三塊錢一碗，深黃色的紅薯麵條富有彈性，勁道耐嚼，然而進到店裡，才發現不是同一種吃食。

我要了一碗胡辣湯。初入口像油茶，上小學時，我媽經常給我煮稠乎乎的油茶喝，接著卻發現與油茶全然不同。胡辣湯裡有胡椒、花椒、桂皮、茴香、丁香等大量香料磨成的粉，比起油茶的單一，滋味要豐富許多。高老大胡辣湯每碗有一大塊貨真價實的牛肉，方中山則是把肉切碎在湯裡，勾上足足的粉芡，粘稠濃郁，味道十足。因為多胡椒而極少有辣椒，喝起來雖辣，卻不易上火，很快胃裡就暖熱得舒服，全身都增長了精神。

我很快就喜歡上了胡辣湯，經常早晨一起床就下樓買一碗。有時也買胡辣湯店的油饃頭，像饅頭撕成小塊油炸而成的，外焦裡嫩，或烤牛肉餡餅，餡剁得粉碎，拌著大蔥砸得結結實實，厚實的麵餅烤得焦黃，但更多時候是吃韭菜雞蛋小籠包，若賣完了，就吃紅蘿蔔豆腐餡的。我喜歡用筷子夾著半個包子，蘸著胡辣湯一舀，包子心兒裡就夾滿了湯汁，趕忙填到嘴裡，吸溜著怕滴在身上，嚼得滿嘴是不願輕易咽下、想要使之長存的香味。

鄭州幾乎每個社區都有胡辣湯店，做法雖大同小異，用料多寡卻不盡相同。來香港後，我到處走，卻沒見過賣胡辣湯的。在深圳，見到中原人開的胡辣湯店，做出來卻是鹹稀的麵湯，雖仍有胡辣湯的基本味道，卻十分清寡，沒有肉，只有幾小片木耳，懸在湯中，完全不像在鄭州時一樣，又去了幾家，均是如此。回到香港，我在網上搜索哪有胡辣湯，卻搜到了一種叫碗仔翅的東西。香港到處都用「仔」字，灣仔，香港仔，雞蛋仔，麵仔，聽了立刻有剃著平頭的三歲小孩的形象，在眼前晃動，與吃的東西仿佛不相干。碗仔翅被稱為香港版的胡辣湯，我查到住處附近有一家，但終究沒有專門跑去吃過。

上下班坐地鐵，路過將軍澳地鐵站，旁邊有家 Snack 速食店。一次，我發現食單上有碗仔翅，有加魚肉的，或魚肉生菜的。端上來後，棕亮的湯裡，有切得細小的冬菇絲、雞肉絲，細密靜止地擁擠著，店家問我要不要醋和胡椒粉，我說都要。我挑起一塊魚肉，是假的，麵筋做的，吃完後用勺子舀湯喝，因為有胡椒粉，吃著吃著，額頭上、臉上、脖子上就開始冒汗了，我掏出紙巾擦拭，熱騰騰開始有了胡辣湯的感覺。很快我將一盒碗仔翅喝得精光，瞬間覺出了些意境，它仿佛真如人們所說，是變種的胡辣湯，雖然味道與胡辣湯不同。它裡面明顯沒有茴香、豆蔻等調料，澱粉勾得不如胡辣湯多，湯底比胡辣湯稀，但因為有雞絲和冬菇，有時還有蛋花、木耳和竹筍，均切得細碎，大量藏於湯中，因此將湯撐得肥厚飽滿。熱辣的氣息追趕著味覺，令人酣暢沸騰，這正是碗仔翅與胡辣湯共同的特點。

於是，我開始在上下班路過 Snack 時買碗仔翅吃。取餐窗口對面，像酒櫃一樣立著一排白色矮櫃，沒有椅子，人們直接把飯放在櫃子上，站著吃，吃完掀開櫃壁，將一次性飯盒扔進櫃箱，是為垃圾桶，臺面則潔淨如初，很符合香港人快節奏、高效率的風格。有時我也打包碗仔翅，帶進公司，有個同事一見到就說，又吃碗仔翅呢，吃上癮了吧，身後的同事則用粵語談論著碗仔翅，仿佛看到我吃，也跟著覺得好吃，我粵語不夠好，但也基本能聽懂，我不參與他們的對話，自顧自只管吃著。一吃碗仔翅，我就會想起胡辣湯，在南國遙遠的香港，鄭州的過往就又在體內復蘇了，並以一種新的形式開始延續。記憶與此刻有了互動，就像在另一個地方走著以往熟悉的路，開啟著一段嶄新的時光。

挪威團聚之旅

藍晴

營地清晨眺望

瀑布群

10 月 1 日清晨六點左右，我和女兒由香港乘坐的班機抵達倫敦。辦好了手續。其後與外子及長子，稍後下午一同乘機往奧斯陸，展開四日挪威之旅。濶別了兩年多，一家人再度於希斯路機場重聚。

亦自二零一一年莫斯科芬蘭之行後，隔了十二年，再合家同遊，自有一番喜悅之情，

坐的是一架租來的日本鈴木五座位黑色房車，當地的公路十分完整，平坦。翌日早上，奧斯陸歌劇院附近拍照，此建築物雖然不及悉尼歌劇院那般奇特，深思設計，但有其特色，在於側面那一片白色大理石鋪砌成大而濶的斜台，於那座略長方形玻璃外牆之下，直伸延至海，附近地面有一間工場，供學員設計及縫製服飾，提供歌劇表演之用。對著海港入的船輪，偶以增加學員靈感，真是完善的好設計。

然後往另一個城市卑爾根。路中途的一個大瀑布附近停下，溫煦的陽光下，一家人來個合照。車廂內沿途欣賞山野間紅黃葉滿樹，使人沉醉於深秋意味之中，不時有綠色草坡上，有數間屋在樹旁，偶然有一排排的、牆身是各樣的色彩，有鮮黃、粉紅、有白的屋出現眼前。也經過了多條的隧道，貫通山與山，有別於香港的隧道，就是隧道內有迴旋處及分支路，接著是過橋，一座座有如縮了板的青馬大橋。

黃昏到了一處營舍，煮好晚餐，屋內一家人圍桌共進晚餐，窗外藍藍紫紫的顏色現於格格白色的窗框上，窗外有湖，高山，山上積雪，以及一間間的白色營屋，好一幅三百六十度的北國風情畫。

清晨營地湖邊遠處是山，雨後，一團團白色的雲捲浮於山間，加上樹的倒影，湖邊天鵝雙雙結伴游，平靜的湖面牽起了粼粼的波紋。此間，心靈靈的寧靜，與景色容合，恍似置身仙境之中。

在卑爾根市內，食肆不多。回返奧斯陸的第四日下雨，聽了營地職員的推介，外子一意要到崖邊觀景，車駛入了崛路，在山崖邊上，我和女兒都很驚怕，幸好有一較濶的位置，足夠讓車轉頭，一

家人合作分工，睇頭睇尾的，有驚無險地，慢慢把車調過頭來。下車觀看，對面山崖條條大大小小瀑布，加上雨水，急崩瀉而下，蔚為壯觀，崖上是一間將建成的酒店。生意人選擇這幅美景，真是一項明智的投資。回車上，在山頂間的小路上，車外氣溫攝氏二度，雨越下越大，玻璃窗前一片白茫茫，長子駕駛著，全家共聚了四天，總覺得此刻難得。事實上，無論外間環境如何 ，只要同心。又何懼風風雨雨呢？

此次北歐之旅，看到挪威人無論屋前，街道，甚至湖泊的邊旁，都是整整潔潔的，這五百多萬人口的國家給人一種簡潔的感覺，不似多年前到國內，見到長江邊旁到處是垃圾，飯盒以及動物屍體。國家經濟是進步了，未知這一方面，可有改進呢？

紅磚屋的童年

翠柏

時光飛逝，歲月如馳。匆匆數十寒暑，幾許往事怕思憶，一切已隨雲煙渺。我唯對童年時成長的故居，昔日生活的點滴，我仍戀棧於一份難以忘懷的情意。

那看海的日子，飄於老遠老遠！每當我念及童年種種，仿佛踏上逆時光之旅，我悠然倘佯於山光水色間，逝去的景象又依稀浮現在我的眼前……

我六七歲的時候，一家人因父親入職於政府部門而需要遷到位處偏僻郊野的員工宿舍。新居面積雖然不大，屋外卻是海闊天空無窮處，與之前居住木屋進出狹窄的通道相比真有天壤之別。這所宿舍以紅磚鋪砌成外牆，有兩層樓房，依山而築，結構牢固，我們稱之為紅磚屋(註1)。二樓全層是高級主管才有資格入住，我們住的下層則分隔成三戶。

整間大屋背後碧巒起伏，荒野處處，雜草、籐蔓、荊棘纏成一團，古松老樹蒼綠蓊鬱。屋前兩旁的小斜坡，草叢裡竟混雜了茉莉、玫瑰和大紅花的枝幹，後經母親除草灌溉，逐漸生機盎然，更喜見：枝榮葉茂花吐艷，日麗風和蝶翩躚。還有一顆桃樹，不知由誰所種？雖不茁壯，每每也能開花結果。夏天的時候，我與鄰家的孩童總是盼長了脖子垂涎著果實的成長，果子稍大仍是青綠的模樣我們已花盡心思去攀摘。我把那毛茸茸的桃子用熱滾水泡泡便送往嘴邊，可惜這種饞嘴帶來的滋味已隨著時光而淡忘。

紅磚屋的出入口是經由一條數十級的石階方可與大道連接。在這梯級的中間有條分岔小路可前往另一座大宿舍及父親辦事的抽水站。抽水站對開的馬路盡頭，有個小碼頭。

我從紅磚屋屋前的空地眺望，映入眼簾是一片大海，此海灣亦是遊艇的避風塘。那一帶內灣風光綺旎，我常見艇家搖著櫓(註 2)划動木船悠閒地在海上自在往來，倏地，遠處快艇疾馳，捲起浪花如雪。晴空萬里，碧海無垠。黃昏景色更美，微風徐徐拂過，海面泛起了層層細浪，海水被染得浮光爍金，閃動跳躍。

那裡周圍的風景美是美，同時亦因為居住環境的獨特帶來了生活上諸多的不便。那裡是沒有任何民生的設施，包括附近沒有通往市區及近郊的公共汽車；那裡沒有商店、市場，更遑論學校。那裡祇有一間規模極少由水務職工合辦的小賣部，一星期送來兩次麵包及餅食。由於我們長期處於糧食和物資短缺的情況，政府提供了包車的服務，每逢星期六的早上便會駛來一輛大貨車(座位是設於車廂左右兩行窄長的木板凳)，負責接載員工和家屬到筲箕灣市區裡(辦貨)。

到了市區，大家於一間固定的糧油雜貨店作為歇息及集散之地方，每戶人家各自購物後把物品暫時存放在此店的後鋪。當年的商鋪面積偌大，前鋪做生意；後鋪可自居或作貨倉的用途。購買糧油雜貨在情在理也要光顧這舖。店舖老闆願意借出場地固然是一門生意，當時白米是人們的主要食糧，每次購買多是數十斤以痲包袋盛裝，還有食油、糖類、豆類、蛋類、罐頭⋯⋯。這除了是商機，在六十年代的老香港；社會仍普遍存在著一股濃厚的人情味。到了下午約定時間貨車司機便會接載眾人返回宿舍。除了買餸菜購雜物，我們一家還會去茶餐室吃東西，遇著父親發薪的日子定會豐富點。我與弟妹跟隨父母穿梭於大街小巷，又在外午膳，那就是我童年最接近城市的生活。

由於附近沒有學校，我們這群兒童到了適齡也不一定能上學。當時入讀幼稚園於我們是天大的奢望，盼到可唸小學，但最近的小學要走到赤柱村，從我們的住處步行對於一群十歲以下的兒童要花近兩小時的路程方可到達，父母亦不能每天管接管送。即使把入學的年齡一再延遲，最終還是要上學，要上學祇能靠自己，唯有孩童之間多加結伴而互相照應。我們這群讀書郎，背著書包，不知越過了多少段道路？不知轉拐了多少個曲彎？不知踏破了多少雙布鞋？當時的路面多半是沒有設行人路，我們細小的身軀祇好貼近馬路邊行走，幸而車輛稀少，路上交通較為安全。每當遇上大雨滂沱或烈日懸空我們這群孩子是如何撐得過去？我亦從來沒抱怨，反正日子便要如此度過。走路上學、放學便踏回原路歸家，這困境一直維持到我小學四年級的學期末。

少少苦楚有助磨練我的意志及毅力。在我童年記憶的匣子裡，我選擇了記喜不記悲，每天我跟大海如此的接近，每天我呼吸著樹木散發的氣息，每天我會混在男孩子堆裡尋找刺激的玩意；如攀山爬樹擷果子；或涉足於大屋下那條長滿苔蘚濕滑的污水渠邊捕捉金絲貓(註3)。

紅磚屋外的天地，廣闊且美妙。紅磚屋內的小房子，我的家卻溫暖和諧，它見證了我與弟妹的成長，留下許多溫馨的片斷。我們從不爭過一件玩具。好難得飯後有個水果，也分成數份，大家吃得甘之如飴。

回想我童年的生活境況：「聞雞鳴報曉，聽鳥唱吱吱。落日流金彩，窗紗透月明。」儘管我，嚼的是粗糧，啖的是菜根，嚐的是野果。但那天真爛漫的童心；那無拘無束的愜意；那自由自在的奔放，為我注滿了快樂和歡欣。後來棲身於繁囂鬧市的我每當緬懷童年郊居的生活就更加悠然神往，心境仿如脫兔般蹦跳。而紅磚屋背山面海的秀麗景色更使我縈繞腦際至今也不會磨滅。

註 1：紅磚屋—即大潭篤原水抽水站二號員工宿舍。該宿舍建於 1936 年，以紅磚築成，樓高兩層，單位四個。於 1994 年列為一級歷史建築，並於 2009 年 9 月 18 日列為法定古蹟。

註 2：櫓—木製，比槳大，撥水使船前進的器具。

註 3：金絲貓—豹虎，又稱金絲貓，為某些蠅虎科蜘蛛的俗稱。

單純

鄭竣禧

一連三日的復活節假結束了。今年假期，香港共有 176 萬人次出境外遊，而入境觀光者則只有 40 萬人次。市道欠佳，假日氣氛不濃厚，香港要回復疫情前的五彩繽紛，仍需靜待時機。

其實，復活節期間，香港舉辦了富有意義的活動。有商場舉辦結合茶餐廳文化和手工藝的主題市集；也有寵物零食店舉行寵物市集和狗狗領養日，既讓主人和毛孩歡度節日，又為遺棄狗隻尋覓安樂窩。也許，這些活動遠不及外國的風景名勝那麼吸引，卻滿載香港情懷和人情味。

從前，我養過小兔和龜，即使現在沒有時間養動物，仍然想去寵物市集逛一逛，只是我需要在復活節假日上班，實在抽不到時間。我當散工，兼行兼業，別人放假享樂，就是我努力賺錢的時候。我習慣這種生活，只是有時候深夜下班回家，獨自躺在睡床上休息，想念昔日一起生活的寵物，就感到寂寥。

在最後一日復活節假期，我如常乘坐港鐵上班。在擠迫的車廂之中，我看見一位盲人叔叔和一隻黑狗；黑狗靜靜躺在地板上，一動也不動。牠的背部掛著「導盲犬工作中 請勿干擾」的字牌。忽然，一位先生從椅子站起，急步走近車門，他不小心踢中導盲犬的頭。導盲犬沒有受驚，也沒有吼叫，只是冷靜站立。

立時，我跟那位先生說：「小心啊，別踢傷導盲犬。」

「不好意思，剛才我看不到牠，我不是有心的。」先生連忙致歉。

那位先生踏出月台後，盲人叔叔就跟我道謝。而導盲犬也重新躺在地板，瞇眼望我。看著牠的眼睛，就想起可魯的故事。

可魯是《再見了，可魯》一書的主角。牠在 1986 年出生於東京，是一隻拉布拉多獵犬。這種獵犬的毛色不是全黑就是全黃，但牠卻長出十字形花紋，讓主人水戶女士特別留意牠。此外，在五隻同時出生的幼犬之中，可魯的性格最敦厚，從不會跟兄弟姊妹爭風吃醋；導盲犬養育員拜訪水戶家後，亦認為可魯冷靜思考，不易受外界聲音左右，並會沉穩地望著對方的眼睛，因此他決定栽培可魯成為導盲犬。

就這樣，可魯出生只有 43 天，就跟主人離別。牠先到寄養家庭居住，再去訓練中心受訓。可魯在訓練中心生活一年半後，五十二歲的渡邊先生到訪訓練中心。他向來不喜歡狗，更曾揚言：「要我讓狗牽著走，倒不如死了算吧！」但自從跟可魯相遇，他就對狗隻逐漸改觀。白天，渡邊先生去殘障福利中心上班，可魯就引導他上巴士。即使乘客們對牠側目，牠仍然耐心守護主人。到了假日，可魯陪伴他到羊腸小徑，甚至一起行山。即使可魯在晚上無需當值，牠也會在渡邊先生的床邊凝視他，彷彿守護主人成為牠的使命。

渡邊先生和可魯一起生活兩年後，他就患上重度腎臟衰竭症，虛弱得需要每天住院。每當渡邊太太攜帶可魯到醫院探病，牠也挨近病床，為主人打氣。後來，可魯回到導盲犬訓練中心生活，等候渡邊先生出院，一等就是三年。

某天，渡邊先生扶著拐杖到訓練中心，可魯便陪伴他散步。很無奈，他只走了短短三十公尺，就疲累不堪。他沒有氣憤，反而心滿意足地說：「嗯，這樣就夠了。」最後，他親手為可魯拆掉導盲鞍，跟可魯道別，並且在一星期後安祥離世。

渡邊與可魯的故事，讓我感動不已。可魯從沒有視導盲為一份工作，牠真誠地守護主人，逐漸令渡邊喜歡狗隻。從跟主人形影不離，到漫長等待，可魯一直渴望渡邊再次為牠戴上導盲鞍。最後，導盲鞍戴上，彼此卻緣盡。但是，短暫的重聚，是友誼最純潔的一刻，恍如驟雨潤澤大地。當生命行到水窮處，你獨自站在山邊，慨嘆命運無常。忽然，雨絲飄至，一把雨傘撐在頭上，久別重逢的摯友，為你送別。你輕拍他的手背，示意他放下傘子。就這樣，彼此任由雨粉沖刷，靜看雲聚雲散。

導盲犬經過訓練去守護盲人；而在殘酷的森林，竟然也有動物守護同伴。許多年前，一套動物紀錄片，紀錄一隻猴媽媽照顧猴子孤兒的故事。一隻幼猴獨自在森林裡連連哀嘆，不知道牠被遺棄，抑或因母親去世而無依無靠。某日，一隻母猴遇見牠，便立刻餵奶。待孤猴恢復體力，母猴決定收養牠。其實，母猴要照顧親生兒子，已經有很大負擔，但牠對孤猴充滿憐憫之情，即使牠每天要帶著兩隻幼猴攀山涉水，躲避野獸，仍然義無反顧。某天，三母子來到溫泉區，大家就一起浸溫泉，共聚天倫。好景不常，孤猴太孱弱，就算母猴每天餵奶，牠的健康狀況仍每況愈下。牠彌留之際，母猴親吻牠的臉頰。當孤猴閉上眼睛，短暫的母子情，從此煙消雲散。吻別的一刻，傷感而溫馨，宛若月夜下的燭光，雖然照不亮無盡的漆黑，卻為失落的無眠冬夜，添上一絲雪中送炭的暖意。

從來，動物世界都是弱肉強食，如果可魯在森林出世，牠就是一隻獵犬，每天狩獵覓食，不會對人類有絲毫感情。然而，以牠溫純的本性，必定竭力守護同伴。倘若牠在林地遇見飢餓的幼犬，想必也像母猴那樣照顧犬兒。

至於人類世界，就複雜很多了，不僅汰弱留強，更混雜自私與貪婪。去年，一條布氏鯨進入香港西貢水域，有船家趁機組織觀鯨團謀利，即使港府多番勸喻市民別靠近鯨魚，仍然有大量市民出海。最後，鯨魚被船隻的螺旋槳弄傷，反肚死亡。

在南非，獅子養殖集團將大量獅子囚禁，讓牠們頻密繁殖。幼獅出世後，牠們就離開父母，交由從世界各地到訪的義工悉心照顧。怎料，養殖場只是利用義工的愛心。當幼獅習慣親近人類，養殖場先安排幼獅跟旅客合照和散步。到了獅子長大，牠們先成為「繁殖機器」，然後關進困獵場，供富裕客人射殺取樂。槍斃後，獅子的骨頭甚至運送到亞太區販賣。換言之，由獅子出身到死亡，都是養殖集團的商品。無良商人操控牠們的命運，踐踏尊嚴，剝奪生存權利。資本主義中的自私與貪婪，遠比森林裡的弱肉強食殘酷百倍。猶幸，加拿大籍女義工 Alexandra 得悉養殖集團的陰險後，決定攜帶資金，重返南非拯救一隻她照顧過的幼獅，並把牠送到大型貓科動物收容所。她更帶同攝影師紀錄養殖場，將南非獅子的慘況公諸於世。

不知不覺，復活節假日的工作完結了；而工作地點附近的寵物市集，也剛剛結束。從鬧市走到港鐵車廂，沿途有情侶和一家大小共度佳節。看著溫馨的笑容，我回想起上班時，在手機新聞中看見的布氏鯨和南非獅子，又想起今早在車廂遇見的導盲犬。回家洗澡後，我重閱床櫃上的《再見了，可魯》。攝影師秋元良平花了超過十二年，去紀錄可魯的一生。究竟，有什麼因素推動他經年累月拍攝呢？也許，純粹因為他喜歡攝影，一如 Alexandra 喜歡獅子，也如狗狗領養日義工喜歡小狗般，十分單純。

記得周作人在《自己的園地》中寫道，無論農夫種植果蔬、藥材，抑或薔薇地丁，只要盡力耕種，就是盡了天職；而他的園地就是文藝。他認為社會需要農作物，也需要精神生活。文藝不必犧牲個性去迎合社會；文藝既是獨立，又充滿人性。即使文人無需為了別人的福利而創作，也能讓讀者產生共鳴。至於我，則認為文藝若要引起共鳴，就需要「單純」：單純地紀錄世界，紀錄世界的美與醜、光明與黑暗，然後用單純的筆觸，在自私與貪婪的社會，寫下真摯的情感。

驀地，我揉了揉疲累的眼睛，在復活節假日後的凌晨，寫下渡邊與可魯、母猴與孤猴、Alexandra 與幼獅的故事。

新詩

攝影｜戰爭與和平　蘇曼靈

組詩｜時間零

蘇曼靈

時間零

路面被雨水洗刷了
樹枝上抖下的葉子
守不住昨日的綠意
一把骨折的傘
倒在路邊
45 度切面
暴露著
來不及收拾的雨景

生命中不合邏輯的變換
此刻都停頓下來
晝夜是指針撥弄
雨仍在滴答
時間碎成零
(14.09.2023)

造境

我們回到住過的屋子
像平時那樣，坐在一起吃飯
母親也在

你帶我去看海，去叢林和田野
帶我走進各種空間
見識很多奇奇怪怪的事物

我常聽見
你呼喚我的名字
聲音清晰
我卻記不起你皺紋下的面容

你常到那裡
修補我生命中的裂痕
每當我質疑你賦予的生命

或 想再聽聽你的聲音
(02.08.2023)

夢的出口

把白晝關進眼簾
抓住夢的肩胛
去一個它遺忘的世界
前面的盲人
向著光的方向行走
我尾隨他
來到夢的出口
(2018‧10)

平安紙

文字，音樂，以及
展覽會那一幅非賣品
必須成為
我死後的陪葬
以抵御我對未知世界的恐慌
(2018.10)

立春前起霧

細緻的水氣
圍著不知名的草木起舞
世界被模糊的視野填滿
你在山頭和樹肩長出形狀

一隻紅色降龍木手杖
倚著路邊的老樹
等待立春前某個
走進岔路的古人經過

霧中有光，也有路
腳步聲穿透枝葉
彷彿是我們誤入遠古

芒種日

樹葉換了好幾個春秋
折斷的枝椏被我們
扔掉或埋進土壤或
讓它像火焰那樣微笑

火焰的稜角間
表象不堪
現象豁然不解
意象卻日漸明朗與堅定

圍在樹下的三個孩子
搬來一顆卵石和兩把孖人牌
朝著年輪攀爬的是卵石
在芒種日收穫祝福

樹長高了
樹幹粗壯了
風箏的骨架躺在枝椏上，看雲

貓膩

貓試圖和我交談
而我卻被編故事的人
困在文字裡
叫了一聲牠撲過來
鑽進我的瞳孔
從此 我只看到貓膩

告解

牆面的傷痕
是時間往下掉時
刮破的
粉飾的真相被暴露
所有關於美醜的辯證
在時間的凝視下
一層一層 剝落
（11.10.2023）

洪流　　　借筆

天陰雨灑
洶湧急流
宛若歷史洪流
衝著走
我無力插手
無力挽救
在岸上
撐起雨傘調鏡頭
順境　逆流
一路好走　一路好走
但願還有
下游

攝影｜洪流　借筆

高掛的舊招牌　　　　春日鳥

我日夜放映美好的消息
得不到預期的掌聲
芳華消磨於風雨和烈日

我遠高於人的視線
人不習慣抬頭 垂得愈來愈低了

從另一個角度你看見了我
自幾代以前　消失了的歷史
遠渡而來文化藝術的光輝

也許　　我的誕生
只為今天在你眼中開花

(高掛的招牌，店鋪結業了仍存在。
由於掛得高，往往被人忽略。)

憂慮

春日鳥

他倆是風和火的關係
他是「困難」的尖兵

有理有據的說詞 擾亂
我竭力平復了的心湖
以放大鏡培植，令前路的 恐怖
時刻生長成為 大山
壓在我的肩頭
如軛剝奪自由

不休止的雄辯如鴉聒噪 鋪滿
我的書本、路途、飯桌、床枕
無數小人在腦袋敲鑿

偷走了無憂的歲月
換成皺眉和白髮
此時硝煙還未捲至
這尖兵早已把我迫瘋

我看到天空的藍色很謙卑

魏鵬展

飛過很年輕的樹
站在很年輕的牆上
我能看到天空的藍色
很謙卑
路軌走過灰色的
小城
輕輕叮叮一聲
在天與水之間
維持最舒服的節奏
馬路很大 很長 很遠
泥不黑
路邊的樹
很多年都很年輕
窗簾拉開
我從天空的藍色
聽到很多鳥聲
飛過
2017 年 3 月 26 日 傍晚

後記

今年春天，剛接任香港小說學會會長後的首個任務，就是向會員及文友宣布《香港小說學會文集 2024》徵稿。

曾經，在處理文學報及臉書的新詩專頁之時，有過不少閱讀小說稿及詩稿的體驗，由起初的充滿期待，到要與印刊時間競賽，不停地亡命看稿，到後來習慣性地定時恆速閱稿，是一段心路歷程，直到某個深夜，萬籟俱寂的時刻，只有不知從哪兒偶然傳來的一連串音節響起，也許是壁虎的聲音，忽然地進入了心流狀態，整個世界，只有我，和電腦螢光幕上的《香港小說學會文集 2024》文稿，莫名地被眼前的句子牽動，在章句中，讀出了作者的語言。那一刻，我忽然很感動，深深感謝這些來稿，眼前的文字，就是每一位作者發自靈魂深處的聲音。閱讀每一篇來稿，我們非以皮囊，而是以靈魂相交。

霍森棋

2024.06.08 02:42am

作者簡介

001 關桂海 (Patrick Kwan) (封面照片攝影師)

業餘攝影師。「同心行攝影會」創會人之一。十年前開始至今，在多間服務癌症病人的機構、醫院的「癌症病人資源中心」擔任義務攝影導師，藉著攝影課程幫助病人，舒緩 癌症所帶來的壓力和憂慮，讓癌症病患者可以輕鬆面對治療。

002 徐振邦

教師、微型小說作家，香港閃小說學會創辦人兼會長。籌辦微型小說比賽、工作坊、講座等。已出版的微型小說及閃小說集有：《就在…這一分鐘》、《微筆足道》（合著）、《信不信…由你》、《化蝶》、《香港山旮旯》（合著）、《閃耀的童年》（合著）。

003 蘇曼靈

特立獨行的文創者，熱愛觀察與思考。對聲音、味道、光亮、色澤、形態敏感。職業形像多樣。寫作動力源於對人類的愛與恨、失望與希望。

004 曾映如

教師、微型小說作家，曾擔任微型小說講座分享嘉賓，籌辦多場微型小說比賽、講座， 出版閃小說集《閃耀的童年》（合著）

005 夏霽

2003 年開始發表小說，靈異題材小說為主。 歷年作品：囚（2009）/ 百鬼夜吟（2015）/ 孤島闇夜傳說（2016）/ 百鬼夜吟 · 異（2018）/ 百鬼夜吟 · 生（2019）。

006 章品

喜好閱讀，喜好寫作，喜好動漫，著有《香港人看日本動漫》一書，隨處可見的香港 80 後。

007 嫦娥

寫了四十多年日記，近年來開始學習並嘗試寫小說，以實現多年的夢想一用小說形式與讀者分享人生的點滴。

008 柳岸 / 楊興安博士

香港出生及成長。中山大學文學博士，多年來從事文教工作。八十年代任明報社長查良鏞秘書。九十年代任長江實業集團中文秘書。並曾任教大學及各大機構培訓課程講師。 嗜愛藝文，出版多類型著作，包括《金庸小說與文學》、《金庸小說十談》、《現代書信》、與《楊衢雲家傳》等十餘種，均見藏於香港公共圖書館。多次參與文化活動，

被 邀出席為主講嘉賓。包括香港大學、香港中央圖書館、香港書展等。又獲北京大學、雲南大理市政府等邀請出席演講。接受電視台多次訪問。現為香港小說學會榮譽會長，香港作家聯會永久會員。

009 秀實

著有小說集《某個休士頓女子》、《蝴蝶不做夢》、《被窩裡的蛇》等。

010 林馥

原名林麗香，July Lam，香港土生土長。2004 年獲香港中文兒童故事組優異獎。台灣出版長篇小說《偷心野丫頭》香港出版《宇宙傳說》、《網路巡邏隊長》、《春夏秋冬》、《咆哮的森林》及主編《香港小說學會文集 2022》和《香港小說學會文集 2023》。

011 雨其

原名霍森棋，本文集主編。現任香港小說學會會長、台灣新詩路版主及編輯組、 台灣微詩小集版主、文學報《小說與詩》小說版主編。獲 2006 年全港微型小說創作大賽公開組獎、2012 年香港文學節徵文比賽亞軍、2015 年大學徵文比賽小說組冠軍等等。編著香港小說學會歷年文學沙龍刊物。合著《楊亭綠蕊》、《書影文心》、香港小說學會歷年小說集。新詩、散文詩、散文、微型小說、短篇小說，散見中港澳台及海外版之文學報、文學雜誌、報刊、散文詩集、新詩集、小說集、文學網頁等等。擔任公共圖書館小說創作坊、新詩創作坊、各類研討會、《Netflix 劇場創作室》講座及座談會、網絡文學講座、 各類新書分享會及讀書會等等之講者、主持、協辦方或主辦方。

012 叶建活

喜歡閱讀和寫作，《不平靜的童年》獲第十三屆香港文學節優異獎，《阿嬸行年二十二》 獲刊於《城市文藝》。

013 江楓 /Justin/ 王謝堂

原名姜豐，男，原籍四川樂山，香港創意寫作研究生畢業，作家、詩人、詩歌和藝術評論者、拉康派非執業心理諮詢師，著有《噓托邦》（後浪出版）《極速心城》等詩文， 撰寫過國內數十位著名詩人和藝術家的獨立評論，獲得深圳首屆讀書月活動“續寫牡丹亭”特等獎，於內地《鍾山》發表《像他那樣一個男子》小說等。

014 借筆

借得神來之筆，又名謝俊禮、TseBee、小說家、劇作家、攝影家、藝術家、英國皇家攝影學會會士、攝影哲學講師、黑房導師……一堆稱呼，根本一文不值。

015 斐斐

中國香港出生。留學瑞典及法國，喜歡奇幻故事，希望為讀者帶來文字上不一樣 的旅程。

016 陳傑強 / 春日鳥

原名陳傑強，喜歡傾聽世界的聲音，將之融入文字傳遞開去。相信在生命最後一天， 仍會編織文章。著有小說《一刀難斷》。

017 藍晴

原名張少平，排行最細，生于中國深圳，七歲來港，曾于香港政府及醫管局工作多年。喜讀三浦綾子、瓊瑤、深鳳儀等的書；如雁狩嶺、寒煙翠等。

018 杜薇

從小便喜歡閱讀及寫作，退休後重拾筆桿，記下所見所思所想，偶然投稿，自得其樂。

019 賴慶芳

倫敦大學哲學博士，香港大學碩士課程講師，香港作家聯會學術部副主任、香港小說學會副會長、國際筆會（香港分會）理事。

020 月紅

原名吳月紅，已退休，榮升長者系列。喜愛看書，愛寫日記，愛大自然，也愛運動，愛小朋友。

021 劉玉清

喜愛寫作和唱曲。多年來踏足歐洲各地城市，感恩有機會分享福音，獻唱粵曲和介紹中國文化。個人著作：《共渡世途山與水》。粵曲填詞作品：《祝願安康》、《Online 齊抗疫》、《禱告至高神》、《夏日肇慶遊》、《愛常在》等。

022 王東岳

1986 年生，出版長篇小說《未卜之夜》《阿德萊德》(秀威)，主編《漢語現代 詩選》，獲暨南詩歌獎。

023 翠柏

原名鄧翠真，我在文學世界的門檻外僅是一個探頭入內的張望者。我並無得獎作品，我衹是偶寫劣文以抒個人情懷而已。

024 鄭竣禧

土生土長香港人，在緊迫生活中尋找創作空間，屢屢在忙亂中枯竭而停筆，又經多次休養生息而握筆。反反覆覆，只願生命因寫作而釋懷、痊癒、成長。

025 魏鵬展

魏鵬展（1980 年－）， 香港詩人、中文教師、《小說與詩》新詩版主編、香港藝術發展局審批員、香港小說與詩協會會長、先後畢業於香港大學中文系碩士(研究古典詩)、中山大學中文系文學博士(研究古典文學 PhD)。著有詩論《新詩創作法》、詩集《在最黑暗的地方尋找最美麗的疤》、詩集《我看到天空的藍色很謙卑》；曾贏得工人文學獎。創作信念：以同情與共鳴的心看世界，希望作品能增進人與人之間心靈的感通。

026 倪顥銘

感興趣的事物太多，會努力用美好的文字將腦內的天馬行空構築成一個世界，呈現他人。

027 葉采琳

難以書盡世間滄桑，但我願以歲月為代價，盼終有一天，我的文字能如晨曦般穿越迷霧，喚醒沉睡的靈魂。

028 柯蓓怡

渴望在我的作品裡成為一塊不稱職的軟石，以堅硬冰冷的文字觸摸這個世界、感知這個世界的柔軟。

029 馮日朗

熱愛武俠小說，因嚮往金庸筆下的江湖而與文學結緣，醉於古龍的文字而鍾情於他的筆風。相信文字有構築世界的力量。

030 楊悅瑤

中文系畢業生，尤其熱愛驚悚、浪漫喜劇電影，作品受電影啟發。

031 江佩珊

祈求在黑暗的世道上尋找光明。若沒有光，便把自身化作火焰。願文字能溫暖路過的人們。

032 李向陽

在思維與靈感的碰撞下，我看見這變幻莫測的世界。希望藉著文字的力量，能夠與人分享，且從中穫益。

033 梁卓謙

香港大學學生，熱愛文學創作。

034 蕭曜徽

自命不凡的弄潮兒，與風雅頌是絕配。總愛讓文字化身逆流而上的小船，藉著回溯過去， 得到前行的動力和勇氣。

035 潘夢茵

樂觀卻帶悲觀的人，努力尋找一點光，將其反射出去。我很喜歡文字，希望文字能夠引起共鳴。

036 黃樂澄

香港大學學生，熱愛文學創作。

037 曾華恩

不擅長說話，文字代講出心中所思。沒有黑鍵的鋼琴，只有一種顏色的虹霞，希望讀者 會喜歡所寫的奇怪故事。

038 張凱翹

對中國歷史和文學興趣濃厚，創作小說時喜以歷史為題材。從讀者到作者的身份轉換看 似艱難，其實創作千里之行，始於筆下。

039 江詠茵

嚮往「行到水窮處，坐看雲起時」的禪修境界，卻囿於世俗之物，只能當個俗世人，以筆墨書盡心中矛盾。

040 陸雪瑩

香港大學學生，熱愛文學創作。

041 諸名翰

不諳文辭，卻偏愛黑白字句寫出萬種色彩。寫作如在素布上作畫，願憑藉一腔熱誠與一 雙拙手，繪下吾心本色。

042 濮嘉如

文字是破碎的靈魂，我將它們拾起，建構出殘缺的自己。

043 羅頌婷

佛陀說，人是自己命運的主人。窮人家的孩子任由夢的粉末灑滿全身，滋生幸福的泡沫， 再飄向西邊的初陽。

044 董浩楊

香港大學學生，熱愛文學創作。

045 王雅誼

文學於我而言，是疲憊時的一醒神咖啡；苦悶時的一碗美味糖水。我珍視的文字寶物，也希望予人力量。

046 黎玉琼

內頁畫作藝術家：

黎玉琼是跨藝術及社會工作兩個專業界別碩士及資深工作者，她創立藝善紙部（又名偽善止步）工作室，融合中國書法、嶺南派繪畫、現代水墨、和諧粉彩及裝置藝術等，表達對個人身心靈的關心。藝善紙部恆常舉辦書法、抄經、彩墨畫及和諧粉彩工作坊，並常與文藝團體合辦不同形式的社區活動。

Founder of True heart · Good art, Lorita Lai, with her double master degree in fine art and in social work, is an interdisciplinary experienced practitioner in art and social work. Through conducting regular workshops on Chinese calligraphy, traditional Chinese painting, contemporary ink art, and pastel Nagomi art, Lorita takes care of the mind, body and soul for the participants. Collaboration with art or cultural organizations to conduct community art is always welcome.

以上作者，排名不分先後。

香港小說學會文集 2024

編輯部

主　　編：霍森棋

責任編輯：章品

編 輯 組：林馥 / 謝俊禮 / 潘敏妮 / 姜丰 / 章品

封面照片攝影師：關桂海 (Patrick Kwan)

內頁照片攝影師：蘇曼靈 / 謝俊禮

內頁畫作藝術家：黎玉琼

出　　版：人間世文化

地　　址：香港柴灣豐業街 12 號啟力工業中心 A 座 19 樓 9 室

電　　話：（八五二）三六二零 三一一六

發　　行：一代匯集

地　　址：香港九龍大角咀塘尾道 64 號龍駒企業大廈 10 字樓 B 及 D 室

電　　話：（八五二）二七八三 八一零二

印　　刷：美雅印刷製本有限公司

初　　版：二零二五年六月

PRINTED IN HONG KONG

ISBN：978-988-70482-2-0

資助

香港藝術發展局支持藝術表達自由，

本計劃內容並不反映本局意見。